KB271634

813의 수수께끼 상

아르센 뤼팽 걸작선 4
813의 수수께끼 상

지은이 모리스 르블랑
옮긴이 붉은 여우
펴낸이 안용백
펴낸곳 (주)넥서스

초판 1쇄 인쇄 2012년 5월 25일
초판 1쇄 발행 2012년 5월 30일

출판신고 1992년 4월 3일 제311-2002-2호
121-840 서울시 마포구 서교동 394-2
Tel (02)330-5500 Fax (02)330-5555
ISBN 978-89-5994-414 9 14860

저자와 출판사의 허락 없이 내용의 일부를
인용하거나 발췌하는 것을 금합니다.

가격은 뒤표지에 있습니다.
잘못 만들어진 책은 구입처에서 바꾸어 드립니다.

www.nexusbook.com
지식의 숲은 (주)넥서스의 인문교양 브랜드입니다.

아르센 뤼팽 걸작선

4

ARSÈNE LUPIN

813의 수수께끼 상

모리스 르블랑 지음 | 붉은 여우 옮김

지식의숲

아르센 뤼팽 & 모리스 르블랑

추리소설이 영국과 미국에서 크게 발전한 것은 단편의 창시자 에드거 앨런 포, 장편을 발전시킨 윌키 콜린스와 찰스 디킨스, 그리고 이 장르의 완성자 아서 코난 도일, 계승자 G. K. 체스터턴, 에드먼드 벤틀리 등의 위대한 작가들이 있었기 때문이다.

장편 추리소설을 최초로 썼다는 영예를 걸머진 프랑스의 에밀 가보리오는 명탐정 르콕을 만들어내긴 했으나 그의 소설은 '선정소설' 굴레에서 벗어나지 못하고 말았다.

그는 당시 프랑스의 대중 통속작가였으므로 신문에 연재하는 가정소설 속에 탐정 장면을 부분적으로 삽입한 격이 되었지만 그의 소설은 결국은 선정적인 통속소설에 불과했다.

그래서 프랑스의 추리소설은 에밀 가보리오의 전통을 지키느라 영미의 추리소설에 비하면 무척 격이 떨어졌다.

시대적으로나 기술적으로 가보리오에 가까운 작가는 포르튀네 뒤 보아고베(Fortune du Boisgobey, 1821-1891)였다.

뒤 보아고베는 가보리오의 충실한 제자였으며 그의 대표작

《르콕의 만년》(La Vieillesse de M. Lecoq, 1876)을 써서 스승이 창조한 르콕 탐정을 재등장시키고 있으나 그에게는 분석 능력과 수사의 흥미가 결여되어 있어서 그도 한낱 선정적 미스터리 작가가 되고 말했다.

프랑스가 세계적으로 이름을 떨치게 되는 미스터리 작가를 낳기 위해서는 20세기에 들어설 때까지 기다려야 했다. 그동안 영국의 추리소설 특히 코난 도일의 셜록 홈즈 모험담이 프랑스 작가들을 자극했을 것이다. 가장 두드러진 두 작가는 모리스 르블랑과 가스통 르루이다.

보알로 나르스자크의 《추리소설》(Roman Policier, 1964)을 보면 "가보리오는 코난 도일에게 영감을 주었다. 그리고 코난 도일은 모리스 르블랑에게 특수한 의미에서 그러했다. 아르센 뤼팽을 창조함에 있어서 모리스 르블랑은 결국 셜록 홈즈와는 모든 점에서 대조적인 주인공을 내세웠다."는 부분이 있다.

모리스 르블랑(Maurice Leblanc, 1864-1941)이 대중잡지 〈Je Sais Tout〉에 괴도신사 아르센 뤼팽을 주인공으로 범죄 모험소설을 쓰기 시작한 것은 1906년이다.

첫 단편 〈체포된 뤼팽〉(L'arrestation d'Arsène Lupin)가 독자의 호평을 받자 이어서 〈감옥의 아르센 뤼팽〉 등 여덟 편을 추가해 《괴도신사 뤼팽》(Arsène Lupin, Gentleman-Cambrioleur)이라는 제목으로 1907년에 출판되었다.

르블랑은 코난 도일에게 대항하여 셜록 홈즈와 맞서는 아르센 뤼팽을 내세웠을 텐데 이러한 대항의식은 마지막 단편 〈한 발 늦은 셜록 홈즈〉(Sherlock Holmes arrive trop tard)에 노골적으로 나타나 있다. 장 폴 사르트르는《말》(Mots, 1986)에서 "나는 아르센 뤼팽을 숭배한다. 헤라클레스와 같은 완력, 교활한 용기, 프랑스적 지성이……" 하고 말하는 것을 보면 오늘날 셜록 홈즈가 영미의 아니 전 세계 독자들에게 주는 이미지와 같은 이미지를 뤼팽은 당시의 프랑스 독자에게 그리고 전 세계 독자에게 주었을 것이다.

셜록 홈즈가 추리의 천재, 진실의 사도, 정의의 화신이라고 한다면 뤼팽은 강도이며, 멋쟁이 신사이며, 협객이며 경찰관이며 탐정이기도 하다. 홈즈가 이상적 영국인이라면 뤼팽은 전형적인 프랑스인이다.

《괴도신사 뤼팽》의 마지막 단편 〈한 발 늦은 셜록 홈즈〉에서 뤼팽은 홈즈의 시계를 훔쳤다가 돌려준다. 뤼팽은 소매치기의 명수이기도 하지만 신사강도로서는 좀 장난꾸러기 같은 인물이다. 그리고 드반이 폭소를 터뜨리는 것도 일부러 초대한 명탐정에 대한 에티켓으로는 조금 야비(?)하다.

코난 도일이 그가 창조한 명탐정이 아르센 뤼팽과 같은 신사강도에게 조롱당하는 것을 참지 못하여 모리스 르블랑에게 항의를 했다고 한다.

르블랑은 셜록 홈즈를 헐록 숌즈(Herlock Sholmes)로, 왓슨(Watson)을 윌슨(Wilson)으로 바꾸고 있을 뿐이다. 그래서 두 번째 단편집도 《아르센 뤼팽 대 셜록 홈즈》(Arsène Lupin contre Herlock Sholmes, 1908)로 되어 있고 〈한 발 늦은 셜록 홈즈〉도 그렇게 고치고 있다. 그러나 여기서는 셜록 홈즈로 부르기로 한다.

뤼팽은 장편 《수정마개》(Le Bouchon de Cristal,1910), 《기암성》(L'aiquille-creuse, 1912), 《813의 수수께끼》(813, 1923), 단편집 《시계 종이 여덟 번 울릴 때》(Les huits coups de l'horloge, 1913), 〈뤼팽의 고백〉(Les Confidences d'Arsène Lupin, 1913), 〈바네트 탐정사〉(L'Aqence Barnett, 1927) 등 20여 권에서 활약한다.

아르센 뤼팽은 완력이나 배짱이나 두뇌가 슈퍼맨에 속한다. 그는 만능선수이다. 그에게는 왓슨 역이 없다. 부하는 있으나 도구에 불과하다. 다만 도덕성과 정의감이 부족한 것이 흠이랄까. 그러나 강도라도 '신사'가 붙어 있으며 때로는 경찰부장을 지내며 자신의 체포 명령을 내리기도 한다. 추리력도 대단하다. 종횡무진이며 신출귀몰한다. 그도 홈즈처럼 신화적 존재가 되었다. 그는 셜록 홈즈와 더불어 우리들의 청소년기뿐만 아니라 평생의 영웅이 된 것이다.

차
례

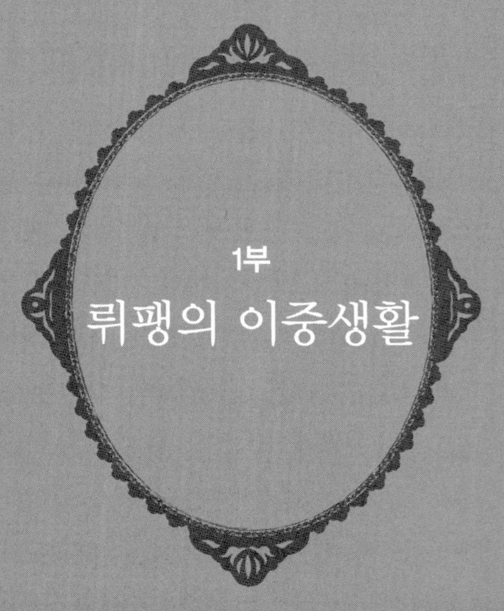

1부
뤼팽의 이중생활

학살

"채프먼, 놈이 또 여기 몰래 들어왔어!"

응접실 문 앞에서 걸음을 멈춘 케셀바흐가 비서의 팔을 잡으며 불안한 목소리로 말했다.

"예? 설마, 그럴 리가요?"

비서는 불가능한 일이라는 표정이었다.

"조금 전 선생님께서 별실 문을 직접 열고 나오셨고, 레스토랑에서 우리가 점심식사를 하는 동안 내내 열쇠는 선생님의 호주머니 속에 있었잖아요?"

"저기 저 가방을 보라니까!"

케셀바흐가 활짝 열려 있는 벽난로 위의 여행가방을 가리켰다.

“내가 분명 꼭 닫아놓고 나갔는데…….”

“틀림없이 꼭 닫으셨습니까?”

“그래, 그렇다니까!”

“가방 안에는 세면도구같이 대수롭지 않은 것들뿐인데요…….”

“조심하느라 내가 나가기 전에 지갑을 빼냈으니 그렇긴 하지. 하지만 분명 우리가 점심식사를 하는 동안 녀석이 들어왔던 게 틀림없어. 그대로 지갑을 넣어두었더라면 틀림없이 도둑을 맞았을 거야.”

케셀바흐가 불안한 표정을 한 채 벽에 붙어 있는 전화 수화기를 집어들었다.

“여보세요. 415호실의 케셀바흐입니다. 예, 그렇습니다…… 경찰청을 연결해 주십시오. 치안국…… 가만, 치안국 번호가…… 잠깐만요. 아, 여기에 적어두었군요. 822-48입니다. 그럼 기다리겠습니다.”

수화기를 들고 기다리던 케셀바흐가 잠시 뒤 다시 수화기에 대고 말을 하기 시작했다.

“822-48번이죠? 치안국장 르노르망 씨 좀 부탁합니다. 저는 케셀바흐라고 합니다. 예, 그렇습니다. 저에게 전화가 왔다고 전하면 잘 아실 겁니다. 그렇지요. 아, 자리에 안 계십니까? 실례지만 전화를 받는 분은 누구신지? 아, 구렐 경감님이시군요. 어제 제가 과장님과 만나 면담할 때 자리에 함께 계셨던 그분 맞죠? 그렇습니다, 그래요. 그와 똑같은 일이 오늘 또다시 일어난 거지요. 제가 있는 이 호텔 안에 누군가가 또 몰래 들어왔던 것이 틀림없습니다. 지금 오신다면 무슨 증거를 찾아낼 수 있을지도 모릅니다. 한두 시간 안에 말씀입니까? 그렇게 하십시오. 여기는 415호실입니다. 고맙습니다.”

여행을 하다 파리에 머물고 있는 루돌프 케셀바흐는 억만장자였다. 세간에는 ‘다이아몬드의 왕’이나 ‘케이프의 주인’이라는 별명으로 더 잘 알려져 있었다.

그는 얼마 전부터 팔라스 호텔 4층 415호실을 전세 내어 쓰고 있었다. 415호실은 방이 세 개였다. 오른쪽의 넓은 방 둘, 즉, 큰길이 훤히 내다보이는 응접실과 침실은 케셀바흐가 쓰고 있었고 창문이 쥐데 가를 향하고 있는 왼쪽 침실은 비서가 쓰고 있었다.

비서의 침실 옆쪽으로 늘어서 있는 다섯 개의 방은 케셀바흐의 부인을 위해 예약되어 있었다. 부인은 현재 몬테카를로에 머물며 남편의 연락을 기다리는 중이었다.

중년의 케셀바흐는 키가 꽤 큰 편이었다. 불그스레한 얼굴과 반듯한 이마, 툭 튀어나온 광대뼈는 정력적인 느낌을 풍겼고, 금테안경을 통해 보이는 파란색 눈은 꿈꾸는 듯해 온후하고 내성적인 인상이었다.

케셀바흐는 창문으로 다가가 창문의 잠금 장치를 확인했다. 창문은 굳게 닫혀 있었다. 설사 잠겨 있지 않았다 하더라도 창문을 통해 그 누군가가 감쪽같이 방 안으로 들어올 수는 없었다. 이 객실을 둘러싼 전용 발코니는 어느 곳과도 연결되어 있지 않았다. 다른 객실의 발코니와는 돌로 쌓은 벽으로 분리되어 있었다.

케셀바흐는 자신의 침실로 들어갔다. 침실도 인접한 다른 방으로부터 침입할 수 있는 구멍이 전혀 없었다. 케셀바흐는 비서의 침실에도 들어가 보았지만 역시 침입할 틈은 그 어디에도 없었다.

부인을 위해 예약해 놓은 다섯 개의 방 역시도 문이 굳게 잠겨 있었고 빗장까지 단단히 걸려 있었다.

"도대체 알 수가 없어? 이 방에서 이상한 일이 계속해서 일어나고 있는데도 말야. 묘한 일이라는 건 자네도 인정하지, 채프먼? 어제는 누군가가 내 지팡이를 만졌고, 그저께는 내 서류를 뒤적거린 흔적이 있었고…… 도대체 어떤 놈이 그럴 수 있지?"

"저도 불가능한 일이라고 생각합니다."

채프먼이 고개를 갸웃거리며 말했다. 성실해 보이는 온화한 그의 얼굴에서는 불안한 그림자를 전혀 찾아볼 수 없었다.

"혹시, 선생님께서 너무 민감하신 것 아닐까요? 그건 현실적으로 불가능한 일이고, 어떤 증거도 없는데…… 이 객실은 별실을 통하지 않고는 들어올 방법이 없습니다. 도착한 그날도 선생님께서는 즉시 특별한 자물쇠를 주문해 다셨습니다. 같은 열쇠를 갖고 있는 사람은 오직 선생님의 하인인 에드와르 한 사람뿐이고, 그 사람은 선생님께서 철석같이 믿고 있고 또 누구보다 믿을 수 있는 사람 아닙니까?"

"그야 말할 것도 없지. 벌써 10년이나 나를 위해 일하고 있는 사람이니까."

도저히 알 수 없다는 듯이 케셀바흐가 잠시 생각하는 표정을 지었다.

"우리와 같은 시간에 에드와르도 식사를 했는데 앞으로는 안 되겠어. 앞으로는 우리의 식사가 끝난 다음에 식사를 하도록 지시해야겠어."

채프먼은 아무래도 '케이프의 주인'이 무언가 설명할 수 없는 걱정거리 때문에 신경이 조금 과민해져 있는 것이 아닌가 싶었다. 무슨 위험을 느끼고 있는 것일까? 케셀바흐는 이 커다란 호텔 안에서 안전하게 지내고 있고 소지품 중에도 귀중한 물건이나 많은 금액의 돈은 없었다.

출입문이 열리는 소리가 들려왔다. 에드와르였다. 에드와르는 제복을 입고 있었다.

"제복을 입다니 참 잘했네. 오늘은 나에게 손님이 찾아올 예정은 없네만. 아니, 한 분 있군. 구렐 씨라는 분께서 오실 텐데 그때까지 자네는 복도에 나가서 출입문을 잘 지키고 있게. 채프먼과 나는 이제부터 중요한 일을 처리할 테니까."

두 사람의 일은 한참 동안 계속되었다. 케셀바흐는 배달된 편지를 살펴보고 그 가운데서 서너 통을 읽어본 뒤 필요한 곳에 답장을 썼다. 케셀바흐가 답장의 내용을 불러주면 채프먼이 편지지에 받아 적었다.

펜을 든 채 케셀바흐의 다음 말을 기다리던 채프먼은 문득 케셀바흐가 편지와 전혀 상관 없는 다른 일에 정신을 빼앗기고 있다는 사실을 깨달았다. 케셀바흐는 미늘처럼 구부린 까만 핀 한 개를 손가락 사이에 끼운 채 눈도 깜빡이지 않고 들여다보고 있었다.

"이봐, 채프먼!"

케셀바흐가 드디어 핀에서 눈을 떼며 말했다.

"이걸 테이블 위에서 발견했는데, 이게 무슨 일이 일어나고 있음을 뜻하는 증거가 아닐까? 이건 훌륭한 증거야, 증거라구! 이젠 자네도 이 응접실에 아무도 들어오지 않았다는 말을 못하겠지? 이 핀이 여기에 제 발로 걸어들어 오지는 않았을 테니까 말야."

"그건 그렇지 않습니다. 그 핀은 저절로 혼자 들어온 것이 아니라, 제가 가져온 겁니다."

"이게 뭔데?"

"그 핀은 제 옷에 넥타이를 찔러 고정시켜 놓았던 겁니다. 어젯밤 선생님께서 책을 읽으시는 동안에 뽑았다가 제가 저도 모르는 사이 무의식적으로 구부린 겁니다."

비서의 대답을 듣고 난 케셀바흐가 겸연쩍다는 듯이 자리에서 일어났다. 그리고 두어 걸음 걷다 멈춰 서서 다시 입을 열었다.

"채프먼, 자네는 웃을 일인지도 모르겠네만, 그리고 웃는 것도 무리는 아니겠지만…… 나는 내가 이번 케이프 여행을 시작한 이래 약간의 과민반응을 보이고 있다는 것도 잘 알고 있네. 하지만 거기에는 그만한 까닭이 있지. 자네는 지금 내가 내 인생의 어떤 전환점에 놓여 있다는 것을 모르니 그러는 것도 무리는 아니지. 어떤 거대한 계획, 어떤 방대한 사업…… 나에게도 아직은 안개 속에 묻힌 것같이 막연하게밖에는 보이지 않는 일이지만, 아무튼 규모가 엄청나게 큰 사업이야. 자네로서는 아마 상상도 할 수 없는 일일 걸세. 그게 돈이라고 생각하나? 돈에 관한 일이라면 나는 이제 더 이상 욕심이 없어. 돈이라면 나는 충분히 갖고 있지. 아니, 오히려 지나치게 너무 많이 갖고 있을 정도야. 하지만 이번 계획은 돈 이상의 것이라네. 그것은 하나의 세력, 즉 하나의 권력이야. 그것은 막강한 권세 그 자체지. 이 일이 실현만 된다면 나는 단순히 '케이프의 주인' 따위가 아니라 다른 많은 왕국의 주인이 될 걸세. 아우구스부르크의 대장장이 아들로 태어난 루돌프 케셀바흐가 자신을 깔보고 함부로 대해 온 녀석들의 위에서 군림하게 되는 것이지. 이봐, 채프먼. 바로 내가 그 녀석들의 코를 납작하게 해줄 거라니까. 모든 일이 그 때문이라고 생각하고 있게나. 그래서 만일…….."

케셀바흐가 갑자기 말을 끊었다. 말이 필요 이상으로 지나치지 않았나 생각하는 것 같았다.

그러나 케셀바흐는 채프먼을 잠시 뚫어지게 바라보다 다시 말을 이어갔다.

"알아듣겠나, 채프먼. 내가 불안해하는 이유를? 내 머릿속에는 엄청난 생각이 들어 있다네. 그런데 아무래도 누군가가 그걸 눈치챈 것 같아. 그래서 그걸 훔쳐가려고 노리는 것 같아. 틀림없어!"

그때 전화벨이 울렸다.

“제가 받을까요?”

“아니, 어쩌면…… 그 전화일지도 모르겠는걸.”

케셀바흐가 직접 수화기를 집어들었다.

“여보세요, 누구십니까? 아, 대령님이십니까…… 네, 그렇습니다. 무슨 별다른 일이라도? 네, 좋습니다. 기다리겠습니다. 부하를 데리고 오시겠다구요? 아, 좋고 말고요, 괜찮습니다. 여보세요? 네, 방해 같은 것은 있을 리 없습니다. 필요한 준비를 해놓겠습니다. 상당히 중대한 일인 것 같군요? 절대로 아무도 들어오지 못하게 하겠습니다. 입구는 비서와 하인에게 지키게 하겠습니다. 이리로 오는 길은 알고 계시죠? 그럼 곧바로 오십시오.”

케셀바흐가 수화기를 다시 제자리에 내려놓았다.

“채프먼, 이제 손님이 두 분 오실 걸세. 신사, 두 분이야. 에드와르에게 잘 안내하도록 말해주게.”

“구렐 경감께서도 오시기로 되어 있지 않습니까?”

“그분은 훨씬 더 늦게 올 걸세…… 아직 한 시간은 여유가 있어. 그리고 서로 만나게 되더라도 상관없네. 에드와르에게 지금 곧 프런트로 달려가 내 말을 전하라고 하게. 그러니까 대령과 그 동료, 그리고 구렐 경감, 이 세 분 이외의 손님은 절대 만나지 않겠다고, 이름을 똑똑히 적어놓도록 하라고…….”

채프먼은 즉시 밖으로 나갔다.

방으로 되돌아온 채프먼은 케셀바흐가 한 손에 봉투 하나를, 아니 봉투라기보다 검은 가죽으로 된 조그마한 주머니를 들고 있는 것을 보았다. 언뜻 보기에는 속이 텅 비어 있는 것 같았다. 케셀바흐는 그것을 어떻게 처리해야 할지 망설이고 있는 듯했다. 호주머니 속에 넣을 것인지, 아니면 다른 어떤 곳에 둘 것인지…….

그는 결국 벽난로로 다가가 그 가죽 주머니를 여행가방 속으로 던져 넣었다.

"아까 쓰던 편지를 마저 처리하세, 채프먼. 아직 십 분 정도의 여유는 있을 것 같군. 아, 집사람에게서 편지가 와 있군 그래. 어째서 말해주지 않았나? 이 필적을 몰랐단 말인가?"

케셀바흐는 아내가 손가락으로 만지작거리며 남이 알지 못하는 머릿속의 생각들 몇 가지를 적어서 보냈을 편지를 만지는 감동을 조금도 감추려 하지 않았다.

케셀바흐는 편지를 코에 대고 편지게서 풍기는 향수냄새를 맡았다. 그리고 봉투를 찢어 천천히 읽기 시작했다. 조그맣게, 그러나 채프먼도 잘 알아들을 수 있는 믁소리로…….

"약간 피곤해서…… 방에만 틀어박혀 있답니다…… 매우 심심해요. 언제나 그리로 가게 될까요? 전 전보가 오기만을 학수고대하고 있습니다…….'

케셀바흐가 잠시 편지에서 눈을 떼었다.

"채프먼, 오늘 아침에 전보 쳤지? 그렇다면 내일쯤 집사람이 여기에 도착하겠군."

그는 꽤 기쁜 듯했다. 마치 사업에 관련된 무거운 짐을 내려놓고 걱정거리에서 완전히 해방된 사람 같아 보였다.

그는 두 손을 비비며 가슴 깊숙이 숨을 들이마셨다. 성공을 확신하고 있는 자신감 넘치는 사나이의 몸짓. 그는 지금 현재 매우 행복했고 또 그것을 지킬 만한 힘도 충분했다.

"초인종 소리가 울렸어. 누군가가 복도의 초인종을 눌렀어. 가 보게!"

에드와르가 들어왔다.

"두 분 손님께서 주인님을 뵙겠다고 하십니다. 약속하신 분이랍니다."

"알고 있네. 별실에 계시나?"

"그렇습니다."

"별실 문을 닫아. 그리고 다시는 열어선 안 되네. 채프먼, 자네는 그 두 분께 가서 내가 먼저 대령님 한 분만 만나 뵙길 원한다고 말씀드리게. 대령님만일세."

에드와르와 채프먼이 방을 나갔다. 그리고 둘 중 한 사람이 응접실 문을 굳게 닫았다.

루돌프 케셀바흐는 창문으로 가서 유리에 이마를 댔다.

창문 밖, 두 겹으로 나란히 그려진 두 줄의 선을 따라 마차와 자동차가 달리고 있었다. 봄의 밝은 햇살이 자동차의 장식과 칠을 더욱 반짝거리게 빛냈다. 나무는 연한 푸른 새순을 피어내고 있었고, 마로니에 가지에 붙어 있는 눈들도 살며시 고개를 내밀기 시작하고 있었다.

"채프먼 이 친구, 무얼 이렇게 꾸물거리지……?"

케셀바흐가 중얼거렸다.

"무슨 이야기를 어떻게 하고 있기에?"

케셀바흐가 책상 위에 있던 담배를 한 대 집어들고 불을 붙였다.

"어?"

담배를 한 모금 빨다 말고 케셀바흐가 주춤 한 걸음 물러났다. 전혀 안면이 없는 사나이가 어느새 들어와 그의 곁에 서 있었던 것이다.

"누군가, 자네는?"

케셀바흐의 질문에 사내가 싸늘한 표정으로 웃었다. 사내는 옷차림이 깨끗하다 못해 우아해 보이기까지 했다. 머리카락과 콧수염이 검었고 눈빛이 날카로웠다.

"내가 누구냐고? 그야 뻔하지 않소. 대령이오."

"뭐야, 대령이라고? 내가 대령이라그 부르고 저쪽에서도 대령이라는, 이 합의된 암호로 편지를 보내는 사나이는 당신이 아닌데!"

케셀바흐의 목소리가 약간 떨리고 있었다.

"그런데 그게 뭐 중요합니까? 중요한 것은…… 아무튼, 아실 것 아닙니까, 주인어른! 중요한 것은 내가, 여기 있는 내가, 다름 아닌 나라는 점이오. 당사자인 내가 대령이라고 말하는 데 있다는 겁니다."

"도대체 당신은 이름이 뭐요?"

"그러니까… 지금 현재는 대령이라고 말하지 않았소."

케셀바흐의 표정이 더 굳어졌다. 점점 공포가 엄습하고 있었다.

"채프먼! 채프먼!"

케셀바흐가 한 걸음 물러나며 큰 소리로 채프먼을 불렀다.

"무엇 때문에 그렇게 사람을 불러대는 거죠? 나 하나로는 부족합니까?"

"채프먼!"

케셀바흐가 숨넘어갈 듯이 거듭 소리쳤다.

"채프먼! 에드와르……!"

"채프먼! 에드와르!"

생면부지의 사나이가 놀리기라도 하듯이 케셀바흐를 따라 함께 외쳤다.

"자네들은 무얼 꾸물거리는 건가? 이봐! 주인어른이 부르시지 않나!"

"이봐요, 여보게…… 부탁하네. 아니 명령하겠다…… 나를 나가게 해줘!"

"나가시죠! 누가 잡기라도 했습니까?"

사나이는 예의바르게 옆으로 비켜섰다.

케셀바흐는 문 앞으로 다가가 급히 문을 열었다. 그러나 곧바로 기겁을 하며 물러서지 않을 수 없었다. 그 문 뒤에 다른 한 사나이가 버티고 서 있었던 것이다. 손에 권총을 쥔 채.

"에, 에드와르! ……채프……."

케셀바흐는 말을 끝까지 하지 못했다. 별실 구석에 자기의 비서와 하인이 재갈이 물리고 꽁꽁 묶인 채 뒹굴고 있는 것이 보였기 때문이다.

케셀바흐는 겉으로는 나약해 보였지만 속은 용감한 외유내강형이었다. 그는 두렵고 당황해 어찌 할 바를 모르는 체하면서 천천히 벽난로로 다가가 벽에 기댔다. 그리고는 손끝으로 비상벨을 찾기 위해 더듬었다.

"그 다음에는 어찌 하시려고?"

예의 그 초면의 사나이가 말했다.

케셀바흐는 대답 대신 연속해서 비상벨을 눌렀다.

"그 다음에는 어쩌시려는 거지요? 그 비상벨을 누르고 있기만 하면 '도우러 와주겠지, 온 호텔에 소란이 일어나겠지' 하고 생각하실지 모르겠지만 안됐군요. ……잠깐만 뒤를 돌아보시지요. 선이 끊어져 있는 것 같으니까요."

케셀바흐는 사나이의 말을 확인하려는 듯 급히 뒤로 고개를 돌렸다. 그리고 그는 잽싸게 여행가방을 움켜쥐고 권총을 찾아 집어들었다. 그리고 사나이를 향해 곧장 방아쇠를 당겼다.

철컥!

방아쇠를 당겼는데도 총소리는 들려오지 않았다.

"굉장하군요!"

사나이가 말했다.

"안타깝게도, 총알 대신 공기와 침묵만이 들어 있군요?"

"철컥!"

권총에서 다시 한 번 금속음이 났다. 그리고 또 한 번. 그러나 발사음은 한 번도 들리지 않았다.

"세 발만 더 쏘시지요, 케이프의 주인님! 여섯 발을 모두 쏘아 주셔야지 그렇지 않으면 어쩐지 좀 모자라는 것 같아 서운해서 요."

그러나 케셀바흐는 사나이에게 더 이상 총을 겨누지 못하고 손을 밑으로 늘어트렸다.

"왜 그러시나요? 단념하시는 겁니까? 유감스러운데요. 겨냥은 상당히 정확했는데 말입니다."

사나이는 의자의 등받이를 움켜쥐고 빙글 한 바퀴 돌려 말을 타듯 의자를 타고 앉았다. 그리고 옆쪽에 놓여 있는 안락의자를 가리키며 케셀바흐를 쳐다봤다.

"주인어른, 부디 앉으십시오. 댁에 계실 때처럼 편하게 계시지요. 담배 한 대 어떻습니까? 나는 이쪽의 잎담배가 마음에 드는군요."

탁자 위에 담배 케이스가 있었다. 괴사나이는 아프망 한 대를 집어들었다. 사나이는 느린 동작으로 천천히 담배를 말아 불을 붙였다. 그리고 예의바르게 고개를 숙여 보였다.

"담배 참 고맙습니다. 이 잎담배는 꽤 좋은데요. 그럼 이쯤에서 이야기를 시작하기로 할까요?"

루돌프 케셀바흐는 어이없다는 표정으로 이야기를 들을 수밖에 없었다.

이 괴한은 대체 누구란 말인가?

그나마 다행히, 사내는 무례해 보이지는 않았다. 침착한 그의 모습과 유창한 말재주를 보고 있는 동안 케셀바흐는 조금씩 마음이 놓였다. 폭행을 당하는 등의 불상사 없이 일이 잘 처리될지도 모른다는 생각이 들기 시작했다.

케셀바흐는 호주머니에서 지갑을 꺼내 열어 꽤 두툼한 지폐 다발을 내보이며 말했다.

"얼마를 드리면 되겠소?"

상대는 이해하기 힘들다는 표정으로 멍하니 그를 바라보았다.

"마르코!"

괴사나이의 부름에 권총을 든 남자가 가까이 다가왔다.

"마르코, 이 주인어른께서 친절하게도 자네 애인을 위해 저 종이 부스러기를 주신단다. 받아두도록 해, 마르코."

마르코는 오른손에 들고 있는 권총을 케셀바흐에게 겨누면서 왼손을 내밀었다. 그는 지폐다발을 받아들고 뒤로 물러났다.

"돈 문제가 당신의 뜻대로 해결되었으니 이번에는 내가 여기에 온 목적에 대해 이야기하기로 합시다."

괴사나이가 담배를 한 모금 빨았다.

"단도직입적으로 말씀드리지요. 나는 두 가지 물건을 가지러 왔소. 우선 검은 모로코 가죽으로 만든 주머니. 언제나 당신이 몸에 지니고 있는 바로 그거지요. 다음은 흑단나무로 된 작은 상자. 그건 어제까지 저 여행가방 안에 있었지요. 자, 하나씩 차례로 처리하도록 합시다. 먼저 그 모로코 가죽으로 된 주머니는?"

"태워버렸소!"

괴사나이가 인상을 찡그렸다. 그는 마치 케셀바흐의 입을 열게 하기 위해 어떤 고문이 좋을지 생각이라도 하는 것 같았다.

"그랬단 말이죠? 좋습니다. 그건 나중에 이야기합시다. 그럼 그 흑단나무 상자는?"

"그것도 태워버렸소!"

"어허 이거야……. 그래요? 그러셨단 말이죠? 당신은 나를 우습게 생각하는 모양이로군. 말로는 안 되겠는걸!"

괴사나이가 케셀바흐의 팔을 잡고 사정없이 비틀었다.

"루돌프 케셀바흐, 어제 당신은 외투 밑에 어떤 꾸러미를 하나 감추고 이탈리앙 대로에 있는 리용 신용은행으로 들어갔소. 그곳에서 당신은 금고를 하나 빌렸지요. 정확하게 말해, 9군의 제16호요. 당신은 서명을 하고 지불을 끝낸 다음 지하실로 내려갔소. 지하실에서 올라왔을 때, 당신은 그 꾸러미를 갖고 있지 않았소. 어때요? 내 말이 정확한가요?"

"그건…… 그래, 당신의 말이 맞소!"

"그러니까 다시 말해서, 그 상자와 주머니는 리용 신용은행에 있다는 말이지요?"

"그렇지 않소!"

"당신의 금고 열쇠를 내놓으시오."

"싫소!"

"마르코!"

마르코가 급히 다가왔다.

"자, 마르코. 이자를 꼼짝 못하도록 꽁꽁 묶어라!"

손쓸 기회도 없이 루돌프 케셀바흐는 밧줄에 꽁꽁 묶였다. 밧줄은 움직이면 움직일수록 더욱 아프게 살 속을 파고들었다. 양 팔은 등 뒤로 돌려져서 묶여 있었고 상반신은 의자에 단단히 묶였다. 얼마나 꼼꼼히 묶었는지 밧줄을 온몸에 두르고 있는 케셀바흐의 모습이 마치 미라 같았다.

"찾아라, 마르코!"

마르코가 케셀바흐의 몸을 샅샅이 뒤졌다. 조금 뒤 그는 자신의 두목에게 16과 9, 두 개의 번호가 찍힌, 니켈 도금을 한 납작한 열쇠를 하나 건넸다.

"맞다. 바로 이거다. 모로코 가죽 주머니는 없나?"

"없는데요, 두목!"

"그것은 금고 안에 있을 거야. 케셀바흐 나으리, 필요한 암호를 말씀해 주시지요?"

"싫소!"

"정말 이러기요?"

"네 마음대로 해라!"

"마르코!"

"네, 두목!"

"권총의 총구를 이 나으리의 관자놀이에 대라."

"예!"

마르코가 권총 총구를 케셀바흐의 관자놀이에 가져다 댔다.

"방아쇠에 손가락을 걸어라."

"예, 걸었습니다."

"그래, 어떻소, 케셀바흐 선생? 말하겠다는 결심이 섰나요?"

"천만에!"

"마르코, 10초다. 10초가 지나면 1초도 더 기다리지 말고 방아쇠를 당겨라."

"예?"

"10초가 지나면 이 나리의 머리에 바람구멍을 내주라는 얘기다."

"예, 알겠습니다."

"케셀바흐, 그럼 내가 세겠다. 열, 아홉, 여덟, 일곱, 여섯, 다섯, 넷……."

루돌프 케셀바흐가 카운트를 멈추라는 듯한 표정을 지었다.

"말하겠는가?"

"그래 하겠다."

"하마터면 큰일 날 뻔했군요. ……암호는?"

"돌로르요."

"돌로르라고요? 고통이라는 뜻이군. 돌로레스라면 케셀바흐 당신의 부인 이름이 아니오? 당신은 더러 귀여운 짓도 할 줄 아는 사람이로군. ……마르코, 너는 지금부터 예정대로 서둘러야겠다. 실수하면 안 된다. 알겠지? 다시 한 번 말해주겠다. 너는 버스 정류장으로 가서 제롬을 만나라. 그리고 이 열쇠를 주고 암호인 돌로르를 가르쳐 줘라. 그런 뒤 둘이 함께 리용 신용은행으로 가라. 제롬이 혼자 안으로 들어간다. 감식부에 서명하고 지하실로 내려간다. 그리고 금고 안에 있는 것을 전부 가져오는 거다. 알았지?"

"두목, 잘 알았습니다. 그런데 만일 금고가 열리지 않으면 어떻게 할까요? 돌로르라는 그 암호가 거짓말이라면 어떻게 할까요?"

"마르코, 리용 신용은행에서 나오거든 제롬을 돌려보내고 너는 집으로 돌아가라. 거기서 전화로 나에게 일에 대한 결과를 알려라. 'D-O-L-O-R'이라고 돌려도 금고가 열리지 않으면 나는 루돌프 케셀바흐에게 최후의 심판을 내리겠다. 이봐, 케셀바흐, 걱정할 게 없겠지? 설마 판단 착오를 한 건 아니실 테지?"

"틀림없다!"

"그건, 나중에 내가 아무 짓도 하지 않아도 된다는 말일 테지? 두고 보면 알게 되겠지. 마르코, 가라!"

"그런데 두목은 어떻게 하시겠습니까?"

"나는 일이 끝날 때까지 여기에 있을 생각이다. 뭐, 괜찮아! 걱정할 것 없어. 이렇게 따분한 일은 여간해서 없을 정도지. 케셀바흐, 절대 아무도 오지 않겠지?"

"오지 않소……."

"아니 그런데, 당신 좀 당황한 것 같은데? 그 말을 하는데 말이 좀 떨리잖소. 시간을 끌려는 것인가? 내가 바보처럼 올가미에 걸리도록?"

괴사나이가 케셀바흐를 뚫어지게 쳐다봤다.

"설마 그렇지 않겠지? 방해는 없겠지?"

그러나 괴사나이가 말을 채 끝내기도 전에 별실의 초인종이 요란하게 울리기 시작했다.

괴사나이는 급히 한 손으로 루돌프 케셀바흐의 입을 틀어막았다.

"과연 늙은 능구렁이로군……. 누군가를 애타게 기다리고 있었어!"

케셀바흐의 눈이 희망으로 번득였다. 그리고 입을 막은 사나이의 손 밑에서 큭큭거리는 비웃음소리가 들려왔다.

괴사나이는 속았다는 생각에 화도 나고 또 몹시 당황한 것 같은 표정이었다.

"잠자코 있어! 그렇지 않으면 목을 졸라 죽일 테다. 마르코, 이자에게 재갈을 물려라. 빨리, 단단히!"

마르코가 어디선가 가져온 천으로 케셀바흐의 입에 단단히 재갈을 물렸다.

초인종이 또다시 울렸다.

"빨리 문 열지 않고 무얼 하나, 에드와르!"

괴사나이는 마치 자신이 루돌프 케셀바흐인 척 하인인 에드와르에게 아무 일도 없는 것처럼 큰 소리로 외쳤다. 이어서 괴사나이는 조용히 별실로 들어가 쓰러져 있는 비서와 하인을 가리키면서 마르코에게 조용히 말했다.

"방문자의 눈에 뜨이지 않도록 이자들을 침실 안에 처넣어야겠다."

사나이가 케셀바흐의 비서를, 마르코가 하인을 끌어 침실로 옮겼다.

"됐다. 돌아가자."

사나이는 곧 다시 응접실로 돌아와 놀랐다는 듯이 크게 외쳤다.

"어, 케셀바흐 선생! 당신의 하인이 보이지 않습니다. 잠깐 외출이라도 한 모양이군요. 제가 문을 열 테니 선생님께서는 쓰시던 편지나 마저 쓰시지요."

소리를 지르고 난 괴사나이가 태연하게 문을 열었다.

"케셀바흐 씨 계신가요?"

방문객이 정중하게 물었다.

"그렇습니다만, 댁은 누구십니까?"

괴사나이가 방문객을 살폈다.

출입문 앞에 서 있는 방문객은 덩치가 몹시 컸다. 방문객은 넓적한 얼굴에 웃음을 띠고 있었는데 다리를 번갈아 번쩍번쩍 들면서 몸을 흔들고 있었고 버릇처럼 모자의 테를 두 손으로 만지작거리고 있었다.

"케셀바흐 씨께서 전화를 주셨기에 찾아왔습니다만……."

"이거 실례했습니다. 제가 그렇게 말씀 전해 올리겠습니다. 잠깐만 기다려 주십시오."

대담하게도 괴사나이는 찾아온 사람을 별실 입구에 남겨놓은 채 그대로 물러났다. 그곳은 열려 있는 문을 통해 응접실의 일부분이 빤히 보이는 장소였다.

뒤도 돌아보지 않고 천천히 되돌아간 괴사나이가 케셀바흐를 지키고 있던 같은 패에게 말했다.

"일이 골치 아프게 됐어. 지금 찾아온 사람은 치안국의 구렐 경감이야."

그 말을 들은 부하가 급히 허리춤의 단도에 손을 댔다. 그러나 괴사나이가 부하의 팔을 잡았다.

"어리석은 짓 하지 마! 내게 생각이 있어, 마르코! 너는 내가 무슨 생각을 하고 있는지 잘 파악해야 해. 네가 케셀바흐가 되었다고 생각하고 케셀바흐의 입장에서 내게 말해. 알겠지? 마르코, 네가 바로 케셀바흐다."

이런 짧은 설명으로도 마르코는 괴사나이의 말을 이해한 것 같았다. 곧 그는 밖에 있는 사람에게 들으라는 듯이 큰 소리로 말했다.

"정말 미안한 일이지만, 여보게, 구렐 씨에게 대단히 미안하다고 정중히 말씀드려 주게. 급히 서둘러야 할 일이 있어서 대단히 죄송하지만 지금은 뵐 수가 없다고…… 내일 아침 9시에 뵈었으면 몹시 감사하겠다고 말씀드려 주게. 그래, 9시 정각에 뵙겠다고 말이야."

"그렇게 말씀드리죠."

괴사나이가 말했다.

"선생께선 일어나시지 마시죠!"

괴사나이가 별실로 되돌아왔다. 그리고 기다리고 있던 구렐에게 말했다.

"케셀바흐 선생께서 매우 죄송하게 되었다고 말씀드리라는군요. 마침 시간을 다투는 중요한 일을 하시는 중이어서 내일 아침에 오셨으면 좋겠다고 말씀 전하시랍니다. 내일 아침 9시에는 꼭 뵙겠다고…….”

잠시 침묵이 흘렀다. 구렐은 불쾌한 모양이었다.

겉으로 내색은 안 했지만 구렐 경감 앞에 서 있는 사나이의 주먹이 호주머니 안에서 초조하게 떨렸다. 괴사나이는 조금이라도 이상한 눈치가 보이면 당장이라도 덤벼들 준비가 되어 있는 것 같았다.

“그럼…… 내일 아침 9시에 찾아뵙겠습니다. 하지만 모처럼 이렇게 왔으니…… 아니, 아닙니다. 그럼 내일 아침 9시에 뵙겠습니다.”

구렐 경감은 그렇게 말한 다음 모자를 고쳐 쓰고 호텔 복도를 따라 걸어갔다.

응접실 안에서 상황을 주시하고 있던 마르코가 큰 소리로 폭소를 터뜨렸다.

“굉장한데요, 두목의 솜씨 말입니다. 저 녀석 완전히 속아서 그대로 가버렸어요!”

“서둘러라, 마르코! 저 녀석의 뒤를 밟아라. 호텔 밖에 나가거든 미행을 중지하고 예정했던 대로 버스 정류장에서 제롬과 만나야 한다. 일이 끝나면 나에게 전화해라.”

마르코가 서둘러서 출입문을 빠져나갔다.

괴사나이는 벽난로 위에 있던 물병을 집어들고 철철 넘치도록 컵에 물을 따라 단숨에 마셨다. 이어 그는 손수건을 꺼내 물을 적시더니 땀이 흐르는 이마를 닦았다.

한숨을 돌리고 난 괴사나이는 포로 옆에 앉아서 일부러 꾸민 듯한 정중한 어조로 말을 건넸다.

"아 참, 케셀바흐 선생에게 내가 누구인지 소개하는 것을 깜박 잊었군요."

그는 주머니에서 명함 한 장을 꺼내 큰 소리로 읽었다.

"괴도신사 아르센 뤼팽!"

괴도의 이름이 오히려 케셀바흐를 안심시킨 모양이었다. 뤼팽 쪽에서도 이 모습을 놓치지 않았다.

"아아! 나으리께서 마음을 놓으셨나보군요? 아르센 뤼팽은 아주 섬세한 도둑이지요. 피비린내 나는 거친 일은 아주 질색입니다. 지금까지 다른 사람의 재물을 빼앗는 일 이외에는 한 일이 없습니다. 다시 말해, 난 애교 있고 가벼운 죄밖에는 저지르지 않습니다. 그건 잘 알고 계시죠? 그러니 당신도 그렇게 여유 있는 표정을 짓는 게 아닙니까? 새삼스럽게 뤼팽이란 녀석이 아무 쓸모도 없는 살인 따위를 저질러 양심에 가책을 받을 리 없다고 생각하니 말입니다. 확실히 그렇습니다. 자, 우리 서로 동료 같은 마음으로 진지하게 이야기를 해봅시다."

뤼팽은 자기의 의자를 안락의자 옆으로 가져갔다. 그리고 포로의 입에 물려 있는 재갈을 풀었다.

"케셀바흐 선생, 당신은 파리에 도착하시던 날, 도착하자마자 곧 비밀탐정사의 사장 바루바루라는 사람과 연락을 하셨소. 하지만 비서인 채프먼이 알게 되기를 원치 않았기 때문에 바루바루라는 사람이 당신에게 편지를 쓰거나 전화를 걸 경우 '대령'이라고 하기로 약속하고 있었소. 잊어버리기 전에 말해두겠는데, 그 바루바루라는 사나이는 이 세상에 다시없이 정직하고 좋은 사람이오. 정말 다행스럽게도 바루바루 밑에서 일하고 있는 사람 중 한 사람이 나의 둘도 없는 친구지요. 당신과 바루바루가 연락하고 있는 걸 내가 알게 된 것도, 그리고 내가 당신의 일에 신경을 쓰게 된 것도, 또 같은 열쇠를 써서 몇 번인가 당신의 방을 뒤져봤던 것도 실은 그 사람의 도움이 있었기 때문입니다."

말을 하던 뤼팽은 목소리를 조금 낮췄다. 그는 포로의 마음을 읽으려는 듯이 눈을 뚫어지게 들여다보고 있었다.

"케셀바흐 선생, 당신은 바루바루에게 의뢰하셨소. 파리의 밑바닥을 샅샅이 뒤져 현재 피에르 르뒤크라는 이름을 사용하고 있거나 이전에 이런 이름을 쓴 일이 있는 사나이를 찾아내라고 말입니다. 그 사나이는 키가 1미터 75센티, 머리카락은 금발이며 콧수염이 있소. 특징은, 부상으로 인해 왼손 새끼손가락 끝이 잘려 있소. 케셀바흐 선생, 당신은 이 사나이를 찾아내는 일을 매우 중요하게 생각하는 모양인데 대체 이 사람이 어떤 사람입니까?"

"모르오!"

케셀바흐의 목소리는 무척 단호했다. 알고 있는데 말을 안 하는 것인지 정말로 모르는 것인지 분명하지가 않았다. 분명한 것은 케셀바흐가 그 일에 대해 말하지 않겠다고 단단히 결심하고 있다는 것뿐이었다.

"좋습니다."

뤼팽은 다시 생각하는 표정을 지었다.

"그런데 당신은 바루바루에게 제공한 정보 이외에도 그 사나이에 대해 보다 더 상세한 정보를 갖고 있죠?"

"아무것도 갖고 있지 않소."

"거짓말을 하시는군요, 케셀바흐 선생. ……바루바루 앞에서 당신은 두 번이나 모로코 가죽으로 만든 주머니에서 꺼낸 서류에 대해 이야기하지 않았소?"

"그건, 그렇소."

"그럼, 그 주머니는 어쨌습니까?"

"태워버렸다고 얘기하지 않았소."

뤼팽의 눈빛이 조금 흔들렸다. 흥분한 것 같았다.

"태워버렸다고? 그럼 그 상자는 어덨소?"

이번에는 아무 대답도 없었다.

"그것은 리용 신용은행에 두지 않았습니까?"

"그렇소."

"속에 들어 있는 것은 뭡니까?"

"내가 수집한 것들 가운데서 최상급의 다이아몬드 2백 개가 들어 있소."

그 대답은 괴도에게 결코 불쾌한 것이 아니었다.

"오! 가장 좋은 다이아몬드 2백 개라! 그것만으로도 굉장한 재산이군……."

잠시 케셀바흐의 얼굴에서 미소가 떠올랐다 사라졌다.

"내가 이런 말을 하는 것이 당신이 보기엔 우스꽝스러운 모양이군. 하기는 그렇겠지. 그런 정도야 당신에게는 새발의 피일 테니까. 확실한 건, 당신의 비밀이 그런 다이아몬드 따위보다 훨씬 귀중하다는 이야기로군. 당신은 그렇다 치고, 그러면 내게는 어떨 것 같소?"

뤼팽은 잎담배 한 개를 집어들었다. 성냥을 그어 불을 켰으나 그는 성냥이 다 탈 때까지 담배에 불을 붙이지 않았다. 그는 갑자기 얼어붙기라도 한 듯이 한참 동안 꼼짝도 하지 않고 생각에 잠겨 있었다.

뤼팽이 마취에서 풀린 듯 다시 움직이기 시작했다. 그는 다시 성냥을 그으며 빙그레 웃었다.

"내가 심부름을 보낸 사람에게 나쁜 일이 생겨 금고를 열지 못했으면 하고 당신은 지금 빌고 있겠죠? 하지만 그런 일은 일어나지 않을 테니 걱정하지 마시오. 하지만 만약 그렇게 되면 내가 수고한 값과 허비한 시간에 대한 보상은 받아야겠소. 안락의자에 꽁꽁 묶여서 붉으락푸르락하는 당신 표정이나 보려고 이렇게 와 있는 것이 결코 아니니까. ……내게 그 다이아몬드를 주시겠소? 다이아몬드가 있다니 하는 말이오. 그게 싫으면 모로코 가죽 주머니를 내어주시던가. 둘 중의 하나는 내게 내주어야 할 거요."

뤼팽이 시계를 꺼내 들여다봤다.

"30분만 기다리겠소. 제기랄! 따분하게 기다리고 있으려니 엉덩이가 다 근질거리는군."

케셀바흐가 조금 여유를 갖는 것 같았다. 그의 얼굴에 희미한 미소가 피어올랐다.

"케셀바흐 선생, 이건 웃을 일이 아니오. 나의 이름을 걸고 분명하게 말해두겠는데, 나는 빈손으로는 절대 돌아가지 않소."

그때 전화벨이 울렸다.

"드디어 왔군!"

뤼팽이 서둘러 전화 수화기를 집어들었다. 그리고 케셀바흐의 목소리를 흉내내어 말했다.

"예, 그렇습니다. 내가 루돌프 케셀바흐요…… 아, 그렇습니까? 예, 바꿔 주십시오…… 마르코인가? 잘 되었나? 그거 참 다행이군…… 실수가 없었다니, 수고했네. 그런데 안에 무엇이 있던가? 흑단 상자…… 그것 외에는 아무것도 없다구? 서류나 다른 건? 아 참, 그렇군. 그 상자 속에는 무엇이 있지? ……다이아몬드! 품질은 우수한가? 그래, 그것 참 괜찮은 소식이군. 잠깐만 기다려, 마르코. 잠시 생각해 볼 테니까…… 아무튼 그건 굉장한 것이니까. 그렇지, 잠시만…….”

뤼팽이 뒤를 돌아보았다.

"케셀바흐 선생, 당신은 어렵게 수집한 그 다이아몬드를 내놓고 싶지 않으시겠죠?"

"그야 당연하지 않소. 말하면 입만 아프지…….”

"그럼 내게서 다시 사겠소?"

"좋소."

"얼마에 사겠소? 50만이면 어떻소?"

"50만이라……? 그 정도면 적당하겠군."

"어떻게 돈을 주겠소? 이건 좀 복잡한 문젠데…… 수표? 안 되지. 당신에게 속을 수도 있으니…… 내가 당신을 속일 수도 있고…… 그렇지, 모레 아침 리용은행에 들러 5백 장의 지폐를 찾아 가지고 그 길로 오퇴이유 쪽의 보아를 산책하고 계시오. 나는 다이아몬드를 갖고 가겠소. 자루에 넣어 가지요. 상자는 남들의 눈에 쉽게 띄어서……."

그 말에 태연하던 케셀바흐가 긴장하는 빛이 역력했다.

"아니, 아니! 그 상자 통째로 가져오시오. 나는 그것들이 몽땅 다 필요해!"

"아!"

뤼팽이 뭔가 깨달았다는 듯이 감탄을 하며 빙그레 웃었다.

"내 추측이 맞군요. 당신은 다이아몬드는 아무래도 좋은 모양이죠? 당신에게는 그런 다이아몬드 정도야 얼마든지 있을 테니까. 당신은 다이아몬드보다 그 상자가 훨씬 중요한 모양이로군. 좋소! 당신의 그 소중한 상자는 돌려드리지요. 아르센 뤼팽의 약속이오. 안심하시오. 드리겠소! 내일 아침 소포로 보내드리지!"

뤼팽이 전화 쪽으로 다가갔다.

"마르코, 지금 그 상자를 가지고 있나? 그래, 그 상자에 무엇인가 눈에 띄는 특징이라도 있나? 음, 상아를 박은 흑단이라고…… 그런가? 그런 거라면 흔히 있는 물건이야. 나도 본 적이 있으니까. 점잖으면서도 우아한 동양식의 물건이지. 무슨 표시 같은 것은 없나? 파란 테두리가 있는 작고 동그란 딱지에 숫자가 쓰여 있다고? 혹시 그거 값을 적은 가격표 아닌가? 아마 그럴 거야. 그럼 이번에는 마르코, 위쪽, 상아를 박은 곳을 잘 살펴봐.”

뤼팽의 그 말에 케셀바흐의 표정이 몹시 굳어졌다.

“뚜껑 말이야, 마르코! 케셀바흐 씨의 눈이 지금 그곳에 무엇인가가 감춰져 있다고 말하고 있거든…….”

마르코가 상자를 살피고 있는지 뤼팽이 케셀바흐 쪽으로 돌아섰다.

“케셀바흐, 당신의 얼굴은 마치 어린아이 같군요! 그렇게 표정 관리가 어렵소?”

뤼팽은 다시 귀에 수화기를 댔다.

“어때? 잘 찾아보았나? 뚜껑 안쪽이 거울로 되어 있다고? 그 거울, 옆으로 움직이지 않나? 한번 밀어 봐! 움직이지 않아? 그럼, 홈을 파서 끼우지 않았나 살펴봐. 홈 같은 것도 없어? 그래? 그렇다면 그 거울을 깨뜨려 봐…… 그래, 깨뜨려 봐. 그건 필요 없는 거울이야…… 나중에 붙인 거라니까.”

뤼팽은 조금 짜증이 난 것 같았다.

“이 녀석, 정말 말이 많군. 쓸데없는 말참견하지 말고 시키는 대로 해봐.”

뤼팽이 다시 귀에서 수화기를 떼었다.

"어떻소, 케셀바흐 선생. 뭔가 큰 게 걸려든 것 같지 않소? ……여보세요!"

무슨 소리가 들리는지 뤼팽이 급히 귀에 수화기를 댔다.

"나왔나? 뭐야? 편지라고! 좋아! 이것으로 케이프에 있는 다이아몬드 몽땅하고 비밀까지 알아내게 되었군! 꿩 먹고 알 먹고야……."

뤼팽이 케셀바흐를 향해 미소를 지어 보였다.

"읽어 봐라, 마르코. 천천히 읽어 봐. 우선 봉투부터…… 좋아."

뤼팽은 확인이라도 하려는 듯 수화기에서 들리는 말을 그대로 따라했다.

"까만 모로코 가죽으로 만든 주머니에 있던 편지를 옮겨 씀…… 그게 전부인가? 그래, 이제는 어떻게 하면 되느냐고? 그 봉투를 뜯어라, 마르코!"

뤼팽이 다시 케셀바흐를 돌아보며 빙그레 웃었다.

"케셀바흐 선생, 봉투를 뜯어도 되겠죠? 그다지 점잖은 방법은 아니지만 어쩔 수 없지 않소."

케셀바흐는 얼굴만 붉힐 뿐 말이 없었다.

"뜯어라, 마르코! 케셀바흐 선생의 허락도 받았으니까…… 뜯었나? 그래? 그럼 읽어라."

뤼팽은 수화기에 귀를 밀착시키고 진지한 표정으로 한동안 가만히 있었다. 그러다 그는 갑자기 호탕하게 웃었다.

"어허 참! 네 번 접은 보통 종이가 한 장 들어 있는데 종이 오른쪽 위에, 1m 75cm, 왼손 새끼손가락이 절단되어 있다 등등의 글이 적혀 있고, 종이 한복판에 인쇄체 큰 글자로 'APOON'이라고 적혀 있다구? ……마르코, 수고가 많았다. 그 종이는 그대로 거기에 놔둬. 상자도 다이아몬드도 만지지 마. 나는 앞으로 10분 안에 이 선생과의 볼일을 끝내겠다. 그리고 20분쯤 후에 네가 있는 곳으로 가겠다. 아! 하마터면 그냥 전화를 끊을 뻔했군. 자동차는 이리로 보냈겠지? 음, 좋아! 나중에 보자."

뤼팽은 수화기를 전화기에 걸었다.

뤼팽은 별실을 둘러보고 침실로 들어갔다. 그는 비서와 하인을 묶은 밧줄이 느슨해지지 않았는지 살피고 또 입에 물린 재갈 때문에 숨쉬기가 곤란하지 않은지 살폈다.

점검을 마치고 난 뤼팽은 케셀바흐 옆으로 다시 돌아왔다. 뤼팽은 표정이 꽤 굳어 있었다.

"케셀바흐 이제 진지하게 이야기 좀 할까. 농담이라면 그만두는 게 좋아. 결심이 섰나?"

"무슨 결심?"

"내가 장난치지 말라고 했지? 얼른 말하지 못해!"

"나는 아무것도 아는 게 없다."

"거짓말 마라. 'APOON'이라는 말. 무엇을 뜻하는 거지?"

"내가 그것을 알고 있었다면 왜 그 종이에 그런 걸 써놓았겠소?"

"듣고 보니 그 말도 일리는 있군. 그럼 묻겠는데, 그 내용은 어디서 난 것인가? 왜 그렇게 소중하게 보관하는 거지?"

케셀바흐는 대답하지 않았다.

"잘 들어, 케셀바흐!"

뤼팽의 목소리는 한층 더 톤이 높았고 거칠어져 있었다.

"내가 제안하지. 당신은 돈을 많이 가지고 있는 부자고 훌륭한 사람일지도 모르지만 그렇다고 해서 나와 당신 사이에 그렇게 큰 차이가 있는 것은 아니지. 아우구스부르크의 대장장이 아들과 괴도 아르센 뤼팽이라면 과히 부끄러워할 것 없이 서로 협조할 수 있을 만하다는 생각이 드는데? 나는 여러 집을 돌아다니면서 돈을 훔치고 있지만 당신은 거래소에서 훔치고 있지. 결국 우린 서로 비슷한 처지가 아닌가? 케셀바흐, 이 사건을 기회로 서로 손을 잡기로 하자. 내게는 당신이 필요해. 편지의 내용이 무슨 뜻인지 모르기 때문이지. 그리고 당신은 내가 필요하지. 나 없이 혼자서는 해낼 수 없는 일이기 때문이지. 바루바루 그자는 겁쟁이고 도무지 쓸모가 없어. 나는 이래봬도…… 뤼팽이야. 어때? 싫지 않을 것 같은데?"

잠시 침묵이 흘렀다. 뤼팽이 케셀바흐의 옆으로 바짝 다가갔다.

"대답해, 케셀바흐! ……싫어? 좋다고 승낙한다면 나는 48시간 이내에 당신이 찾는 그 피에르 르뒤크를 찾아줄 수 있어. 그 사람이 문제의 열쇠를 쥐고 있을 테지. 그런데 대체 그 녀석은 어떤 자이지? 어째서 당신은 그 녀석을 그토록 찾는 거지? 그 녀석에 관해 당신은 무엇을 알고 있는 거야?"

뤼팽은 흥분을 가라앉히고 침착하게 케셀바흐의 어깨에 손을 올려놓았다. 그리고 감정 없는 목소리로 말했다.

"생각할 시간이 필요한 건가? 승낙이냐, 거절이냐?"

"거절이다!"

케셀바흐의 답을 듣고 난 뤼팽은 케셀바흐의 조끼 주머니에서 회중시계를 꺼내 그의 무릎에 올려놓았다.

뤼팽은 이어서 케셀바흐의 조끼 단추를 풀러 와이셔츠를 헤집었다. 케셀바흐의 맨가슴이 드러났다.

뤼팽은 탁자 위에 있던, 황금 손잡이에 까만 조각이 붙어 있는 단검을 집어들어 칼끝을 케셀바흐의 가슴 맨살에 댔다. 케셀바흐의 심장이 벌떡벌떡 뛰고 있는 것이 눈으로도 보이는 것 같았다.

"마지막으로 한 번 더 묻겠는데, 어떤가?"

"거절이다!"

"케셀바흐 선생, 현재 시간이 8분 전 3시요. 8분의 시간을 주겠소. 3시까지 대답이 없으면 당신은 죽는 거요."

이튿날 아침, 구렐 경감은 약속한 시간에 정확하게 팔라스 호텔에 도착했다.

그는 프런트에도 들르지 않고, 엘리베이터도 본체만체하고 곧장 계단을 걸어 올라갔다.

4층에 다다르자 그는 오른쪽으로 꺾인 복도를 따라가 415호 실의 초인종을 눌렀다.

아무런 인기척도 들리지 않았다. 잠시 기다리던 그는 또 한 번 초인종을 거칠게 눌렀다. 역시 대답이 없었다. 그는 연속으로 계속 초인종을 눌렀다. 역시 아무 기척도 없었다.

구렐 경감은 2층 사무실로 내려갔다. 객실 담당 종업원이 그를 맞았다.

"케셀바흐 씨를 뵙고 싶어 왔는데, 연락을 좀 해주십시오. 아무리 초인종을 눌러도 대답이 없군요."

"케셀바흐 씨는 어제 오후부터 아무도 본 사람이 없습니다. 호텔에서 주무시지 않으신 것 같습니다.'

"그럼, 하인이라도 있을 것 아니오? 비서도 그렇고."

"그 두 분들도 우리는 뵙지 못했습니다."

"그렇다면 그 두 사람도 이 호텔에서 자지 않았다는 말인가요?"

"아마 그렇겠지요."

"아마 그렇겠지요, 라니? 그런 대답은 좀 곤란하지 않소? 당신들은 좀더 분명하게 알고 있어야 되는 것 아니오?"

"저희들이 어떻게 알겠습니까? 케셀바흐 씨는 우리 호텔의 서비스를 받고 계신 것이 아니라 전세 내 자신의 집처럼 사용하고 계십니다. 시중을 드는 것도 저희들이 아니라 하인들이 직접 하고 있다는 이야기죠. 그러니까, 케셀바흐 씨에게 어떤 일이 있건 우리는 알 수 없습니다. 우리에게 일부러 말씀해 주시기 전에는……."

"그런가? 그럴 수도 있겠군……."

구렐은 매우 난처한 표정을 지었다. 그는 수사를 하기 위해 여기에 와 있었다. 수사를 할 때라면 그의 머리가 빠르게 회전하겠지만 예상하지 못했던 일에 부딪히자 어떻게 해야 할지 도무지 알 수가 없었다.

"이런 때 국장이 있었으면 좋으련만……."

구렐이 푸념이라도 하듯 중얼거렸다.

구렐이 호주머니에서 경찰수첩을 꺼내 내보였다.

"다시 말해서 당신은 그 세 사람이 돌아오는 것을 못 보았다는 말이죠?"

"그렇습니다. 뵙지 못했습니다."

"그렇다면 나가는 것은 보았을 것 아니오?"

"그것도 못 보았습니다."

"그럼, 보지도 못 했는데 어떻게 그 세 사람이 방에 없다는 것을 알 수 있단 말이오?"

"어제 오후 415호에 오셨던 신사께서 그렇게 말씀하셨기 때문입니다."

"짙은 갈색 콧수염을 기른 그 신사 말이오?"

"그렇습니다. 3시경이었습니다. 돌아가실 때 만났는데, '415호의 손님 세 분은 외출하셨다. 케셀바흐 씨는 오늘 밤 베르사이유의 레제르보아 호텔에 묵게 되실 예정이니까 혹시 우편물이 오거든 그리로 전해 달라'라고 말씀하셨습니다."

"그런데 그 신사는 도대체 누구지? 그 신사란 사람 말이오? 자기가 누구라고 하면서 그런 말을 했소?"

"저도 그 사람이 누군지 잘 모릅니다."

구렐은 뭔가 불안해지기 시작했다. 그게 뭘까? 모든 게 베일에 싸인 것 같았다.

"열쇠는 있겠지요?"

"없습니다. 케셀바흐 씨는 도착하자가자 특별한 자물쇠와 열쇠를 만들어 사용하시고 계시기 때문입니다."

"아무튼 함께 가봅시다."

415호실 앞에 도착하자 구렐이 또다시 요란하게 초인종을 눌렀다. 하지만 역시 어떤 인기척도 들을 수 없었다.

할 수 없다는 듯이 되돌아서려던 구렐이 갑자기 몸을 구부려 열쇠구멍에 귀를 바짝 가져다 댔다.

"무슨 소리가 들린 것 같아, 무슨 소리가…… 어, 이게 무슨 소리지? 무슨 신음소리 같기도 하고……."

그는 출입문을 주먹으로 세게 두드렸다.

"안 됩니다, 선생님! 무슨 권리로 남의 방을……."

"내게 권한이 없다는 거요?"

그는 계속해서 쿵쿵 소리가 나도록 주먹으로 문짝을 몇 번 두드렸으나 끄떡도 하지 않았다. 그렇게 해서 열기에는 문이 너무나 견고해 보였다. 그는 곧 단념할 수밖에 없었다.

"열쇠 기술자를 불러주시오! 지금 당장!"

지시에 따라 호텔의 종업원 한 사람이 달려나갔다.

기다리는 동안 구렐은 무슨 소리인지 모를 말을 중얼거리며 복도를 왔다갔다했다. 구렐의 마음이 행동에 그대로 반영되고 있는 것 같았다.

다른 층의 종업원들까지 몰려와 한데 뒤섞여 복도가 무척이나 복잡해졌다. 곧 프런트와 사무실 직원들까지 모여들었다.

구렐이 웅성거리고 있는 사람들을 둘러보며 소리쳤다.

"어째서 옆의 방을 이용해 들어갈 생각을 안 하는 거지? 이 객실에 붙어 있는 옆방이 있을 것 아니오?"

"있기는 하지만 이웃 방과 이어져 있는 문에는 언제나 양쪽에서 빗장이 걸려 있습니다."

"그렇다면 하는 수 없겠군. 치안국에 전화를 걸겠소."

구렐이 말했다. 아무래도 그는 국장이 오는 것이 좋겠다는 생각을 한 것 같았다. 그게 현재로서는 최선의 방법이라는 걸 깨달은 것이었다.

구렐이 전화실에서 되돌아왔을 때 열쇠 기술자가 열쇠를 차례로 맞추어 보고 있었다. 마지막으로 꽂은 열쇠에 자물쇠가 반응을 했다.

문이 열리자 구렐이 재빠르게 안으로 들어갔다.

구렐은 신음소리가 들려오는 곳을 찾아 뛰어갔다.

구렐은 너무 서두른 나머지 비서인 채프먼과 하인인 에드와르의 몸에 걸려 넘어질 뻔했다.

신음소리를 내고 있는 사람은 채프먼이었다. 오랜 시간 참을

성 있게 애쓴 결과 재갈을 약간 늦추는 데 성공해 둔탁한 신음 소리를 내고 있었다. 하인인 에드와르는 지쳐 잠들어 있는 것 같았다. 에드와르는 인기척을 듣고서야 눈을 떴다.

구렐에 의해 두 사람의 자갈이 풀렸다.

"케셀바흐 씨는 어찌 되었소?"

묶여 있는 두 사람이 말을 할 수 있게 되자 구렐이 급히 물었다. 누구보다 케셀바흐가 걱정이 되었던 것이다.

"여기 케셀바흐 씨가 있습니다!"

응접실에서 들려온 목소리였다.

"이 사람들 좀 풀어주시오!"

구렐이 주변에 늘어서 있는 호텔 종업원들에게 말을 하며 응접실로 달려갔다.

케셀바흐는 테이블 옆에 있는 안락의자의 등받이에 단단히 묶인 채 앉아 있었다. 머리는 가슴 위에 힘없이 늘어져 있었다.

"기절하신 모양이군!"

케셀바흐를 살피며 구렐이 말했다.

"무리하게 애를 쓰다가 기진맥진해서……."

구렐이 테이블에 놓여 있던 칼을 집어들어 케셀바흐의 어깨를 묶고 있는 포승을 잘랐다. 케셀바흐가 힘없이 앞으로 무너져 내리자 구렐이 재빠르게 그 몸을 받쳐 안았다.

"아니, 죽었잖아!"

구렐이 비명처럼 소리를 질렀다.

"죽었어! 만져 봐. 손이 이미 싸늘해!"

구렐이 케셀바흐를 바닥에 누이고 손가락으로 눈꺼풀을 벌려 동공을 살폈다.

"눈동자도 이미 풀렸어!"

"뇌출혈인가 보다! 아니면 정맥 파열인지도 몰라!"

구렐의 뒤에서 누군가가 말했다.

"정말 이상하군! 아무데도 상처는 없는 것 같은데⋯⋯? 누가 죽인 것 같지도 않은데⋯⋯?"

사람들이 시체를 소파 위에 옮겨 눕히자 구렐이 입고 있던 옷을 벗겼다. 하얀 와이셔츠 앞가슴에 붉은 반점이 보였다. 와이셔츠 앞자락을 헤치자, 왼쪽 가슴에 피부가 조금 찢어진 것이 보였다. 상처에서 피가 한 줄기 가늘게 흘러내렸다.

구렐이 잠시 상처를 살피다 무엇인가를 발견하고 셔츠를 살폈다. 셔츠 위에 한 장의 명함이 핀으로 꽂혀 있었다.

구렐이 몸을 굽혀 명함을 집어들었다. 명함도 마찬가지로 피투성이였지만 아르센 뤼팽이라는 글자가 선명하게 보였다.

"살인사건이다! 범인은 아르센 뤼팽이다! 나가시오! 모두들 나가요! 이 응접실에도 그리고 저 침실에도 한 사람도 남아 있어선 안 됩니다! 저 두 사람은 어디든 다른 곳으로 옮겨서 간호해 주시오! 모두 나가요! 아무것도 건드려선 안 됩니다. 치안국장이 곧 올 겁니다!"

"아르센 뤼팽!"

청동상같이 결코 변하지 않을 것 같은 굳은 표정으로 구렐은 아르센 뤼팽을 뒤풀이해 중얼거렸다. 아르센 뤼팽! 도둑의 왕! 그가 이런 곳에 나타나다니, 이것이 사실이란 말인가?

"아니, 아냐. 그럴 리가 없어! 그 녀석은 이미 죽었잖아!"

구렐은 그럴 리 없다는 듯 고개를 옆으로 흔들다 다시 미심쩍은 표정을 지었다.

"그런데, 정말로 녀석이 죽었을까?"

아르센 뤼팽!

구렐은 시체 옆에 버티고 서서 넋이 나간 사람처럼 멍하니, 마치 폭탄이라도 만지는 것처럼 조심스럽게 아르센 뤼팽의 명함을 살피고 있었다. 구렐은 마치 유령으로부터 도전이라도 받은 것처럼 얼빠진 얼굴로 '상대는 아르센 뤼팽이다'라고 몇 번씩 중얼거렸다.

'이제 어떻게 하지? 행동으로 먼저 옮겨야 할까? 내 능력을 믿고 전투를 개시할 것인가? 아니, 아니, 섣불리 행동하면 안 된다. 이런 강적의 도전에 쉽사리 응했다가는 큰코다치기 십상이다. 이제 곧 국장이 올 것이다. 국장이 오면 무슨 답이 나오겠지.'

곧 국장이 올 것이라는 사실만으로도 구렐은 다소 안심이 되었다. 국장은 솜씨 있고 끈질기고 용기와 경험도 충분했다. 산도 번쩍 들어올릴 수 있을 것처럼 체력도 강했다.

구렐은 국장의 지시를 받지 않으면 한 걸음도 앞으로 나갈 수 없고 어떠한 일도 전혀 할 수 없는 그런 사람이었다.

전 치안국장 뒤듀를 이어 르노르망이 신임 치안국장으로 임명된 이래 자발성이 모자라는 구렐의 결점이 얼마나 강화되었는지는 말할 필요도 없었다. 구렐은 이 국장의 밑에서라면 언제 어느 때라도 탄탄대로 위에 서 있는 것보다 더 믿음이 갔고 힘이 생겼다.

하지만 그런 너무나도 확실하고 견고한 믿음이 역효과를 내 구렐은 국장의 명령을 받지 못하면 지금처럼 꼼짝도 할 수 없었다.

'국장이 이제 곧 올 것이다……'

구렐이 중얼거리며 다시 회중시계를 들여다보았다. 국장이 도착할 시간을 재고 있었다. 국장이 여기에 도착하기 전에 인근 경찰서의 경찰서장과 경찰들이 우르르 몰려와 현장을 어지럽히면 안 되는데, 하는 것이 구렐의 걱정이었다. 국장이 현장을 보고 머릿속으로 사건의 요점을 잡기도 전에 어리석기 이를 데 없는 자들이 몰려와 사건을 혼탁하게 만들면 곤란했다.

"이봐, 구렐, 무슨 생각을 하고 있는 건가?"

등뒤에서 들려온 소리에 구렐이 급히 뒤돌아섰다.

"앗, 국장님!"

치안국장 르노르망은 아직 젊은 사람처럼 보였다. 사람들이 그의 얼굴과 안경 밑에서 빛나고 있는 눈의 표정만을 본다면 틀림없이 그렇게 생각할 터였다. 그러나 보는 사람의 관찰력이 뛰어나 르노르망의 구부정한 등과 밀랍을 칠한 듯 누렇게 메마른 기름기 없는 피부, 잿빛의 턱수염, 머리카락 등을 자세히 봤다면 결코 젊다고 생각하지는 못할 터였다.

르노르망 국장은 식민지에서 정부의 검찰관으로 한평생을 보냈다. 위험한 임지에서의 어렵고 험한 일들은 오히려 그에게 열의를 불러일으켰고 어떤 자에게도 굴하지 않는 강인한 에너지를 불어넣어 주었다. 그는 그곳에서 혼자 생활하는 습관을 길렀으며 어느 정도의 인간 혐오를 몸에 익혔다. 그는 55세를 전후했을 무렵에 그 유명했던 '비스크라의 세 스페인 사람 사건'을 계기로 세상에 명성을 떨쳤다. 이미 획득했어야 마땅할 명성이었다.

그가 이렇게 명성을 떨치고 나자 상부에서는 이제까지 공평하지 못했던 처우를 보상이라도 하려는 듯 대뜸 보르도 시경의 총경으로, 다음에는 파리의 차장으로, 그러다가 뒤듀가 세상을 떠나자 그 후임으로 치안국장에 임명했던 것이다.

르노르망이 이렇게 임명된 여러 곳의 임지에서 수사 방법에 매우 기발한 착상을 응용하기도 하고 새로운 수단을 사용하기도 하여 세상의 여론을 들끓게 한 최근의 너덧 가지의 큰 사건들을 명쾌하게 해결하자 그 명성이 자자해졌다. 상황이 이렇게 되자 사람들은 역사상 최고 명탐정들의 이름과 그의 이름을 나란히 놓고 부를 정도였다.

구렐은 국장이 왔다는 것만으로도 벌써 얼굴에 활기가 돌고 있었다.

구렐은 국장에게 때묻지 않고 순진함과 얌전하게 말을 잘 듣는 점 등을 높이 평가받고 있었다. 그는 국장이 가장 마음에 들어 하는 부하였다.

국장이 구렐을 신임하는 만큼 구렐도 국장을 높이 평가하고 있었다. 그에게 있어 국장은 우상이었고 절대로 실수하는 법이 없는 하느님과도 같은 존재였다.

르노르망 국장은 꽤 피곤해 보였다. 온몸에 힘이 하나도 남아 있지 않다는 듯 그는 힘없이 의자에 풀썩 앉았다. 그런 뒤 그는 입고 있던 프록코트의 옷자락을 풀어 젖혔다. 시대에 뒤떨어진 모양과 짙은 갈색으로 불그스레하게 바랜 빛깔 때문에 사람들의 관심을 끄는 헌 프록코트였다. 그는 답답하다는 듯이 목에 걸려 있던 목도리를 풀었는데 이것도 프록코트만큼이나 유명한 갈색 목도리였다.

"말해 보게!"

국장이 중얼거리듯 말했다.

구렐은 자신이 본 것, 들은 것을 하나도 빼놓지 않고 털어놓았다. 그는 평소에 국장이 하던 것처럼 줄거리를 요약해 자세하고 명료하게 설명하려 노력했다.

구렐이 뤼팽의 명함을 꺼내 보이자 르노르망도 긴장하는 기색이 역력했다.

"뤼팽인가?"

"그렇습니다, 뤼팽입니다. 그 녀석이 다시 까불기 시작했습니다."

"바라던 대로 되었군! 이건 아주 잘된 일이야."

"그야 물론, 저도 바라던 바입니다."

구렐이 르노르망의 눈치를 보며 말을 따라했다.

"정말로 바라던 바이고 말고요. 이제야 국장님께서 비로소 걸맞은 상대와 힘을 겨루시게 되었군요. 곧 뤼팽 녀석은 자기보다 월등한 상대와 맞붙게 되었다는 사실을 깨닫게 될 겁니다. 이번에야말로 사람들은 뤼팽의 명성이 아무것도 아니었음을 깨닫게 되겠죠."

구렐이 떠드는 동안 르노르망은 말없이 생각하는 표정을 짓고 있었다.

"국장님, 이번에는 뤼팽이……."

구렐의 더 이어지려는 잔소리를 르노르망이 끊었다.

"찾아보게!"

사냥꾼이 자신의 사냥개에게 명령하는 것 같은 말투였다.

르노르망은 지팡이 끝으로 방 안의 한 구석, 안락의자, 가구 뒤, 화분을 번갈아 가리켰다. 구렐은 지팡이가 가리키는 곳을 영리한 사냥개처럼 꼼꼼히 뒤졌다.

"아무것도 없습니다."

구렐이 지팡이가 가리킨 곳을 모두 뒤지고 나서 말했다.

"아무것도 없다? 찾지 못한 게 아니고?"

으르렁거리듯이 르노르망이 말했다.

“제가 말씀드리고 싶었던 것도 바로 그겁니다. 저야 늘 그렇지만, 국장님은 언제나 사람처럼 말을 하는 물건, 그러니까 진짜 증거를 반드시 찾아내시니까요. 직접 한번 살펴보시죠. 그런데, 이번에는 뤼팽 녀석의 범죄라는 것이 처음부터 분명히 드러나 있다는 것이 참으로 이상합니다?”

“그래, 뤼팽 최초의 살인이야!”

르노르망이 흥미롭다는 듯이 흥분된 목소리로 말했다.

“그렇습니다. 첫번째 살인입니다. 어쩌면 너무 당연한 일인지도 모릅니다. 도둑질로 점철된 삶을 사는 인간인 이상 빠르건 늦건 살인을 저지르는 일을 피할 수는 없을 테니까요. 아마도 케셀바흐 씨가 뤼팽에게 꽤 저항을 했겠죠?”

“꽁꽁 묶여 있는 사람이 무슨 저항을 했겠는가?”

“아 참, 그랬었지요.”

그런 사실을 잊고 있었다는 듯이 구렐이 바보처럼 웃어 보였다.

“도대체가 알 수 없군요. 정말 이상한 일입니다. 저항도 하지 않는 사람을 죽이다니……? 어제 출입문에서 놈과 마주쳤을 때 내가 체포했어야 했는데…….”

자리에서 일어난 르노르망이 발코니로 나갔다. 그는 발코니에서 오른쪽으로 돌아 케셀바흐의 침실로 들어갔다. 창문과 문의 자물쇠를 조사하기 위해서였다.

“이 두 방의 창문은 제가 들어왔을 때 닫혀 있었습니다.”

르노르망을 뒤따라온 구렐이 말했다.

“분명 닫혀 있었나? 아니면 그냥 밀어놓은 채로 있었는가?”

"지금 이 상태입니다. 아무도 건드린 사람이 없습니다."

그렇게 말하며 구렐은 잠겨 있는 창문을 가리켰다.

조금 뒤 거실에서 사람들의 말소리가 들려왔다.

르노르망과 구렐이 급히 응접실로 되돌아갔다.

응접실에서는 경찰의와 예심판사인 포르메리가 시체를 검사하고 있었다.

시체를 둘러보고 난 포르메리 예심판사가 르노르망이 들으라는 듯이 이렇게 외쳤다.

"아르센 뤼팽이라고! 나를 그 악당과 연속으로 대결시켜 주다니 정말로 고맙군! 이번에야말로 놈에게 내가 어떤 사람인지 확실히 알도록 해줘야겠군! 1대1 정면 승부를 해서 말야. 이번에야말로 사생결단을 내는 거다. 이번에야말로!"

포르메리 예심판사는 결코 잊을 수 없었다. 저 기괴하기 이를 데 없는 랑바르 공작 부인의 보석관 사건, 그때 뤼팽이 얼마나 보기 좋게 자신을 속여 넘겼는가를. 이 이야기는 법조계에서도 사라지지 않고 전해지는 이야깃거리였다. 때문에 이 이야기가 나올 때마다 포르메리 예심판사는 웃음거리가 되곤 했다. 포르메리 예심판사가 이를 갈며 멋지게 복수할 기회가 오길 간절히 바라고 있었던 것은 어쩌면 너무나 당연한 일인지도 모른다.

"범죄는 뚜렷해!"

확신이 선 어조로 예심판사가 말했다.

"동기도 곧 발견할 수 있겠지. 이 정도면 모든 것이 순조롭군. 아주 좋아! 르노르망 국장, 이렇게 다시 만나 무척 반갑습니다."

그러나 말과는 달리 포르메리 예심판사는 조금도 기쁜 표정이 아니었다. 반갑기는커녕 르노르망 국장의 얼굴만 보아도 사실은 몹시 역겨웠다. 르노르망 국장은 예심판사를 완전히 무시하고 멸시하고 있었다.

포르메리 예심판사가 거만하게 몸을 뒤로 젖히며 거드름을 피우는 어조로 말했다.

"의사 선생, 당신의 의견으로는 범행이 열두 시간 전이나 또는 그보다 앞서 행해졌다는 말씀이군요? 내 추측도 그렇습니다. 그 점은 둘이 의견 일치를 본 셈이군요. 그런데 흉기는 무엇입니까?"

"가느다란 단도입니다, 예심판사님."

경찰의가 공손히 대답했다.

"범인은 칼날에 묻은 피를 피해자의 손수건으로 닦았을 정도로 잔인하고 뻔뻔스러운 놈입니다."

"과연, 그렇군요……."

포르메리 예심판사가 사체 옆에 떨어져 있는 손수건을 살피며 말했다.

"그럼 이쯤 해두고 케셀바흐의 비서와 하인을 심문해보기로 할까요? 그 사람들을 심문하면 반드시 어떤 단서가 나올 테니 말입니다."

채프먼과 에드와르는 응접실 왼쪽으로 이어져 있는 자신들의 방에서 치료를 받고 있었다. 그들은 이제 막 제정신으로 돌아와 있었다.

두 사람은 전날 밤에 일어났던 사건을 비롯하여 케셀바흐가 불안해하던 일, 대령이라고 지칭하는 사람이 찾아오겠다는 말을 전화로 했던 일, 자신들이 습격당하게 된 일을 낱낱이 설명했다.

"아! 아!"

포르메리 예심판사가 무슨 대단한 발견이라도 한 사람처럼 크게 외쳤다.

"이 사건에 공범자가 한 사람 있는 것 같군! 마르코라는 그자의 이름을 당신들이 들었다는 말이지요? 이건 정말 굉장한 일이야. 공범자를 알고 있으면 나머지 사건은 식은죽 먹기나 다름없지. 순풍에 돛단 배가 목적지에 도착하는 일만 남은 셈이군!"

"그런데 마르코라는 자가 누군지 밝혀진 것이 아직은 전혀 없습니다."

르노르망 국장이 말했다.

"머지않아 알게 되겠죠. 순서를 따라 조사해 보기로 합시다. 채프먼 씨에게 묻겠는데, 그 마르코라는 사나이는 구렐 형사가 벨을 누르고 찾아왔다가 돌아간 직후에 나갔다는 말이지요?"

"그렇습니다. 저희들은 그 사나이가 나가는 발소리를 똑똑히 들었습니다."

"그 사나이가 나간 뒤에 당신들은 어떤 소리도 듣지 못했습니까?"

"아뇨, 어떤 말소리를 듣기는 들었습니다만 희미해서 알아들을 수가 없었습니다. 문이 닫혀 있었으니까요."

"어떤 종류의 소리였습니까?"

"외침 소리였습니다. 그 사나이가…….."

"똑똑하게 이름을 대요. 아르센 뤼팽이라고 분명하게."

"아르센 뤼팽이 어딘가에 전화를 거는 것 같았습니다."

"좋아요! 교환수에게 확인해 보면 되겠죠. 그런 다음, 뤼팽이 나가는 소리를 들었소?"

"그는 우리 두 사람이 여전히 꽁꽁 잘 묶여 있는지 한번 살펴보러 왔었습니다. 그 뒤 15분쯤 지나 별실의 문을 닫고 나가는 것 같았습니다."

"그렇지, 그것이 범행 직후일 것이오. 좋아, 좋아! 사건 정황이 하나하나 잘 연결이 되는군. 그런 다음 어떻게 되었소?"

"그런 다음 우리는 아무런 소리도 듣지 못했습니다. 날이 저물자 기진맥진해 저는 잠들고 말았습니다. 에드와르도 마찬가지였습니다. 정신이 든 것은 오늘 아침이었고요."

"그건, 알고 있어요. 좋아요. 앞뒤 상황이 들어맞지 않는 건 없는 것 같군. 하나하나 순서대로 잘 이어지고 있어."

의기양양한 어조로 예심판사가 중얼거렸다.

"공범자가 있고… 전화를 썼다… 범행한 시간도 알고 있고… 소리도 들렸다… 됐어… 아주 만족스러워! ……범죄를 저지르게 된 동기가 무엇인지를 확인하는 일만이 남아 있을 뿐이야. 범인이 뤼팽인 만큼 동기도 명백해지겠지. 르노르망 씨, 뭔가 부서진 흔적이 있던가요? 어디를 뒤졌다거나?"

"전혀, 아무것도 없습니다."

"결국 도둑질은 피해자의 몸에서 행해졌다는 얘기로군요. 피해자의 지갑은 발견되었나요?"

"지갑이라면 재킷 주머니 속에 있습니다."

구렐 경감이 말했다.

사람들이 시체가 놓여 있는 응접실로 자리를 옮겨갔다.

포르메리 예심판사가 지갑을 뒤져 명함과 신분증 외에 다른 것이 들어 있지 않다는 것을 확인했다.

"이건 이상하군요. 채프먼 씨, 당신은 혹시 모르십니까? 케셀바흐 씨가 많은 액수의 돈을 몸에 지니고 계셨는지 어쨌는지를 말입니다."

"분명히 돈을 갖고 계셨을 겁니다. 전날, 그러니까 오늘로부터 따지면 그저께인 월요일에 저와 함께 리용 신용은행에 갔었는데 케셀바흐 씨가 그곳의 금고를 하나 빌리셨습니다."

"리용 신용은행 안에 금고를 빌리셨다고요? 그러면 그곳도 수사가 필요하겠군."

"은행에서 나오기 전에 케셀바흐 씨는 자신의 이름으로 된 당좌계좌를 만들고 현찰로 5~6천 프랑쯤의 돈을 가지고 돌아오셨습니다."

"좋아요. 실마리가 풀리기 시작하는군."

채프먼이 계속해서 이야기를 이어나갔다.

"예심판사님, 이 밖에도 한 가지 알아두셔야 할 것이 있습니다. 케셀바흐 씨는 요며칠 동안 매우 불안해 보였습니다. 그 이유는, 매우 중요한 어떤 계획을 진행하고 있다고 강조하셨는데 그 때문인 것 같았습니다. 케셀바흐 씨는 특별히 두 가지 물건을 소중히 보관하시고 계시는 것 같았습니다. 하나는 흑단으로 된 나무상자였는데 리옹 신용은행에서 빌린 금고 안에 넣으셨습니다. 다음은 검은 모로코 가죽으로 만든 주머니였는데 그 속에는 두서너 가지 서류가 들어 있었습니다."

"그 가죽 주머니는 지금 어디에 있나요?"

"뤼팽이 나타나기 직전에 케셀바흐 씨는 그것을 저 여행가방에 넣으셨습니다."

포르메리 예심판사가 채프먼이 가리킨 가방을 내려 안을 뒤졌다. 주머니는 이미 거기에 없었다.

예심판사는 자신 있다는 듯이 두 손을 마주 비볐다.

"하나씩 제대로 이어져 있어. 범인은 이미 알고 있고, 범행의 조건도 동기도 이미 명백하다. 이 사건은 시간이 그리 오래 걸리지는 않을 거야. 르노르망 씨, 당신도 나와 같은 의견이겠지요?"

"아니, 전혀 다릅니다."

의외의 대답에 모든 사람들이 호기심 어린 시선으로 르노르망 국장을 쳐다보았다.

사건을 수사하고 있는 그들의 뒤에 인근 경찰서장이 서 있었다. 그리고 경찰서장의 등 뒤에 문을 단단히 지켜선 여러 명의 경찰관이 보였다. 그리고 그들의 앞에 신문기자 한 무리와 호텔 종업원들이 몰래 들어와 별실을 가득 채운 채 수사를 지켜보고 있었다.

르노르망 국장의 신랄한 태도는 누구나 다 아는 사실이었다. 때로는 그 신랄함이 지나쳐 무례하게 보이기도 했다. 그 때문에 상사로부터 이미 여러 차례 잔소리를 들었지만 그의 그런 태도는 전혀 변하지 않았다. 그의 퉁명스럽고 냉담한 대답은 줄곧 사람들을 어쩔 줄 모르게 만들곤 했다.

질문을 했던 포르메리 예심판사가 특히 더 놀란 표정이었다.

"그럴까요? 나는 지극히 간단하게 생각되는데…… 다시 말해서, 범인은 뤼팽이라는 말이오……."

포르메리 예심판사가 고개를 갸웃거리며 말했다.

"그럼, 어째서 뤼팽이 케셀바흐 씨를 살해했을까요?"

르노르망 국장이 마치 도전이라도 하듯이 질문을 던졌다.

"훔치기 위해 살해한 것이겠지요."

"그렇지 않습니다. 증인들의 말에 의하면 도둑질은 살인하기 전에 이미 끝났습니다. 뤼팽은 케셀바흐 씨를 꼼짝 못하게 묶은 다음 재갈을 물리고 돈을 강탈했어요. 이제까지 단 한 번도 살인을 저지른 일이 없었던 뤼팽이 무엇 때문에 이미 돈도 빼앗았고 몸도 묶여 저항조차 하지 못하는 자를 살해하는 어리석은 일을 저질렀을까요?"

예심판사는 어떤 알 수 없는 일에 직면하거나 입장이 난처할 때는 금빛의 기다란 구레나룻을 천천히 쓰다듬는 버릇이 있었다. 예심판사가 구레나룻을 쓰다듬으며 생각에 잠긴 얼굴로 입을 열었다.

"그에 대한 대답은 몇 가지가 있겠죠."

"어떤 답이 있을까요?"

"그건…… 그것은 아직 우리가 알지 못하는 요소에 따라 여러 가지로 달라질 수 있겠죠. 그리고 당신의 이의는 단순히 동기에 관한 것뿐이오. 그 이외는 모든 게 분명하다는 걸 당신도 잘 알잖소. 이 점에 대해선 이견이 없을 줄로 압니다."

"그렇지 않습니다."

이번에도 뚜렷한 부정이었다. 그리고 여전히 무례하게 여겨질 만한 말투였다. 당황한 예심판사는 얼굴을 붉히며 더 이상 말을 못하고 무례한 협력자 앞에 멍하니 서 있을 뿐이었다.

한동안 침묵이 흘렀다. 예심판사가 헛기침을 한 번 하고 나서 다시 입을 열었다.

"저마다 자기 나름대로의 방식이나 생각이 있겠죠. 당신의 방식이나 생각을 좀 알고 싶군요."

"제게는 그런 것 따위는 없습니다."

다시 거칠게 말하고 나서 르노르망 국장이 천천히 몸을 일으켰다. 그는 뭔가 일을 해야겠다는 듯이 지팡이를 짚고 응접실 안을 두서너 걸음 걸었다. 다른 사람들은 그런 르노르망을 잠자코 지켜볼 뿐이었다. 이 상황에서 치안국장의 위치라는 건 보조자적 역할을 수행하거나 예심판사의 명령에 따라야 하는 종속적인 지위밖에는 되지 않았다. 그럼에도 불구하고 이 피로해 보이는 힘없는 노인이 모든 수사지휘권을 가진 듯 여겨졌다. 그게 무엇인지 정확히 말할 수는 없지만 그의 위엄과 권위에서 나오는 카리스마임은 분명했다.

생각하는 표정으로 걸음을 몇 걸음 걷고 난 르노르망이 입을
열었다.

"여기에 인접해 있는 방들을 보여주시오."

호텔 지배인이 준비해 온 건물의 드면을 테이블 위에 펼쳤다.

오른쪽의 침실, 즉, 케셀바흐의 침실은 별실로 통하는 출구밖
에 없었다. 하지만 왼쪽에 있는 비서의 침실은 다른 방과 이어
져 있었다.

"그 방을 보러 갑시다."

르노르망이 말했다.

포르메리 예심판사가 양손을 벌리며 어깨를 으쓱해 보였다.
그리고 불만스러운 듯이 중얼거렸다.

"그 두 방을 연결하는 문에는 빗장이 걸려 있고 창문도 꼭꼭
닫혀 있었소."

"그 방을 보러 갑시다."

르노르망이 예심판사의 말을 무시하고 거듭해서 말했다.

사람들이 르노르망 국장을 케셀바흐 부인을 위해 예약해둔
다섯 개의 방 중 하나로 안내했다. 그리고 이어 다른 나머지 방
들도 차례로 르노르망에게 공개되었다.

예심판사의 말대로 출입문에는 양쪽에서 견고한 빗장이 걸려
있었다.

"이 다섯 개의 방 중 어느 방에도 사람이 없었소?"

르노르망이 물었다.

"없었습니다."

"열쇠는?"

"열쇠는 언제나 사무실에 두고 있습니다."

"그렇다면 이곳으로는 아무도 들어올 수 없겠군?"

"아무도 들어올 수 없습니다. 환기와 청소를 담당하고 있는 종업원 한 명을 제외하고는 말이죠."

귀스타브 브도라는 이름의 종업원이 불려왔다. 그는 여느 때와 다름없이 전날 밤도 이 다섯 개의 방 창문을 닫느라 한 바퀴 돌았다고 증언했다.

"그게 몇 시였지?"

르노르망이 종업원에게 물었다.

"저녁 6시였습니다."

"뭔가 다른 점은 없었나?"

"아무것도 없었는데요."

"그럼 오늘 아침은 어땠는가?"

"오늘 아침은 8시를 알리는 시계소리를 들은 뒤에 창문을 열었습니다."

"뭔가 발견한 것은 없었나?"

"아무것도 못 봤습니다. ……아, 아닙니다!"

무엇이 생각난 듯 종업원이 급히 말을 수정했다.

"420호실 벽난로 옆에 담배 케이스가 하나 떨어져 있었습니다. 오늘 저녁 한가한 시간에 호텔 사무실로 가져갈 생각이었습니다."

"지금 그것을 갖고 있는가?"

"아닙니다. 제가 방에 보관하고 있습니다. 두 칸으로 나누어진 케이스입니다. 한쪽에는 담배와 담배를 마는 잘라놓은 종이가 들어 있고 다른 한쪽에는 성냥을 넣을 수 있도록 되어 있습니다. 케이스에는 금으로 된, 사람 이름의 이니셜로 보이는 머리글자가 둘 새겨져 있었습니다. 하나는 L, 다른 하나는 M자였습니다."

"국장님, 국장님은 그 담배 케이스를 어떻게 생각하십니까?"

비서인 채프먼이 말을 하며 앞으로 나섰다. 그는 매우 놀랍다는 표정이었다. 그 담배 케이스에 대해 뭔가 알고 있는 것 같았다.

채프먼은 르노르망 국장이 대답도 하기 전에 다시 종업원을 돌아보며 물어보았다.

"두 칸으로 나누어진 담배 케이스라고 했지?"

"그렇습니다."

"썬 담배와 담배를 마는 종이, 그리고 성냥이 따로따로 들어갈 수 있도록 되어 있다는 말이지? 그 담배, 색이 연한 러시아담배가 아니던가? 가늘게 썰어놓은 황금빛의 담배 말일세?"

"예, 그랬습니다."

"가서 그것을 가져오게. 직접 보는 것이 좋겠어."

치안국장 르노르망의 지시였다.

종업원 귀스타브 브도가 급히 밖으로 나갔다.

피곤하다는 듯이 르노르망 국장이 의자에 앉았다. 그는 날카로운 눈길로 바닥에 깔린 융단과 가구, 이어서 커튼을 노려보았다. 그리고 혼자 중얼거리듯이 물었다.

"여기가 분명히 420호지요?"

"그렇습니다."

예심판사가 농담하듯이 대답했다.

"그런데…… 르노르망 씨, 도대체 당신은 이 방과 이 끔찍한 사건과의 사이에 무슨 연관이 있다고 생각하시는 겁니까? 난 도무지 이해하기 힘들군요. 케셀바흐 씨가 살해된 방과 이 방 사이에는 잠긴 문이 다섯 개나 있어요."

르노르망 국장은 이 말에 대답조차 하지 않았다.

침묵이 흘렀다.

꽤 시간이 흘렀는데도 귀스타브는 돌아오지 않았다.

"그 종업원은 도대체 뭐하는 거요? 잠이라도 자는 거요, 지배인?"

기다리다 지친 르노르망이 지배인에게 물었다.

"5층의 쥐데 가(街)에 그 친구의 방이 있습니다. 바로 위층이지요. 방음이 잘 안 되어 달려가면 발소리가 울리는데 발소리조차 나지 않는 것이 좀 이상한데요. 제가 갔다오겠습니다."

지배인이 밖으로 나가자 채프먼도 같이 따라 나섰다.

곧 위층에서 쿵쿵거리는 발소리가 들려왔다. 그리고 어느 순간 그 쿵쿵거리는 발소리가 빨라졌다.

"큰일났습니다!"

채프먼이 창백한 얼굴로 헐레벌떡 뛰어들어 오며 외쳤다.

"무슨 일이오?"

"주, 죽어 있습니다……."

"죽다니? 살해되었단 말이오?"

"예, 그렇습니다!"

"이런! 제기랄! 어떤 놈이……?"

르노르망 국장은 한마디 욕을 하고 나서 다음 조치를 취했다.

"서둘러, 구렐! 이 호텔의 출구란 출구는 하나도 남기지 말고 전부 봉쇄해! 그리고 모든 통로를 감시해! 지배인, 귀스타브의 방으로 갑시다!"

지배인이 앞장서 급히 걸었다.

막 방을 빠져나가려던 르노르망 국장이 갑자기 걸음을 멈추고 허리를 굽혔다. 그는 곧 아주 작은 동그란 종이쪽지를 주워 들고 그것을 뚫어지게 노려보았다.

파란색으로 가장자리를 두른 그 종이는 아주 작은 레테르였다. '813'이란 숫자가 적혀 있었다.

"이게 뭐지?"

그는 고개를 갸웃거리다 그것을 지갑에 찔러 넣고 다른 사람들의 뒤를 따라 급히 뛰어갔다.

귀스타브의 등 견갑골 사이에 무엇에 찔린 듯한 가느다란 상처가 하나 나 있었다.

"케셀바흐 씨를 죽음으로 몰고 간 상처와 똑같은 상처입니다."

귀스타브의 사체를 살피던 경찰의가 말했다.

"그런 것 같군요."

르노르망 국장이 동의했다.

"두 사람을 살해한 사람이 같은 사람이면 흉기도 같은 것을 썼겠지요."

귀스타브는 자기의 침대 앞에 무릎을 꿇고 앉아 침대 밑에 감춰 둔 담배 케이스를 찾다가 뒤에서 불시에 기습을 당한 것 같았다. 한쪽 팔은 아직도 침대 밑의 매트리스와 용수철 속에 집어넣은 그대로였다. 그러나 그가 꺼내려던 담배 케이스는 어디서도 찾을 수 없었다.

"그 담배 케이스가 발견되어서는 안 될 만한 무슨 이유가 있었던 모양이군."

포르메리 예심판사가 중얼거렸다.

"당연히 그랬겠지요!"

르노르망 국장이 뭔가 짚이는 것이 있다는 듯이 내뱉었다.

"머리글자가 하나는 L이고 또 하나는 M이라고 했는데, 채프먼 씨가 뭔가 더 알고 있는 모양이니 이제 곧 모든 것을 알게 될 것 같군요."

그렇게 말하고 난 르노르망 국장이 갑자기 주위를 두리번거리기 시작했다.

"채프먼! 채프먼! 그 사람은 어딨지?"

복도에 모여 있는 사람들 속에 채프먼의 모습이 보이지 않았다.

"채프먼 씨라면…… 아까 나와 함께 분명 5층으로 올라왔는데?"

지배인이 확인이라도 하려는 듯 주변을 두리번거리며 말했다.

"당신과 함께 아래층으로 내려가지 않았소?"

"같이 내려가지 않았습니다. 내가 시체 곁에 있으라고 말했는데요."

"남겨놓고 왔다고! 혼자 있게 했다는 말이오?"

"예. '여기 계십시오, 아무데도 가시면 안 됩니다'라고 말하고 급히 아래층으로 달려 내려갔었죠."

"그때 주변에 다른 사람은 없었나요?"

"복도에 말입니까? 예, 아무도 없었습니다."

"침착하게 잘 생각해 보시오. 그 어디에서 인기척이 느껴지지 않았는지?"

르노르망 국장은 꽤 흥분해 있는 것 같았다. 그는 이리저리 움직이며 방마다 문을 열어보았다. 그러다가 갑자기 어딘가로 달리기 시작했다. 믿을 수 없을 만큼 재빠르고 가벼운 몸놀림이었다.

르노르망이 뛰어간 곳은 1층이었다. 지배인과 예심판사가 꽤 뒤처져서 따라왔다.

르노르망은 호텔 로비 출입문 한가운데에 서 있는 구렐을 발견했다.

"여기서 밖으로 나간 사람은 아무도 없겠지?"

"없습니다."

"오르비에토 가 쪽 입구는?"

"듀지를 경비로 세워놓았습니다."

"내 명령은 어김없이 전했겠지?"

"그렇습니다, 국장님!"

호텔의 넓은 홀에서 여행자들의 무리가 불안한 듯 웅성거리고 있었다. 끔찍한 사건에 대해 얻어들은 정보들을 서로 나누고 있는 것 같았다.

모든 투숙객이 전화로 호출되어 차례로 모여들기 시작했다. 르노르망 국장은 그들을 차례로 심문했다.

하지만 그 누구도 정보다운 정보를 갖고 있지 않았다.

그러나 5층에서 일하는 하녀가 뭔가를 보았다고 증언했다. 10분쯤 전에 그녀는 5층에서 4층으로 내려가는 뒷계단을 내려오는 두 사나이와 마주쳤다는 것이었다.

"그 남자들은 몹시 서두르고 있었습니다. 앞서가는 사람이 뒤에 따라오는 다른 사람의 손을 잡고 있었습니다. 꽤 멋진 두 신사분이었는데, 그런 신사분들이 뒷계단을 이용하다니 참 이상하다는 생각이 들더군요."

"그 두 사람을 다시 보면 기억할 수 있겠소?"

"앞서가던 사람은 자세히 보지 못했습니다. 옆으로 얼굴을 돌리고 있었기 때문이죠. 하지만 몸은 호리호리하고 늘씬했으며, 금발머리였습니다. 검은 중절모자를 쓰고 검은색 양복을 입었습니다."

"다른 사람은?"

"그분은 영국 사람 같았습니다. 수염도 없는 넓적한 얼굴이었습니다. 모자는 쓰지 않았습니다."

두 번째 사람은 인상이 채프먼 같았다.

하녀가 계속 말을 덧붙였다.

"좀 이상했습니다. 어쩐지 수상했어요. 정신이라도 나간 사람들같이……."

"그렇다면 그들은 도대체 어디로 간 것일까?"

르노르망 국장은 구렐에게 확인한 것만으로 만족하지 않았다. 그는 출구에서 경비를 섰던 호텔 경비원들을 불렀다.

"당신은 채프먼 씨를 알고 있소?"

"예, 잘 압니다. 친절하게도 저희들에게 늘 말을 걸어주시곤 했으니까요."

"외출하는 것을 보지 못했소?"

"못 보았습니다. 오늘은 나가시지 않았습니다."

르노르망이 서장을 뒤돌아보면서 말했다.

"서장, 당신의 부하는 지금 몇 명이나 여기에 와 있습니까?"

"네 명입니다."

"네 명으로는 부족하오. 경찰서에 전화해 움직일 수 있는 인원 모두를 이리로 보내도록 지시하시오. 그리고 당신이 직접 지휘해 모든 출구를 단단히 지키고 또 엄중하게 감시하시오. 이건 비상사태요, 서장!"

"하지만…… 호텔의 손님들은 어쩝니까?"

"난 호텔 손님들에 대해서는 신경 쓸 여력이 없소. 직무를 수행하는 것이 무엇보다도 우선이오. 지금 나의 직무는 어떤 대가를 치르는 한이 있어도 범인을 잡는 것이오.”

“당신은 범인이 호텔 안에 숨어 있다고 생각하시는 모양이군요?”

예심판사가 빠르게 말했다.

“그렇습니다, 예심판사님! 두 사람이나 살해한 범인은 이 호텔 안에 틀림없이 있습니다.”

“그렇다면 채프먼은……?”

“지금까지 채프먼이 살아 있는지 어떤지는 아직 잘 모릅니다. 하지만 그의 생명이 바람 앞에 놓인 촛불처럼 위험한 것은 분명합니다. 초를 다투는 급박한 상황이죠. 구렐, 부하를 두 사람 데리고 가서 4층의 방들을 모조리 뒤지도록! 지배인, 당신네 직원 한 사람을 구렐에게 붙여주시오. 다른 층은 지원병이 온 다음 내가 직접 하겠소. 자, 서둘러라 구렐! 반드시 잡아야 한다. 사냥감이 크다.”

명령을 받은 구렐 경감과 부하들이 재빠르게 뛰어갔다.

르노르망은 홀에 그대로 남아 있었다. 그러나 자리에 앉지는 않았다. 그는 정문에서부터 오르비에토 가 입구 쪽으로 걸어나갔다가는 다시 제자리로 되돌아오길 반복했다.

그러다 그는 가끔 사람들을 향해 명령을 내렸다.

“지배인, 취사장을 철저히 경계해 주시오. 그런 곳으로 범인이 도망칠 수도 있으니까! 지배인, 전화 교환수에게 분명히 이야기하시오. 외부에서 오는 전화는 연결해도 좋지만 누가 받았는지 투숙객의 이름을 반드시 써놓을 것. 지배인, 숙박계에서 투숙자들의 이름이 L 또는 M으로 시작되는 사람의 명단을 추출해 보고하시오."

그는 이러한 명령을 호텔이 떠나갈 정도로 소리쳐 전달했다. 전쟁터에서 장군이 부하들에게 명령을 내리는 것처럼 위엄 있고 단호하게.

사실, 전투라면 전투였다. 파리의 일급호텔에서 벌어지고 있는, 치밀하고 빈틈없는 추적자 치안국장과 궁지에 몰린 잔인하고 교활한 범인과의 치열한 전투.

이런 전투 속에서 마냥 전투를 구경하고 있는 사람들은 극도로 긴장해 있었다. 그들은 모두 홀 한복판에 모여 말없이 가쁜 숨을 내쉬다 조그만 소리라도 들려오면 크게 놀라곤 했다. 모두 지옥의 사자처럼 험상궂게 생긴 살인마에 대해 생각하고 있는 것 같았다.

'어디에 숨어 있는 것일까? ……머지않아 모습을 드러낼 것인가? 혹시 시치미를 뚝 떼고 투숙객 무리에 섞여 있는 것은 아닐까? 혹시 인상이 더러운 저 사나이가 아닐까? 아니면 이쪽의 잘생긴 이 사나이가……?'

투숙객들은 극단적인 감정 상태에 놓여 있었기 때문에 하찮은 무슨 일이라도 벌어지면 일시에 밖을 향해 뛰쳐나갈지도 모르는 일이었다. 그러나 다행히 투숙객들의 동요는 그리 심하지 않았다. 독재자 같은 치안국장 르노르망의 위엄이 오히려 사람들에게 믿음을 줘 그들의 마음을 안정시키고 있는 것 같았다.

배는 폭풍 속에 있을지라도 선원들과 승객들은 마치 유능한 선장의 지휘를 받고 있는 듯이 비교적 차분했다.

모든 사람의 눈길이 코끝에 안경을 걸친, 머리가 희끗희끗하고 갈색으로 바랜 코트에 갈색 목도리를 두르고 있는, 구부정한 등에 다리를 휘청거리며 걷고 있는 이 한 사람의 노인에게 쏠리고 있었다.

구렐 경감을 도와 수사에 참가하고 있는 호텔 종업원 한 사람이 급히 르노르망에게 걸어왔다.

"무엇이라도 발견되었나?"

르노르망이 물었다.

"아무것도 없습니다, 국장님. 아무것도 발견되지 않았습니다."

지배인이 두 번이나 르노르망에게 와서 호텔 사정을 하소연했다. 호텔 내의 고객들이 몹시 불편해하고 불안해한다는 것이었다. 사업상 볼일로 외출할 필요가 있거나 일정 때문에 곧바로 출발해야 하는 여행객들이 항의를 하러 사무실에 몰려와 있다는 것이었다.

"그 누구도 안 됩니다!"

르노르망이 단호하게 같은 말을 되풀이했다.

"물론 국장님께서는 수사가 중요하겠지만, 저희들 입장에서는 고객이 더 중요합니다. 호텔의 신용이 달린 문제입니다."

"그건 알고 있소."

"국장님이 취하신 조치는 너무 심하십니다. 권력 남용입니다."

"나도 모르는 건 아니오."

"사람들의 비난이 국장님께 집중될 것입니다."

"그것도 충분히 알고 있소."

"저…… 예심판사님까지도 그렇게 말씀하십니다."

"포르메리 씨께는 제발 내가 하는 일에 참견하지 말아 주십사 하고 전해주시오. 지금 호텔 종업원들을 심문하고 계신 모양인데, 그건 좋소. 그 외에는 모든 것이 예심판사의 권한 밖이라고 말씀해 주시오. 이 문제는 어디까지나 치안문제요. 치안은 내가 처리해야 할 영역이고."

르노르망이 그렇게 말하고 있을 때 한 무리의 경관이 호텔 안으로 우르르 달려들어 왔다.

치안국장은 곧 이들을 여러 팀으로 나누어 모두 3층으로 올려보냈다.

"서장, 경계는 당신께 일임하겠소. 절대로 인정을 베풀어선 안 되오. 여기서 일어나는 사고의 책임은 모두 내가 지겠소."

르노르망은 서장에게 다시 한 번 주의를 주고 엘리베이터를 타고 2층으로 올라갔다.

수사는 좀처럼 진전이 없었다. 시간이 많이 걸렸다. 60개나 되는 객실의 문을 하나하나 열어 욕실, 침대 밑, 벽장 속 등 사람이 숨을 수 있는 곳을 모두 꼼꼼히 조사해야만 했다.

한 시간이 지나 12시를 알리는 시계의 종소리가 울릴 때, 르노르망 국장은 2층의 수사를 끝냈다. 다른 경관들도 3, 4층의 수사를 거의 끝내가고 있었지만 어디서도 아무런 성과가 없었다.

르노르망 국장은 불안해지기 시작했다. 살인자가 위쪽 지붕 밑 다락으로 숨어들어간 것은 아닐까?

그런 의심을 하면서도 국장은 로비로 내려갔다. 전령이 와서 케셀바흐 부인이 그녀의 하녀와 함께 도착했다는 소식을 전했기 때문이었다.

케셀바흐 집안의 두터운 신뢰를 받고 있는 늙은 하인 에드와르가 부인에게 케셀바흐가 세상을 떠났음을 알리는 일을 맡았다.

케셀바흐 부인은 호텔의 한 응접실로 안내되었는데 절망에 차 넋을 잃은 모습이었다. 눈물은 흘리지 않았지만 고통으로 얼굴이 일그러졌고 열병이라도 걸린 사람처럼 몸을 부들부들 떨었다.

검고 아름다운 그녀의 눈에서는 어둠 속에서 빛나는 별빛 같은 슬픔이 흘러나오고 있었다. 케셀바흐 부인은 몸집이 꽤 큰 글래머였고 머리는 갈색이었다.

케셀바흐는 그녀가 태어난 네덜란드에서 그녀를 처음 만났다. 그녀는 스페인 계의 아몬티 집안 출신이었다. 케셀바흐는 그녀에게 첫눈에 반해 사랑에 빠졌는데 4년이 지난 지금까지도 두 사람의 사랑은 변함이 없었다.

르노르망 국장이 자신을 소개했다. 그녀는 아무런 대답도 하지 않고 뚫어지게 그를 응시했다.

르노르망도 더 이상 아무 말도 하지 않았다. 이런 경황에서 말을 시켜봤자 그 말뜻이나 제대로 이해하면 다행이었다.

케셀바흐 부인은 어느 순간 갑자기 울음을 터뜨리는가 싶더니 남편에게 데려다 달라고 울면서 이야기했다. 시간이 좀 흐르자 남편이 죽었다는 사실이 이제야 실감나는 모양이었다.

르노르망이 로비로 내려가자 구렐이 그를 찾고 있었다. 구렐은 르노르망을 발견하고 급히 다가와 들고 있던 모자를 내밀었다.

"국장님, 이 모자를 찾았습니다. 이 모자의 임자가 누구인지는 확실합니다. 어떻게 생각하십니까?"

검은 펠트로 만든 중절모자였다. 앞쪽에는 안감도 대지 않았고 상표도 없었다.

"어디서 찾았나?"

"2층 뒷계단 층계참에 있었습니다."

"다른 층에는 아무것도 없었나?"

"샅샅이 훑어보았습니다만 아무것도 없었습니다. 남은 것은 1층뿐입니다. 그자가 1층으로 내려왔다는 증거가 그 모자입니다. 국장님, 포위망이 꽤 좁혀진 것 같습니다."

"나도 그렇게 생각하네."

모자가 발견된 층계를 살펴보던 르노르망이 구렐에게 새로운 지시를 하달했다.

"서장에게 가서 명령을 전하게. 네 군데 계단 밑에 각각 권총을 소지한 경관 두 명씩을 배치하라고. 필요한 경우에는 발포해도 좋아. 구렐, 잘 알아 둬. 채프먼을 살해한 볍인을 놓치기라도 하는 날에는 난 끝장이야. 두 시간 이상 나는 헛수고만 하고 있었다는 이야기가 된다."

말을 마친 르노르망은 계단을 올라갔다. 객실 3층에서 그는 호텔 종업원에게 안내를 받고 있는 두 경관을 만났다.

복도에는 아무도 없었다. 투숙객 가운데는 자기의 방을 이중으로 걸어 잠근 사람까지 있어 호텔 종업원과 경찰이 찾아온 용건을 설명하고 문을 열게 하기까지는 꽤 오랜 시간이 필요한 경우도 있었다.

르노르망은 배식실을 수사하고 있는 경찰을 지켜보다가 발걸음을 옮겨 긴 복도의 끝 쪽, 쥐데 가 쪽의 방들을 수사하는 경찰들도 지켜봤다.

그는 그때, 별안간 경찰들이 뭐라고 소리를 지르며 복도의 코너를 돌아 달려가는 것을 보았다.

르노르망도 급히 그 경찰들을 따라 뛰었다.

경찰들은 복도 한복판에 서 있었다. 그들의 발 밑에 복도를 가로막은 채 한 사람이 쓰러져 있는 것이 보였다. 쓰러진 사람은 얼굴이 바닥으로 향해 있었다.

쓰러진 사람을 향해 다가간 르노르망이 몸을 굽혀 두 손으로 쓰러져 있는 사람의 몸을 엎었다.

"채프먼이다……."

르노르망 국장이 중얼거리듯 말했다.

"죽었군!"

르노르망 국장이 시체를 조사하기 시작했다.

비단실로 짠 흰 머플러가 채프먼의 목에 감겨 있었다. 르노르망이 머플러를 풀었다. 목에 붉은 핏줄기가 선명했다. 머플러가 채프먼의 목에 나 있는 상처를 막고 있었던 것이다.

채프먼의 목에 있는 상처도 죽은 다른 사람들과 똑같이 작고

깊었다.

채프먼의 시체가 발견되었다는 소식을 전해듣고 포르메리 예심판사와 서장이 급히 달려왔다.

"아무도 나간 사람은 없겠지요?"

치안국장이 물었다.

"전혀 없습니다."

서장이 대답했다.

"각 계단 밑에서 두 명의 경관이 경계를 서고 있습니다."

"범인은 어쩌면 위층으로 되돌아갔을지도 모르겠군요?"

포르메리 예심판사가 말했다.

"그렇다면 사람들의 눈에 띄었을 겁니다."

"그렇지 않습니다. 이 사람이 죽은 건 꽤 오래 전인 것 같습니다. 손이 벌써 싸늘합니다. 이 사람도 아까 죽은 종업원과 거의 동시에 살해된 것이 아닌가 싶습니다. 두 사나이가 뒷계단을 통해 이곳에 도착했을 때, 바로 그때말입니다."

"그렇다면 이 시체가 사람들의 눈에 띄었을 것 아니오! 안 그렇소? 두 시간 이상을 50명도 넘는 사람들이 뒤지고 다니지 않았소?"

"시체는 여기 없었습니다."

"여기가 아니라면 어디에 있었을까요? 시체가 걸어왔다는 거요?"

"그건 나도 모르겠소! 나도 아직 모르오."

치안국장이 거친 어조로 대답했다. 그러면서 그는 신경질적으로 지팡이를 두드렸다.

뚫어지게 시체를 지켜보면서 묵묵히 서 있던 르노르망이 다시 입을 열었다.

"서장, 미안하지만 이 시체를 어디 비어 있는 방으로 좀 옮겨주시오. 그리고 의사를 불러주시오. 지배인, 이 복도 양쪽의 객실 문을 모두 열게 하시오."

왼쪽으로 침실 세 개와 응접실이 둘 있는 빈 객실이 있었다. 르노르망이 객실 안으로 들어가 수사를 시작했다.

오른쪽으로는 네 개의 방이 있었다.

첫번째 방과 두 번째 방에는 레베르다란 사람과 이탈리아 사람인 지아코미치 남작이 투숙하고 있었다. 낮이라서 두 사람 다 방에 있지 않았다.

세 번째 방에는 영국인 노처녀가 투숙해 있었는데 그녀는 그때까지도 자고 있었다.

네 번째 방에는 영국인 남자가 투숙해 있었는데 아무 일도 없다는 듯이 느긋이 담배를 피며 독서삼매경에 빠져 있었다. 복도에서 들려오는 시끄러운 소리도 그가 책을 읽는 데 방해가 되지 않았던 모양이었다. 그는 파버리라는 사람으로 소령이었다.

수사도 심문도 아무런 성과를 거두지 못했다. 노처녀는 경관이 놀라서 지른 외마디소리가 들리기 전까지는 다투는 소리도, 비명소리도, 서로 주고받는 욕지거리도 전혀 듣지 못했다고 증언했다. 파버리 소령의 대답도 크게 다르지 않았다.

이외에도, 수상한 어떤 단서도 발견되지 않았다. 불운한 채프먼이 이들의 방 중 어느 하나로 들어갔다는 것을 입증할 만한 핏자국 같은 것은 전혀 없었다.

"정말 이상하군, 하나에서 열까지 모든 것이 참으로 이상해……."

예심판사가 쉬지 않고 중얼거렸다.

"점점 더 알 수 없는 일들뿐이군. 도무지 짐작조차도 할 수 없는 상황이니 난처한걸. 르노르망 씨, 당신은 어떻게 생각하시오?"

르노르망이 쏘아붙이듯이 무슨 말을 하려고 할 때 구렐 경감이 숨을 헐떡거리면서 나타났다.

"국장님, 이런 것이 발견되었습니다. 아래층…… 호텔 사무실 의자 위에 놓여 있었습니다."

그것은 작은 꾸러미였다. 검은 종이로 만든 봉투에 넣어 묶은 꾸러미였다.

"풀어보았나?"

국장이 물었다.

"뭐가 들었을까 싶어 열어보려다가 다시 원래대로 해놓았습니다. 맨 처음과 같은 상태입니다. 국장님께서 직접 풀어보시죠."

"풀어보게!"

구렐이 종이봉투를 벗기고 속에서 검정 플란넬로 만든 바지와 상의를 꺼냈다. 누군가 서둘러 개어 넣었다는 것을 옷감에 남아 있는 구김살이 말해주고 있었다.

그 옷 사이에 피로 물든 수건 한 장이 끼어 있었다. 지문을 지우기 위해 일부러 물에 적신 것 같았다.

수건을 풀자 안에서, 손잡이에 금무늬가 있는 강철제 단검이 나왔다. 그 칼은 불과 몇 시간 사이에 목숨이 끊긴 세 사나이의 피로 붉게 얼룩져 있었다.

그 단검은 케셀바흐가 가지고 있던 것이라는 것을 하인인 에드와르가 단번에 알아차렸다. 전날 밤 뤼팽이 습격해 오기 바로 전까지 에드와르는 그것이 케셀바흐의 책상 위에 있었다는 것을 기억하고 있었다.

"지배인!"

치안국장 르노르망이었다.

"이제는 마음대로 통행을 해도 좋소. 구렐, 자네는 가서 모든 출구의 경계를 풀도록 조치하고 오게."

"그렇다면 당신은 뤼팽이 이미 호텔에서 나가버렸다는 생각이시오?"

포르메리 예심판사가 물었다.

"그렇지 않습니다. 우리가 본 세 사람을 살해한 사람은 이 호텔 안에 있습니다. 호텔의 어느 한 방에, 아니 여행객들 속에 섞여서 로비에 있을지도 모릅니다. 내 생각으로 그는 이 호텔에 장기 투숙하고 있는 사나이가 분명합니다."

"그것은 불가능해요! 그럼 묻겠는데…… 놈이 어디서 옷을 갈아입었을 것 같소? 또 현재 어떤 옷을 입었을 것 같소?"

"그거야 알 수 없지만…… 어쨌든 나는 그렇게 확신합니다."

"그러면 당신은 그를 밖으로 내보내겠다는 거요? 분명 그렇게 조치를 하면 놈은 유유히 빠져나갈 겁니다. 왜 그런 조치를 취하는지 나는 이해를 못하겠습니다."

"투숙객 중에 그렇게 빈손으로 태연하게 나간 채 돌아오지 않는 사람이 있다면 그 사람이 범인이 아니겠습니까? 지배인, 나와 함께 사무실로 갑시다. 함께 투숙객 명부를 자세히 조사해 봅시다."

사무실에서 르노르망 국장은 케셀바흐 앞으로 온 여러 통의 편지를 발견했다. 그는 그것을 예심판사에게 넘겼다.

그곳에는 또 방금 파리 우체국에서 쾌달되어 온 소포가 하나 놓여 있었다. 포장지 일부가 찢어져 있었기 때문에 르노르망 국장은 루돌프 케셀바흐의 이름이 새겨져 있는 흑단나무로 만든 작은 상자를 볼 수 있었다.

르노르망이 흑단상자를 열어보았다. 상자 안에는 뚜껑 안쪽에 끼어 있던 흔적이 보이는 거울 조각 외에 아르센 뤼팽의 명함 한 장이 달랑 들어 있었다.

상자를 살피던 치안국장의 눈이 갑자기 커졌다. 상자 밑바닥 바깥 부분에 담배 케이스가 발견된 4층의 객실에서 주웠던 것과 똑같은 파란색 테두리가 있는 작은 레테르가 붙여져 있었다. 그 레테르에도 똑같이 '813'이라고 찍혀 있었다.

르노르망, 작전을 개시하다

"오귀스트, 르노르망 국장을 이리로 안내하시오."

총리의 말을 수행하기 위해 경비원이 밖으로 나갔다. 경비원은 곧바로 치안국장을 데리고 들어왔다.

이곳 보브 광장에 있는 내무성 안의 널찍한 장관실에는 때마침 세 고관이 이마를 맞대고 앉아 있었다. 한 사람은 30년 동안 급진당의 지도자로 있었으며 현재 국무총리와 내무장관을 겸하고 있는 발랑글레였고 다른 한 사람은 검찰총장인 테타르, 나머지 한 사람은 경찰청장 들로메였다.

경찰청장과 검찰총장 두 사람은 회담을 하는 동안 줄곧 앉아 있었던 자리에서 일어나지 않았지만, 총리는 자리에서 일어나 치안국장과 악수한 뒤 손을 꼭 잡은 채로 말했다.

"르노르망 씨, 왜 이 자리에 오라고 했는지 그 이유는 이미 알고 있겠죠?"

"케셀바흐 사건 때문이 아닙니까?"

"바로 그렇소."

케셀바흐 사건! 이 사건은 몇 년 사이 벌어진 사건 중 가장 참혹한 사건이었다. 그 세세한 상황 하나하나가 세상 사람들을 열광하게 만드는 민감한 사건이었다.

극히 제한된 조건 하에 행해진 연속 살인사건, 참혹한 살해 방법, 이런 것들보다 더 사람들의 마음을 흔드는 것은 아르센 뤼팽의 소생이라고도 할 만한 재등장이었다.

지난 4년 동안, 그러니까 아르센 뤼팽이 '기암성'의 믿기 어렵고 놀라운 대모험을 끝내고, 셜록 홈즈와 이지도르 보트르레가 보는 앞에서 사랑하는 여자의 시체를 등에 업은 채 늙은 유모인 빅뜨와르를 데리고 어둠 속으로 사라져 간 그때 이후 지금까지 아르센 뤼팽을 본 사람은 아무도 없었다.

그 사건 이래로 세상 사람들은 모두 뤼팽이 죽었다고 믿고 있었다. 그건 뤼팽의 흔적조차 발견하지 못한 경찰의 변명이기도 했다. 경찰은 자신들에게 유리한 쪽으로 뤼팽을 매장해버린 셈이었다.

하지만 사람들 가운데에는 그때 뤼팽이 구사일생으로 살아나 아내, 그리고 아들과 함께 조용하고 편안하게 살고 있다고 믿기도 했고 또 어떤 사람들은 뤼팽이 짊어진 고뇌와 무거운 정신적

강박관념을 견디지 못하고 어떤 수도원에 몸을 의탁했다고 주장하기도 했다.

그런데 그가 그런 풍문을 뒤로하고 느닷없이 불쑥 나타난 것이다. 아르센 뤼팽이 또다시 아르센 뤼팽 본연의 위치로 되돌아온 것이었다.

하지만 전과는 달리 이번에는 사람들 사이에 공포의 물결이 일고 있었다. 아르센 뤼팽이 사람을 살해했기 때문이었다. 사랑스러운 협객, 기사다운 의적, 때와 장소에 따라서는 인정도 눈물도 잊지 않는 영웅이라는 말을 들어왔던 그의 전설이 흔적도 없이 사라지고 극악무도하고 피에 굶주린 살인마로 바뀌어 있었다. 민중들은 예전에 뤼팽을 사랑했던 그만큼에 비례해 더 증오하고 더 두려워하고 있었다.

민중들의 이런 분노와 두려움은 곧바로 화살이 되어 경찰을 향해 쏟아졌다. 신문지상이나 공개된 집회, 거리에 모여 주고받는 사람들의 대화, 심지어 국회의 단상에 이르기까지, 격렬한 노여움이 터져 나오지 않는 곳이 없었다. 이런 반응에 놀란 정부는 대중의 흥분되고 격한 감정을 누그러뜨리기 위해 온갖 방법을 모색하고 있었다.

국무총리 발랑글레는 경찰문제에 특별한 관심을 갖고 있었다. 지금까지 수차례 여러 종류의 사건을 치안국장과 함께 추적한 일까지 있었다. 그러면서 그는 르노르망 국장의 수완과 굽힐 줄 모르는 꿋꿋한 성격을 사랑하게 되었다. 그는 먼저 장관실에 경찰청장과 검찰총장을 불러다놓고 협의를 거듭한 다음, 르노르망 치안국장의 출석을 요구했던 것이다.

"바로 그렇소, 르노르망 씨. 문제는 바로 그 케셀바흐 사건이오. 그런데 그 문제를 이야기하기에 앞서 먼저 경찰청장과 검찰총장을 곤란하게 하는 문제부터 이야기해야겠습니다. 이 두 분이 물어볼 게 있다고 합니다. 그럼 들로메 씨, 당신부터 이야기하시죠?"

"아닙니다. 르노르망 국장은 이 사건의 약점이나 오점이 어디에 있는지 이미 충분히 알고 있을 겁니다."

총감이 부하인 국장에게 싸늘한 어조로 말했다.

"국무총리 각하를 비롯해 우리끼리는 오래 이야기를 나눴는데, 사건이 있던 그날, 팔라스 호텔에서 국장의 잘못된 행동을 내가 어떻게 생각하는지는 더 이상 이야기하지 않겠습니다. 그 사건을 알고 있는 사람들은 누구나 같은 생각일 겁니다."

르노르망 국장이 잠자코 이야기를 듣다 의자에서 일어나더니 주머니에서 봉투 하나를 꺼내 책상 위에 올려놨다.

"뭔가 이건?"

발랑글레가 물었다.

"제 사표입니다."

발랑글레가 깜짝 놀라는 표정을 지었다.

"뭐야? 사표라니요? 총감이 말한, 그런 하찮은 꾸중이 마음에 들지 않는다고 대뜸 이러면 어쩌나? 르노르망 씨, 당신은 당신 자신도 인정하겠지만, 참으로 처치 곤란한 성격이오. 난 참으로 알 수가 없소, 당신이라는 사람! 안 그렇소, 들로메 씨? 방금 그 말을 한 당신 자신도 답답해서 그냥 한번 해본 소리였잖소? 자, 얼른 이 종이는 다시 집어넣어 버리시오. 이제 사건에 대한 이야기나 진지하게 논의해 봅시다.”

총리의 사정에 한 발 물러선다는 듯이 치안국장이 슬그머니 자리에 앉았다. 불만스러운 심정을 역력히 얼굴에 드러내고 있는 총감을 무시한 채 총리가 이야기를 시작했다.

“르노르망 씨, 결국 문제는 뤼팽이 다시 나타났다는 것이오. 우리에게는 매우 귀찮은 일이지. 퍽 오랫동안 그자는 우리 정부를 비웃으며 괴롭혀 왔소. 솔직히 말하자면, 그동안 나는 녀석을 매우 재미있게 지켜보아 왔는데…… 나는 녀석의 짓궂은 장난을 귀엽게 여겨왔단 얘기요. 그런데 이제 웃고만 있을 수 없게 되었소. 이번 문제는 결코 관망할 수 없는 중대 범죄란 말이오. 구경하는 사람들에게 미소를 띠게 하는 범죄였다면 좀 너그러울 수 있을는지 몰라도 이제는 결코 그럴 수 없소. 이제는 이야기가 크게 달라졌소.”

“그래서, 총리께선 저에게 무엇을 바라시는 것입니까?”

“내가 무엇을 바라느냐고? 아주 간단한 이야기지. 말할 필요도 없이 놈을 잡는 일이지, 놈의 목을 원한단 말이오.”

“놈을 잡는 것이라면, 머지않아 틀림없이 놈을 잡아올리겠다고 약속드릴 수 있습니다만, 목은 안 됩니다.”

“어째서? 체포하면 그 다음은 재판이 열릴 것이고, 그러면…… 처형은 당연해. 단두대를 피할 수는 없을 것이오.”

“그렇지 않습니다.”

"어째서 그렇지 않다는 거죠?"

"사람을 죽인 것은 뤼팽의 짓이 아니기 때문입니다."

"뭐라고요? 르노르망 씨, 당신 정신이 어떻게 되었소? 팔라스 호텔의 그 시체들은 그럼 어떻게 된 거란 말이오? 당신은 그 연쇄 살인사건이 유언비어에 불과했다고 말할 참이오?"

검찰총장이 항의하듯이 말했다.

"그것은 확실히 일어난 일입니다. 그렇지만 그들을 죽인 것은 뤼팽이 아닙니다."

국장은 이 말을 침착하게, 그리고 자신 있는 장중한 어조로 말했다.

"르노르망, 설마 당신은 이런 가정을 뚜렷한 증거도 없이 말하고 있는 것은 아니겠죠?"

발랑글레 총리가 긍정적인 말투로 이야기했다.

"결코 가정 따위가 아닙니다."

"그 증거는?"

"증거는 두 가지가 있습니다. 둘 다 정황적인 증거입니다만…… 현장에서 예심판사에게도 설명했었는데, 신문기사도 이것을 깨닫고 이 점을 강조하고 있습니다. 하나는 뤼팽은 절대로 사람을 해치지 않는다는 기정 사실입니다. 다음은 뤼팽이 사람을 죽일 이유가 아무것도 없었다는 사실입니다. 그가 침입했던 목적은 훔치는 일이었고, 그 목적은 어렵지 않게 달성되었습니다. 게다가 상대는 꼼짝도 할 수 없게 단단히 묶여 있었고 재갈까지 물려 있었습니다. 그러니까 뤼팽이 상대를 두려워할 이유가 없었다는 겁니다."

"설명은 그럴듯하지만, 그러나 드러난 사실은 그렇지 못할 텐데요?"

"사실 따위는 이성과 추리 앞에서 아무런 가치도 없는 것입니다. 그런데, 사실까지도 저의 의견에 동조를 하고 있습니다. 담배 케이스가 발견된 방에 뤼팽이 있었다는 것은 무엇을 의미하는 것일까요? 그리고 현장에서 발견된 그 검은 옷, 그러니까 살인범이 입었던 것으로 추정되는 그 검은 옷도 그 치수부터가 완전히 뤼팽의 옷과 일치되지 않습니다."

"그렇다면 당신은 뤼팽을 알고 있었소?"

"저는 모릅니다만 에드와르가 보았습니다. 구렐도 보았습니다. 이 두 사람이 본 사나이는 6층 객실을 담당한 하녀가 본, 뒷계단으로 채프먼의 손을 끌고 내려간 그 사나이와 같은 사람이 아닙니다."

"그럼 당신의 가설은 어떤 거요?"

"총리 각하, '가설'이 아니라 '진상'이라고 말씀해 주시면 좋겠습니다. 제가 알고 있는 진상의 일부는 다음과 같습니다. 4월 16일, 화요일에 한 사나이가…… 이 사람이 뤼팽입니다만…… 오후 2시쯤 케셀바흐 씨의 방으로 침입했습니다."

그때 누군가 큰 소리로 낄낄대고 웃었다. 르노르망은 말을 멈추지 않을 수 없었다. 웃은 것은 경찰청장이었다.

"잠깐 한마디…… 하겠는데, 르노르망 씨. 당신은 너무나도 쉽고 가볍게 단정을 해버리는 것 아니오? 그날 오후 3시에 케셀바흐 씨는 리용 신용은행으로 가 금고실로 내려갔다고 이미 입증되어 있소. 그 증거로는, 케셀바흐 씨의 서명이 장부에 똑똑히 남아 있잖소."

르노르망 국장은 자신의 상사가 이야기를 끝낼 때까지 침착한 태도로 기다렸다. 그러나 그는 경찰청장의 이야기가 끝나자마자 약간의 여유도 두지 않고 곧장 자신의 이야기를 이어 나갔다.

"오후 2시쯤, 뤼팽은 마르코라고 불리던 공범자의 도움을 받아 케셀바흐 씨를 꽁꽁 묶은 다음 몸에 지니고 있던 현금을 모조리 빼앗았으며 리용 신용은행의 금고의 암호를 억지로 말하게 했습니다. 이 금고의 비밀을 알아내자, 마르코는 재빨리 나갔습니다. 그는 제2의 공범자와 만났는데, 이자는 케셀바흐 씨를 많이 닮은 것을 이용하여, 그러니까 그자는 그날 케셀바흐 씨의 옷과 비슷한 옷을 입고 금테를 두른 코걸이 안경까지 끼어 한층 더 비슷하게 보이도록 노력했기 때문입니다만, 하여튼 케셀바흐 씨와 닮은 그자는 리용 신용은행으로 들어가 케셀바흐 씨의 서명을 흉내냈고, 케셀바흐 씨로부터 알아낸 암호로 금고를 열어 금고 안에 든 것을 모두 꺼내들그 마르코와 함께 돌아갔습니다. 이런 사실을 마르코는 곧바로 뤼팽에게 전화로 보고했습니다. 이것으로 뤼팽은 케셀바흐 씨가 자기를 속이지 않았다는 것을 알았겠죠. 그러니 죽일 이유가 더더욱 없었습니다. 뤼팽은 자신이 케셀바흐 씨의 숙소에 침입한 목적을 훌륭히 달성했기 때문에 사람들을 그대로 두고 돌아갔습니다."

발랑글레는 설명을 듣고도 반신반의하는 모양이었다.

"으흠, 과연…… 그럴듯하군. 정말 그럴듯해. 다만, 내가 이해할 수 없는 건, 뤼팽 같은 대도가 지갑 안에 든 겨우 몇 장의 지폐와 금고 안에 든 물건 따위의 별로 대수롭지도 않은 것들 때문에 그렇게 위험을 무릅쓰며 움직였겠는가 하는 점이오."

"뤼팽은 그 이상을 바라고 있었습니다. 그는 여행가방 속에 들어 있던 모로코 가죽으로 만든 주머니, 또 금고 안에 넣어두었던 그 흑단나무 상자, 그 어느 것인가를 바라고 있었습니다. 그리고 그는 그 작은 상자를 손에 넣었습니다. 속을 텅 비운 뒤 상자만 되돌려보냈으니까요. 그러니까, 그는, 케셀바흐 씨가 무엇인가를 계획 중이었다는, 그가 죽기 바로 전에 비서에게 말했다는 그 거대한 계획이 과연 무엇이었는가를 알고 있습니다. 모르더라도 머지않아 알 만한 특별한 단서를 쥐고 있을 겁니다."

"케셀바흐 씨의 그 계획이라는 것은 대체 어떤 것이오?"

"모릅니다. 모든 것을 털어놓고 의뢰했다는 바루바루 탐정 사무소의 지배인이 저에게 이야기해준 바로는, 케셀바흐 씨는 한 사람의 남자, 피에르 르뒤크라는 이름의, 그것도 듣자니 부랑자인 듯한 한 남자를 찾고 있었다고 합니다. 무엇 때문에 그 남자를 찾았는지, 케셀바흐 씨의 계획과 이 사나이가 어떻게 결부되어 있는지, 이 점은 현재로서는 말씀드리는 게 불가능합니다."

"좋아!"

발랑글레 총리였다.

"이것으로 일단 뤼팽의 혐의는 벗은 셈이군. 케셀바흐 씨는 꽁꽁 묶였고, 강탈은 당했지만…… 분명 그때까지는 살아 있었을 거야! 그럼 그 이후, 시체가 되어 발견될 때까지의 사이에 무슨 일이 일어났단 말인가?”

“그 뒤 몇 시간 동안은 아무 일도 일어나지 않고 지나갔습니다. 해가 저물 때까지는 아무 일도 일어나지 않았습니다. 살해된 비서 채프먼 씨와 하인 에드와르가 그때까지는 정신을 차리고 있었으니까요. 그런데 밤 동안 누군가 몰래 침입했던 것입니다.”

“어디로 들어왔소?”

“420호실로 들어왔습니다. 케셀바흐 씨가 부인을 위해 예약해 두었던 방 가운데의 하나죠. 몰래 들어온 자가 만능열쇠를 가지고 있었으리라는 것은 충분히 생각할 수 있는 일입니다.”

“그렇지만, 그 방과 케셀바흐 씨가 묵여 있던 방 사이에는 다섯 개의 문이 있었고 모두 빗장이 걸려 있었소!”

경찰청장이었다.

“문 외에도 발코니가 있었습니다.”

“그랬던가! 발코니가 있었군!”

“있을 뿐만 아니라, 쥐데 가 쪽으로 4층 전부에 공통된 발코니가 있습니다.”

“그렇지만 칸막이가 되어 있지 않았소?”

“날렵한 사나이라면 쉽게 넘을 수 있을 정도의 칸막이입니다. 넘은 흔적이 눈에 띄었습니다.”

“하지만 창문이 모두 꼭꼭 닫혀 있었다고 하던데, 사건이 일어난 뒤에도 닫혀 있었다고 하지 않았나?”

“비서인 채프먼의 방 창문 하나만은 예외였습니다. 이 창문은 그냥 살짝 밀어놓았을 뿐이었습니다. 제가 직접 확인했습니다.”

이번이야말로 총리가 수긍한다는 듯이 고개를 끄덕였다. 르노르망 국장의 의견이 매우 논리적이고 확고한 사실에 입각한 것이라는 걸 깨달았기 때문이었다.

흥미롭다는 듯이 총리가 몸을 앞으로 내밀며 질문을 했다.

“그렇다면, 그 사나이는 대체 무슨 목적으로 침입했단 말이오?”

“그건 잘 모르겠습니다. 여기서 제 추측이 허용된다면, 그 사나이도 역시 살인이 목적은 아니었다고 말씀드릴 수는 있습니다. 그도 뤼팽과 마찬가지로 그 모로코 가죽 주머니와 그 흑단 상자에 들어 있던 어떤 서류를 뺏기 위해 왔는데 우연하게도 무력해진 상대를 대하게 되었고 들어줄 수 없는 어떤 요구를 하다 살인을 저지르게 된 것이 아니었을까 싶습니다.”

“있음직한 일이야.”

발랑글레가 중얼거리듯 말했다.

“결국, 당신의 의견은, 그 사나이가 목표로 삼고 있던 서류를 가져갔다는 거요?”

“그 사나이는 그 상자를 발견할 수 없었습니다. 그곳에는 이미 없었으니까요. 다만 그는 여행가방 밑바닥에 들어 있던 검은 모로코 가죽주머니를 찾아냈습니다. 그러니까 뤼팽과 그 사나이는 둘 다 케셀바흐의 계획에 대해서 같은 정도로 알고 있었던 셈이지요.”

“그 뜻은, 그 두 사람이 이제부터 전투를 개시할 거라는 말이군.”

총리가 호기심 어린 표정으로 말했다.

“그렇습니다. 그 전투는 이미 개시되었습니다. 살해한 사나이는 아르센 뤼팽의 명함이 눈에 띄자 재빨리 그것을 시체에 핀으로 꽂았습니다. 그렇게 해놓으면 모든 혐의를 뤼팽이 뒤집어쓰게 되니까요. 그것으로 케셀바흐를 죽인 것이 일단 뤼팽이 되어버리지 않았습니까.”

“그렇겠군. 머리가 제법 돌아가는 놈인가 보군.”

발랑글레가 감탄스럽다는 듯이 말했다.

“사소한 실수만 없었다면 이 전략은 성공을 했을 것입니다.”

르노르망이 계속 말을 이었다.

“이것은 놈에게 매우 불운한 일이었는데, 케셀바흐 씨를 살해한 범인이 갈 때에 그랬는지 올 때에 그랬는지 정확히는 모르지만, 어쨌든 420호실에 담배 케이스를 떨어뜨렸고, 호텔 종업원인 귀스타브 브도가 그것을 주웠습니다. 만약 그런 일만 없었다면 그 전략은 성공했을 것입니다. 그 담배 케이스를 다른 사람이 주웠다는 것을 알았을 때부터 자신의 범행이라는 것을 눈치챘거나 혹은 눈치채이기 직전이라는 것을 알고 범인이 다시……..”

“어떻게 범인이 다른 사람이 주웠다는 것을 알았단 말이오?”

“어떻게고 뭐고가 없지 않습니까? 수사를 할 때 예심판사가 가르쳐 준 것이나 다름없습니다. 모든 수사가 공개된 자리에서 행해지고 있었으니까요. 예심판사가 브도에게 명령하여 지붕

밑 다락방으로 그 담배 케이스를 가지러 보냈을 때 범인은 그
자리에 모여 서 있던 사람들, 다시 말해서 호텔의 종업원들 틈
이나 신문기자들 틈에 섞여 숨어 있었을 겁니다. 브도가 위층으
로 올라가자 범인이 천연덕스럽게 뒤를 따라가 칼로 찌른 것입
니다. 그래서 두 번째 희생자가 나온 것이죠."

이미 누구 한 사람 이의를 제기하는 사람이 없었다. 르노르망
국장에 의해 사건의 현실과 진실이 남김없이 파헤쳐져 재현된
셈이었다.

"그럼 제3의 희생자는 어떻게 발생되었소?"

발랑글레 총리가 물었다.

"그것은 희생자 스스로 불속에 뛰어든 불나방과 같은 짓이었
습니다. 브도가 되돌아오지 않자, 비서인 채프먼은 직접 그 담
배 케이스를 조사해 보고 싶은 호기심이 발동해 호텔 지배인을
따라 나섰습니다. 하지만 범인에게 붙잡혀, 그는 어떤 객실로
끌려 들어가 거기서 살해된 것입니다."

"그렇다면 이상하지 않소? 채프먼은 자신을 끌고 가는 사람
이 케셀바흐 씨와 귀스타브 브도를 살해한 사나이라는 것을 알
면서 어째서 그렇게 순순히 끌려갔단 말이오?"

"그 점은 저도 모릅니다. 저는 또 이 살인이 어느 방에서 행해
졌는지, 범인이 어떻게, 정말 기적적이라고 말하고 싶을 정도로
교묘하게 탈출했는지, 그런 것에 대해서는 아직 짐작도 못하고
있습니다."

"가장자리에 파란 띠가 둘러져 있는 작은 가격표를 두 장 발

견했다는 말을 들었는데 어떻소?”

“그렇습니다. 한 장은 뤼팽이 되돌려보낸 상자에 붙어 있었습니다. 다른 한 장은 케셀바흐 씨가 살해된 방에서 제가 발견하고 주운 것입니다. 아마도 범인이 훔쳐간 모로코 가죽 주머니에서 떨어진 것이 아닌가 생각됩니다.”

“그래서, 그것이 무슨 의미를 가지고 있소? 그 둘에 무슨 연관된 의미가 있소?”

“제 생각으로는, 그 가격표 두 장 자체에는 별 의미가 없어 보입니다. 어떠한 의미가 있을 것으로 생각되는 것은, 그 두 장의 가격표에 각각 써져 있는 ‘813’이라는 숫자입니다. 그 글씨는 케셀바흐 씨의 필적이라는 감정이 이미 내려졌습니다.”

“그 ‘813’이라는 숫자의 의미는 무엇이오?”

“수수께끼일 뿐입니다.”

“현재 이 사건에 어떤 조치를 취하고 있소?”

“부하 둘을 채프먼의 시체가 발견된 호텔의 4층에 머물게 해두었습니다. 이 두 사람에게 호텔에 있는 모든 사람들을 감시하도록 지시했습니다. 범인은 호텔을 떠난 사람들 가운데 들어 있지 않습니다.”

“살인이 일어나던 시간에 걸려온 전화는 없었소?”

“있었습니다. 시내에서 걸려왔는데, 누군지는 모르겠습니다. 파버리 소령에게 걸려온 전화였습니다. 이 소령이라는 사람은 2층의 복도 쪽 방에 묵고 있는데, 그 객실에 묵는 네 손님 가운데 한 사람입니다.”

"소령이란 사람의 동태는 어떻소?"

"부하에게 감시하도록 명령해 놓았습니다만, 현재까지는 수상한 점이 전혀 없습니다."

"앞으로 어떻게 수사할 방침을 세우고 있소?"

"방침은 참으로 단순합니다. 제 생각으로 범인은 케셀바흐 부부를 잘 아는 사람이거나 친구 관계에 있는 사람일 겁니다. 그자는 줄곧 케셀바흐 부부의 뒤를 추적하고 있었습니다. 그자는 부부의 습관을 아주 잘 알고 있었습니다. 케셀바흐 씨가 파리에 무엇 때문에 와 있는가 하는 것도 알고 있었습니다. 그리고 적어도 케셀바흐 씨에게 어떤 계획이 있다는 것을 눈치채고 있었습니다."

"그렇다면, 전문적인 범죄자가 아니겠군요?"

"그렇습니다. 틀림없이 그렇습니다. 그 점은 확실합니다. 범행은 매우 솜씨 있게, 대담하게 행해졌습니다만, 그것은 우연일 뿐입니다. 거듭 말씀드립니다만, 수사는 케셀바흐 부부의 신변으로 돌려져야 합니다. 이유로 케셀바흐 씨를 살해한 범인은 호텔의 종업원인 귀스타브 브도가 그 담배 케이스를 가지고 있었다는 이유만으로 그를 살해했습니다. 또 비서인 채프먼이 그 담배 케이스의 존재를 알고 있었다는 그 이유로 그를 살해했습니다. 그 당시 채프먼이 무슨 생각을 하고 있었는지 한번 생각해 보십시오. 그 담배 케이스가 어떻게 생겼다는 말만을 듣고도 그는 갑자기 제2의 살인이 벌어졌을 것이라는 걸 직감했을 정도였습니다. 그가 만약 그 담배 케이스를 한 번만이라도 볼 수 있었다면 우리는 그에게서 범인이 누구였는지 곧바로 들을 수 있었을 겁니다. 범인은 직감적으로 그런 위험을 알았기 때문에 채프먼을 살해하고 말았습니다. 덕분에 우리는 L·M이라는 머리글자밖에는 모르는 결과가 되고 말았습니다.”

잠시 약간의 여유를 두고 무엇인가를 생각하던 르노르망이 다시 입을 열었다.

“총리 각하! 아까 하신 질문에 대답하는 것이 되기도 합니다만, 채프먼이 만일 범인과 얼굴을 모르는 사이였다면, 호텔 안의 복도나 계단으로 끌고 다닌다고 그렇게 순순히 끌려다녔을 리는 없었을 겁니다.”

사건에 대한 추리가 차곡차곡 쌓여가고 있었다. 진실에 대한 논리가 강화되며 진상이 어떻게 된 것인지 조금씩 진실에 접근해 가고 있었다. 어쩌면 가장 중요할지도 모르는 몇 가지 것들은 아직 밝혀지지 않았지만, 많은 궁금증을 해결한 것이나 마찬가지였다.

한동안 침묵이 흘렀다. 모두들 생각하는 표정이었다.

“르노르망 씨의 설명은 참으로 훌륭했습니다.”

침묵을 깨며 발랑글레가 큰 소리로 말했다.

“나 역시 확실히 그렇게 된 사건이었을 거라는 생각이 듭니다. 하지만 문제는, 수사에 별 진전이 없다는 겁니다.”

“예, 뭐라고요?”

르노르망이 반문했다.

“사실, 그렇지 않습니까. 우리가 모인 목적은 사건의 수수께끼 일부를 설명한다던가 하는 그런 것이 아니라고 생각하는데… 우리가 모인 목적은 민중의 요구에 만족을 주기 위한 일, 즉, 어떻게 하면 범인을 잡을 수 있는지, 누가 범인인지 그런 이야기를 의논하려는 게 아니었습니까. 그런데 사람을 죽인 것이 뤼팽이니 아니니, 범인이 둘이니 셋이니, 아니, 한 사람이라느니… 그런 것을 알게 되었다고 해도 우리는 범인의 정체를 알지 못하는 것은 물론 그런 이야기들이 범인의 체포에도 전혀 도움이나 단서가 되지 않으니 하는 말이오. 그런 사실을 세상에 발표한다고 해도 대중들은 여전히 '어쨌든 경찰은 무력하다'라는 생각을 계속 갖고 있을 것이고 말입니다."

"그렇다면, 제가 지금 무엇을 했으면 좋겠습니까?"

"그야 당연히, 대중이 원하는 일을 속시원하게 해결하는 거지요."

"그렇다면 충분한 진전이 있었다고 생각하는데요. 이제까지 말씀드린 것만으로도 말입니다."

"그런 것은 단지 말에 지나지 않아! 대중은 우리가 행동으로 보여줄 것을 요구하고 있소. 그들을 만족시키는 것은 단 하나밖에는 없소. 다시 말해서 범인의 체포!"

"이것 참 난감하군요. 대중의 요구에 부응하기 위해 함부로 날뛸 수도 없는 일이고……."

"어쩌면 그게 속수무책으로 있는 것보다는 나은 일일지도 모르지……."

발랑글레가 웃으면서 말했다.

"르노르망 씨, 당신은, 케셀바흐의 하인인 에드와르가 의심스럽지 않소?"

검찰총장이 물었다.

"그렇지 않습니다. 그 사나이라면 별 문제가 없습니다. 게다가 그 사람을 범인이나 공범으로 몰아가면 일이 정말 우스꽝스럽게 됩니다. 검찰총장께서도 이 점에는 동감하시리라고 생각합니다. 경찰이 체포할 권리를 가지고 있는 사람은 단 두 사람밖에 없습니다. 한 사람은 도둑질을 한 우리가 알고 이는 바로 그 범인. 그리고 한 사람은 우리가 알지 못하는 살인자."

"그럼 어쩌겠다는 것이오?"

"뤼팽에게는 아직 손이 미치지 않고 있습니다. 조급하게 굴어서도 안 되는 일입니다. 놈의 체포에는 시간과 여러 가지 절차가 필요합니다. 사실 그동안 저는 뤼팽을 체포하는 일에 손을 놓고 있었습니다. 왜냐하면 뤼팽이 범죄에서 손을 떼었거나 죽었다고 생각했기 때문입니다."

치안국장의 말을 듣고 발랑글레가 발로 바닥을 빠르게 토닥거렸다. 성질이 급한 사나이가 마음이 급할 때 하는 버릇이었다.

"그렇단 말이지. 그리고 시간이 필요하다…… 그럴지도 모르지만, 르노르망 씨! 우리는 시간이 그리 많지 않소. 우선은 체포가 급선무요. 당신 자신을 위해서도 빨리 체포하지 않으면 안 될 거요. 유능한 경쟁자가 여럿 당신의 자리를 노리고 있다는 것을 설마 모르고 있지는 않겠죠? 아, 주범을 체포하기 힘들다면 우선 공범자는 어떤가? 범인은 뤼팽 혼자가 아니지 않는가?

마르코도 있고, 그 밖에도 또 한 사람, 리용 신용은행의 지하실로 케셀바흐 씨를 가장해 들어갔던 그놈도 있지 않은가?”

“그 정도로도 괜찮겠습니까, 총리 각하?”

“괜찮겠냐고요? 괜찮다 뿐인가 아주 훌륭하지!”

“그러시다면 일 주일 동안만 기다려 주십시오.”

“뭐야? 일 주일이라고? 원 참, 기가 찰 노릇이군! 현재 상황은 그렇게 태평스럽지가 못 해요. 일 주일이라는 기간은 그런 조무래기가 아니라 주범을 잡아야 할 시간이오.”

“그럼 몇 시간을 기다려 주시겠습니까, 총리 각하?”

발랑글레가 호주머니에서 시계를 꺼내 들여다봤다. 그리고 비웃듯이 말했다.

“내 심정은 지금 10분 이상은 결코 기다릴 수 없소.”

치안국장 르노르망이 시계를 꺼내 들여다봤다. 그리고 침착한 목소리로 말했다.

“그렇다면 4분은 필요 없는 시간이군요, 총리 각하.”

발랑글레가 무슨 말인지 이해를 못했다는 듯이 르노르망의 얼굴을 노려봤다.

“4분이란 시간이 필요 없다니?”

“총리 각하, 방금 총리 각하께서 10분 이상은 기다리지 못하겠다고 말씀하시지 않았습니까? 공범을 잡는 데 그렇게 많은 시간은 필요 없다는 뜻입니다. 6분 간이면 충분합니다. 그 이상은 단 1분도 더 필요하지 않습니다."

"이보쇼, 르노르망 씨! 농담도 때와 장소를 가려 해야지, 지금 이 자리가 농담이나 하고 있을 자리요?"

검찰총장이 나서서 르노르망을 나무랐다.

말을 듣고 있던 치안국장이 성큼 자리에서 일어나 창문을 향해 걸어갔다. 그리고 눈 아래 내려다보이는 뜰을 왔다갔다하고 있던 두 부하에게 손짓을 해보였다. 그런 뒤 돌아서며 말했다.

"검찰총장님, 델르롱이라는 이름을 가진 자의 체포영장에 서명해 주십시오. 오귀스트 막시밀리앙 필립 델르롱, 47세입니다. 직업란은 빈 채로 두시고……."

노크소리가 들려왔다. 르노르망이 입구로 다가가 문을 열었다.

"구렐, 들어와도 좋아. 듀지, 자네도 들어오게."

구렐이 앞서 들어왔고 듀지 경감이 그 뒤를 따라 들어왔다.

"수갑은 있겠지, 구렐?"

"예, 국장님! 휴대하고 있습니다."

르노르망이 발랑글레에게 다가갔다.

"총리 각하, 준비는 모두 끝났습니다. 하지만 여기서 각하께 다시 부탁을 드리고 싶습니다. 공범의 체포를 한동안, 그러니까, 일 주일 정도만 연기해 주셨으면 좋겠습니다. 이유는, 그자를 지금 체포하면 저의 모든 계획이 송두리째 뒤틀리니 하는 말입니다. 피라미를 잡기 위해 월척을 놓칠 수는 없지 않습니까?"

"르노르망 씨, 이제 80초밖에는 시간이 남아 있지 않소."

발랑글레가 시계를 들여다보며 말했다.

치안국장의 얼굴에는 초조함이 가득했다. 지팡이에 의지해 그는 방 안을 왔다갔다하기 시작했다. 그러다 그는 묵비권이라도 행사하듯 입을 굳게 다물고 털썩 의자에 앉았다. 그러다 갑자기 결심이라도 하듯 입을 열었다.

"총리 각하, 이 방에 맨 처음 들어오는 사나이가 각하께서 체포하기를 원하는 바로 그 사나이입니다."

"이제 15초 남았소."

"구렐, 뒤지 경감! 지금부터 맨 처음 들어서는 사나이를 체포하게! 검찰총장님, 체포영장에 이미 서명은 하셨겠죠?"

"르노르망, 이제 10초밖에 없소."

"총리 각하, 대단히 죄송한 일입니다만 그 초인종을 눌러주시면 감사하겠습니다."

사형수의 마지막 소원을 들어주겠다는 듯이 발랑글레가 비상벨을 눌렀다. 그러자 곧바로 경비원이 달려왔다.

발랑글레가 르노르망을 노려봤다.

"르노르망 씨, 경비원이 당신의 명령을 기다리고 있지 않소? 이제 누구를 불러 체포할 거요?"

"아무도 부를 필요는 없습니다."

"그게 무슨 말인가? 체포하겠다고 우리 앞에서 분명히 말하지 않았나? 약속한 6분은 이미 흘러갔는데……."

"6분은 확실히 지났죠. 우리가 체포해야 할 인물은 이 안에 있습니다.”

“뭐야? 그걸 지금 말이라고 하는 거요! 나는 도무지 영문을 알 수 없군! 이 안에는 우리밖에 없지 않소?”

“들어왔습니다.”

“무슨 말을 하는 거요? 참 어이가 없군!”

발랑글레가 실내를 둘러보며 말했다.

“르노르망 씨, 우리를 놀리려는 거요? 보다시피 이 실내에는 우리밖에 없다는 걸 당신도 잘 알고 있지 않소?”

“총리 각하, 이 안에 조금 전까지는 우리 넷과 경관들만 있었습니다. 그러나 지금은 다섯으로 늘었습니다.”

“뭐라고?”

어이가 없다는 듯이 발랑글레가 펄쩍 뛰었다.

“당신 미쳤소! 어이가 없는 것도 분수가 있어야지…….”

르노르망이 눈짓을 하자 두 경관이 재빠르게 달려들어 경비원의 두 팔을 양쪽에서 붙들었다.

르노르망이 영문을 몰라 반항조차 하지 않는 경비원에게 다가가 양손을 어깨에 댔다.

“법의 이름으로 오귀스트 막시밀리앙 필립 델르롱, 국무총리 전속 비서실 소속 경비원, 본관은 귀하를 체포한다.”

갑자기 발랑글레가 큰 소리로 웃기 시작했다.

“하하하하…… 이것 참! 그 사람인가? 정말 훌륭한 솜씨야! 아주 재밌어…… 나는 당신이 그렇게 재밌는 사람인 줄 몰랐어, 정말…….”

그러나 르노르망은 국무총리를 무시한 채 검찰총장을 돌아봤다.

"검찰총장님, 체포영장에 델르롱의 직업을 국무총리 전속 비서실 소속 경비원이라고 똑똑히 써넣어 주십시오."

"그렇지, 그래! 저자는 국무총리 전속 비서실 소속이야. 그건 틀림없어!"

너무나 우습다는 듯이 배를 움켜쥔 채 발랑글레가 말했다.

"이거 참! 대중이 신속히 범인 체포를 원한다니까, 재빨리 이런 유머를 생각해내다니…… 그 희생양이 바로 국무총리의 경비원이라……. 그런데 르노르망 씨, 의외여서 더 재밌기는 한데, 하필이면 왜 내 경비원이오? 대중들 앞에 세울 사람이 그렇게도 없소. 그것도 하필, 모범적이고 성실한 오귀스트를 말이오? 당신의 그 대단한 배짱은 익히 알고 있지만 말이오."

이 상황이 어떻게 된 것인지 제 나름대로 해석한 사람들이 제각기 다른 반응을 보이고 있었다.

영문을 모르겠다는 듯이 움직임 없이 서 있는 사람은 오직 출입문을 맨 처음으로 들어온 오귀스트밖에 없었다. 성실하고 근면한 얼굴을 한 그는 어안이 벙벙한 표정으로 사람들을 쳐다보고 있었다. 그러면서 그는 한편으로 사람들의 반응이 무엇을 의미하는지 이해하려 노력하는 것 같았다.

르노르망이 작은 소리로 구렐에게 어떤 지시를 했다. 그러자 구렐이 급히 밖으로 나갔다.

"이것으로 모든 것이 끝났다. 너는 마침내 붙잡힌 것이다. 이제 얌전하게 모든 자백을 하고 무릎을 꿇어라. 화요일에 한 짓을 벌써 잊은 것은 아니겠지?”

“예? 저에게 하는 말씀입니까?”

르노르망이 표정이 싸늘하게 변해 가는 오귀스트를 노려봤다.

“화, 화요일에 저는 아무 짓도 하지 않았습니다. 여기서 근무를 서고 있었습니다.”

“거짓말 마! 화요일은 네가 쉬는 날이었고, 그날 너는 외출을 했었다.”

“아, 맞습니다. 그랬습니다. 생각납니다. 시골에서 친구가 올라와, 그 친구와 함께 보아로 산책을 갔었습니다.”

“그래, 그랬지! 그 친구는 마르코라고 불리는 자였고! 너희들 둘이서 산책한 장소는 바로 리용 신용은행의 지하실! 그렇지 않은가?”

“제가 말씀입니까? 천만에 말씀입니다! 마르코라고요? 제가 아는 사람 가운데 그런 이름을 가진 사람은 한 명도 없습니다.”

“정말 이럴 텐가! 그럼 이건 어떤가? 이것을 보고도 모른다는 말은 못할 테지?”

르노르망 국장이 경비원의 코끝에 금테를 두른 코걸이 안경을 내밀었다.

“이게 뭡니까? 제 것이 아닌데요. 도무지 영문을 모르겠습니다. 저는 아시다시피 안경을 쓰지 않는데…….”

“썼어! 케셀바흐 씨 행세를 하고 신용은힝에 들어갈 때 너는 이 안경을 코에 턱하니 걸쳤지. 이 안경은 너의 방, 네가 제롬이라는 가짜 이름으로 빌려 쓰고 있는 콜리제 가 5번지에 있는 네 방에서 찾아낸 것이다.”

“제 방이라니, 무슨 말씀입니까? 저는 이 내무성 안에서 먹고 자고 있습니다. 여기 숙소가 있는데 왜 제가 다른 방을 얻겠습니까?”

“너는 뤼팽의 부하 가운데 한 명이고, 네가 옷을 갈아입는 곳이 바로 그 방이라는 것 등, 이미 너에 대한 모든 것이 드러났다. 힘 빼지 말고 그만 실토해라.”

경비원이 이마에 흐르는 땀을 손으로 닦았다. 얼굴빛이 창백했다.

“도, 도무지 전 모르겠습니다. 너무도 황, 황당한 말씀을 하시는지라⋯⋯.”

경비원은 이미 말을 심하게 더듬고 있었다.

“그렇단 말이지. 자신이 누군지 잘 기억이 나지 않는 모양인데, 그렇다면 쉽게 이해가 가도록 한 가지 더 증거를 보여주지. 이것은 어떤가!”

르노르망이 하단에 국무총리 비서실의 소속 명이 인쇄되어 있는 한 장의 종이를 펼쳤다.

“자세히 봐라! 네가 여기 비서실의 네 책상 밑 쓰레기통에 버렸던 것이다.”

그 종이에는 ‘루돌프 케셀바흐’라는 글씨가 수없이 쓰여져 있었다.

“어떤가? 케셀바흐 씨의 서명을 연습한 흔적이 이렇게 뚜렷이 있는데도 증거가 아직 충분하지 못하다고 말할 텐가?”

그 순간 오귀스트가 경관이 잡고 있던 팔을 세게 뿌리치며 주먹으로 르노르망의 가슴을 후려쳤다. 그와 동시에 오귀스트는 재빠르게 몸을 날려 활짝 열려 있는 창문 밖으로 도망쳤다. 그는 곧바로 발코니를 단숨에 타고 넘어 밖으로 뛰어내렸다.

“앗! 저런 나쁜 놈! 저놈을 잡아라!”

그제야 상황이 어떻게 된 것인지 확실하게 파악한 발랑글레가 다급히 소리쳤다.

그는 비상벨을 반복해 다급하게 눌렀다. 그리고 곧바로 창문 밖을 향해 소리쳤다.

“오른쪽으로 도망간다!”

르노르망이 명치를 쓰다듬으며 천천히 자리에서 일어났다.

“조용히 하십시오, 총리 각하!”

“뭐라고요? 저놈이 도망간다니까! 이대로 저놈을 놓아줄 수는 없지 않은가?”

“이런 일은 제가 이미 예상했던 일입니다. 오히려 이런 일이 벌어지지 않을까 걱정했었죠. 이런 행동이 바르 자백이니까요.”

냉정하게 말하는 르노르망의 말을 들은 발랑글레가 자기의 자리로 돌아갔다.

조금 뒤 구렐이 들어왔다. 그는 오귀스트 막시밀리앙 필립 델르롱, 국무총리 전속 비서실 소속 경비원, 가짜 이름은 제롬인 사나이의 목덜미를 단단히 움켜쥐고 있었다.

“이리로 데려와!”

르노르망이 말했다. 마치 사냥개에게 잡은 짐승을 이리로 가져오라고 명령이라도 하는 것 같은 말투였다.

"그 녀석 얌전하게 잡히던가?"

"조금 덤벼들었습니다. 그래서 제가 단단히 혼내줬습니다."

손가락 마디가 굵은 커다란 주먹을 쥐어 보이며 구렐 경감이 자랑하듯 말했다.

"그만 됐다! 이자를 유치장으로 끌고 가 처넣게. 포장마차에 태워서 데려가."

르노르망은 말을 하고 나서 장난기 섞인 표정을 지어 보였다.

"그럼 나중에 또 뵙겠습니다, 제롬 씨!"

발랑글레는 신이 나 있는 것 같았다. 반면 그는 르노르망의 의도를 재빨리 파악하지 못하고 그가 자신을 놀리고 있다고 생각했던 것 때문에 계면쩍어 하는 것 같기도 했다. 또 자신의 경비원이 뤼팽의 부하라는 사실에 당혹스러운 것 같기도 했다. 그는 손바닥을 마주 비벼댔다.

"축하합니다, 르노르망 씨! 정말 대단하오. 그런데 당신은 도대체 어떻게 이런 사실을 눈치챘소?"

"아, 그것 말씀입니까! 그거라면 매우 간단합니다. 케셀바흐 씨가 바루바루 탐정사무소에 일을 의뢰한 것과 뤼팽이 케셀바흐 씨에게 이 탐정사무소에서 온 사람이라고 거짓말을 하고 찾아갔다는 것을 저는 이미 알고 있었습니다. 그래서 바루바루 탐정사무소를 조사했는데, 케셀바흐 씨와 바루바루 탐정사무소에 피해를 주면서까지 행해진 그 비밀 누설은 그 탐정사무소의 사원 가운데 한 사람의 친구인 제롬이라는 사나이가 연관되어 있었기 때문임을 알 수 있었습니다. 총리께서 저에게 일을 서둘러 진행시키라고 명령하시지만 않으셨다면, 저는 당분간 저 경비원을 감시하여 저자로부터 마르코로, 또 마르코를 통해 뤼팽에게 접근할 생각이었습니다."

"그랬었군! 당신이라면 반드시 이 사건을 해결하리라 나는 굳게 믿고 있소. 뤼팽과 르노르망 치안국장의 대결! 나는 르노르망 쪽에 내기를 걸지."

이튿날 아침, 다음과 같은 공개편지가 모든 신문에 실렸다.

치안국장 르노르망 씨에게 보내는 공개편지

국무총리실 경비원 제롬을 체포한 데 대해 진심으로 축하의 뜻을 전합니다. 이것은 정말 귀하의 명성에 걸맞은 훌륭한 일이었습니다.

본인은 또 귀하가 국무총리께 설득력 있는 설명으로 본인 뤼팽이 케셀바흐 씨를 살해한 진범이 아니라는 것을 납득하게 하신 데 대해서도 매우 고맙다는 감사의 말씀을 전하는 바입니다. 귀하의 논리는 명쾌하고, 합리적이며, 반박할 여지가 없을 뿐만 아니라, 진실 그 자체였습니다.

귀하도 아시는 바와 같이 본인 뤼팽은 절대 살인은 하지 않습니다. 이번 사건을 통해 이 점을 재삼 부각시켜 주신 귀하께 감사를 드립니다. 이 시대의 세상 사람들과 귀하 같은 분의 호감을 얻는 것이 본인이 존재할 수 있는 이유입니다.

감사하는 뜻으로 귀하를 돕고 싶습니다. 그 잔인한 살인마를 찾는 일에 제가 동참할 수 있게 허락해 주시기 바랍니다.

굳이 말씀드릴 필요는 없지만, 이번 사건은 흥미진진하여 본인이 관심을 갖기에 충분한 가치가 있어 보입니다. 이 일 때문에 본인은 4년이나 사랑했던 책과 개 그리고 셜록 홈즈를 상대로 한 은둔생활에서 빠져나와 사건의 와중에 뛰어들게 된 것입니다.

인생은 어째서 이다지도 한치 앞을 내다보기 힘든 걸까요? 이제 뤼팽은 귀하의 협력자입니다. 친애하는 친구여! 본인은 이것을 진심으로 기쁘게 생각하며, 참다운 가치를 인정하며 깊이 감사하는 자임을 믿어주시기 바랍니다.

_아르센 뤼팽

추신 : 본인의 생각에 동감하시리라 믿고 한 말씀 더 덧붙이겠습니다. 본인의 밑에서 일해온 신사 한 분이 귀하의 감옥, 축축하게 습기 찬 거적 위에서 세월을 허비한다는 것은 매우 어울리지 않는 일이라고 생각합니다. 하여 본인은 귀하에게 다음과 같이 선언할 의무를 느낍니다. 오늘부터 5주일째 되는 날인 5월 31일, 금요일에 본인은 본인에 의해 국무총리 전속 비서실 소속 경비원으로 일했던 적이 있는 제롬 씨를 자유로운 몸이 되게 할 것임을 알려드립니다. 5월 31일, 금요일임을 부디 잊지 마시길.

세르닌 공작의 책략

　　세르닌 공작의 저택은 오스망 대로에 붙어 있는 쿠르셀 가 모퉁이에 있었다. 세르닌 공작은 파리에서 살고 있는 러시아 사람이었는데 꽤 유명한 인물이었다. 그의 이름은 끊임없이 신문의 사교계 소식란에 오르내리고 있었다.

　　오전 11시가 되자 세르닌 공작이 서재에 모습을 드러냈다. 그는 삼십대 후반쯤의 신사였다. 밤색 머리카락 사이로 새치가 몇 가닥 눈에 뜨였다. 안색은 건강해 보였고, 짙은 콧수염을 기르고 있었다. 윤기 있는 뺨 위로 바짝 깎은 구레나룻이 거무스름하게 남아 있었다.

　　세르닌 공작은 허리가 꼭 끼는 잘록한 회색 프록코트를 입고 있었고, 코트 사이로 조끼가 살짝 보이는 것이 꽤 잘 어울렸다.

"그런데……."

혼자 중얼거리고 난 공작이 네 명의 손님이 와서 기다리고 있는 대기실의 문을 열었다.

"바르니에 있나? 아, 있었군. 이리로 들어오게!"

공작의 부름을 받고 서재로 들어온 사나이는 중산 계급의 소시민처럼 보였다. 키는 작달막했고 어깨가 딱 벌어진 단단해 보이는 몸집이 두 다리 위에 자리잡고 있는 다부진 체격이었다. 사나이가 서재로 들어서자 공작이 문을 닫았다.

"준비는 다 되었나, 바르니에?"

"오늘 밤 행동할 생각으로 모든 준비를 마쳤습니다, 두목."

"좋아, 수고했다. 상황이 어떤지 간략하게 말해보게."

"그건 이렇습니다. 케셀바흐 부인은 남편이 예상치도 못 한 갑작스런 죽음을 당하고 나서, 두목께서 보내신 광고 전단을 믿고 가르쉬에 있는 '은퇴한 부인의 정원'에 거처를 정할 결심을 했습니다. 그녀는 그 넓은 정원 깊숙이 들어서 있는 네 채의 별채 가운데서도 가장 깊숙이 있는 별채에 기거하고 있습니다. 그 별채는 다른 거주자들의 간섭을 받기 싫어하는 부인들에게 관리소 측에서 빌려주는 것으로, 케셀바흐 부인의 별채는 '여왕의 별장'이라고 불리고 있습니다."

"같이 기거하는 사람들은?"

"케셀바흐 부인의 말벗 상대인 제르트뤼드 양이 있습니다. 이 여자는 그 끔찍한 범행이 일어난 뒤 부인을 모시고 호텔에 도착했던 바로 그 여자입니다. 그리고 제르트뤼드의 동생인 쉬잔, 이 여자는 부인이 하녀로 쓰기 위해 몬테카를로에서 불러왔습니다. 이 두 자매는 정직하고 성실하게 부인을 모시고 있습니다."

"하인 에드와르는 어찌 되었지?"

"할 일이 별로 없자 부인이 휴가를 줘 고향에 내려갔습니다."

"부인은 마을 사람들과 교제를 하고 있나?"

"그 누구도 만나지 않습니다. 부인은 하루 종일 소파에 누워 있기만 한답니다. 몸이 몹시 쇠약해, 다치 병든 사람 같다고 합니다. 또, 곧잘 운다고 합니다. 어제는 예심판사가 두 시간이나 함께 있었답니다."

"그렇군. 그건 그렇고, 그 처녀는?"

"주느비에브 에르느몽 양은 그 저택의 반대쪽에 살고 있습니다. 외각으로 빠지는 좁은 길 옆에 있는데 모퉁이에서 세 번째 오른쪽 집이 그 여자의 집입니다. 저능아를 무료로 교육시키는 사립학교를 경영하고 있습니다. 할머니인 에르느몽 부인도 함께 살고 있습니다."

"그런데 며칠 전에 보낸 자네의 편지에서 주느비에브 에르느몽 양과 케셀바흐 부인이 서로 인사를 나눴다고 하지 않았나?"

"예, 그렇습니다. 소문에는 그 처녀가 부인에게 학교를 경영할 운영비를 지원해 달라고 부탁하러 간 것이 서로 알게 된 계기가 되었다고 합니다. 서로의 마음이 통했던지 그 뒤로 오늘까지 나흘 동안 날마다 두 사람이 함께 빌르누브 공원을 산책하고 있습니다. 케셀바흐 부인이 기거하는 저택이 있는 '은퇴한 부인의 정원'도 이 공원의 일부랍니다."

"두 사람은 몇 시쯤 산책을 나가나?"

"5시에서 6시 사이입니다. 6시 정각에 그 처녀는 학교로 되돌아갑니다."

"모든 준비는 빈틈없이 해두었을 테지……."

"오늘 저녁 6시에 행동할 생각으로 준비를 철저히 해뒀습니다."

"좋아. 그럼 그때 나도 같이 가겠다. 수고했다. 그만 돌아가도 좋아."

공작은 복도와 이어져 있는 문을 열고 바르니에를 내보냈다. 그런 다음 다시 대기실 문을 열었다.

"도드빌 형제, 들어오게."

두 젊은이가 안으로 들어왔다. 눈에 잘 띄는 화려한 옷차림을 하고 있었다. 눈빛은 날카로웠지만 인상은 좋았다.

"잘 지냈나, 장! 자크도 잘 지냈지? 경찰청 상황은 어떤가?"

"뭐, 별일은 없었습니다, 두목."

"르노르망 씨는 여전히 자네들을 신용하고 있나?"

"그럼요. 여전합니다. 그가 구렐 다음으로 마음에 들어하는 형사가 바로 저희들입니다. 그 증거로, 채프먼 씨가 팔라스 호텔에서 살해되었을 당시 2층을 감시하기 위해 2층 복도에 세워졌던 사람들이 바로 우리 둘인 것만 봐도 알 수 있습니다. 우리는 두목께 하는 것과 똑같이 구렐에게도 매일 아침 보고를 하고 있습니다."

"그거 참 상황이 좋군. 경찰청 안의 동정과 사람들에게서 듣는 이야기를 하나도 빠짐없이 나에게 들려줘야 하네. 그게 중요해. 르노르망이 자네들을 자신의 심복이라고 믿고 있는 한 승리는 내 것이지. 그래, 호텔에서 무슨 단서라도 발견되었나?"

형인 장 도드빌이 입을 열었다.

"오늘, 2층의 방을 얻어 기거하고 있던 그 영국 부인이 떠났습니다."

"그 부인에겐 관심 없어. 그 옆방에 묵고 있는 파버리 소령의 동태는 어떤가?"

두 사람은 당황하는 표정이었다.

"파버리 소령은 오늘 아침 자동차로 떠났습니다. 소령은 자신의 짐을 낮 12시 50분 출발에 맞춰 노르 역에 갖다 놓으라고 말한 뒤 자동차를 타고 떠났습니다. 열차가 출발할 때 직접 그곳에 가 보았습니다만 소령은 열차가 출발할 때까지 모습을 드러내지 않았습니다."

"그래서 짐은 어찌 되었나?"

"소령이 역에서 찾아갔습니다."

"소령이 찾아가다니?"

"소령이 와서 가져갔다고 합니다."

"다시 말해, 소령의 행방을 알 수 없다는 말이군!"

"그렇습니다."

"그건 참 희소식이군!"

공작이 활짝 웃으며 손뼉을 치자 두 사람이 의아해하는 표정으로 그를 바라보았다.

"그렇지! 그렇게 되어야 해."

공작이 다시 손뼉을 쳤다.

"그것이 훌륭한 단서야!"

"그럴까요?"

"그렇고 말고. 채프먼을 살해한 범인은 그 복도를 끼고 있는 방이 아닌 다른 곳에서는 범행을 할 수 없었어. 공범자가 머물고 있던 그 어느 방으로 케셀바흐 씨를 살해한 범인이 케셀바흐 씨의 비서를 끌고 들어간 것이지. 그런 뒤 그곳에서 그를 살해했겠지. 그 방에서 옷도 갈아입었을 테고. 그런 다음, 범인이 나간 뒤 얼마 있다 방에 기거하고 있던 공범자가 시체를 복도로 끌어냈겠지. 그런데 그 공범자가 누구냔 말이야? 파버리 소령이 오늘 그곳을 떠난 것으로 미루어 볼 때 그에게 혐의가 짙어. 급히 이 소식을 전화로 르노르망 씨나 구렐 중 한 명에게 알려주게. 한시라도 빨리 경찰청이 이것을 알아야 해. 이제 그들과 나는 서로 손을 맞잡고 수사를 하고 있는 셈이니까."

공작은 두 사람에게 형사로서의 역할과 자신의 부하로서의 역할에 대한 세심한 주의를 준 뒤 돌려보냈다.

대기실에는 아직도 두 사람이 더 남아 있었다. 공작은 그중의 한 사람을 불러들였다.

"이거 실례했습니다, 의사 선생!"

공작이 서재로 들어온 사내에게 기다리게 해서 미안하다고 사과를 했다.

"이제야 겨우 한가해졌군요. 천천히 이야기를 해보도록 합시다. 그런데, 피에르 르뒤크의 상태는 어떻습니까?"

"죽었습니다."

의사가 대답했다.

"오늘 아침 선생의 전화를 받았을 때부터, 오래 가지 못하겠구나 하는 생각은 했습니다만, 불행하게도 너무 빨리 죽었군요."

"너무 쇠약해져 있었습니다. 뼛속까지 쇠약해 있었어요. 좀 어지럽다고 말하더니, 잠들듯이 그대로 죽어버렸습니다."

"무슨, 남긴 말은 없었습니까?"

"아무 말도 남기지 않았습니다."

"확실히 해둬야 할 것이 있는데, 우리 둘이 벨르빌의 술집에서 만취해 있는 그를 구해낸 그때부터 아무도 그가 피에르 르뒤크라는 것을 눈치챈 사람이 없었겠죠? 박사의 병원 안에 그런 사람이 없다는 것을 박사께서는 자신 있게 말할 수 있겠소? 그가 경찰이 현재 찾고 있고 또 케셀바흐 씨가 어떤 막대한 대가를 치르더라도 꼭 찾아내려고 기를 썼던 바로 그 신비의 사나이, 피에르 르뒤크라는 것을 눈치챈 사람이 없다는 것을 말이오."

"그건 제가 보장합니다. 줄곧 독방에 격리 수용해 두었고 새끼손가락의 상처가 보이지 않도록 그 사람의 왼팔 전부를 붕대로 칭칭 감아놓았으니까요. 뺨에 난 흉터는 수염에 가려 전혀 보이지 않았습니다."

"간호와 감시도 당신이 직접 했겠지요?"

"그렇습니다. 항상 제가 옆에 붙어 있었습니다. 말씀하신 대로, 환자의 의식이 조금이라도 돌아왔다고 생각될 때마다 넌지시 질문을 해보았지만, 나오는 것이라곤 도무지 무슨 뜻인지 알아들을 수 없는 헛소리뿐이었습니다. 결국 아무것도 건지지 못했습니다."

공작은 머리가 복잡한 모양이었다. 서재를 천천히 왔다갔다 했다.

"결국 죽고 말았군…… 피에르 르뒤크도 마침내 죽어버렸어. 케셀바흐 사건의 실마리가 그에게 있었는데…… 그가 죽어버리다니…… 사건에 대한 어떤 단서나 암시도 하나 남기지 않고, 자신의 과거나 현재에 대한 그 어떤 말 한마디 남기지 않고 말야. 지금으로서는 전혀 방향조차도 잡을 수 없는 일이긴 하지만, 이제 와서 그만둘 수는 없지. 위험한 줄타기지만…… 발을 잘못 헛디뎌 내가 줄에서 떨어지지 않는다고 장담할 수도 없지만 이제 와서 그만둘 수는 없지."

그는 한참 동안 생각에 잠겨 있더니 굳은 결심이 섰는지 조금 뒤 큰 소리로 중얼거렸다.

"그래, 어떻게 되든 이제 와서 꽁무니를 뺄 수는 없어. 할 수 있는 데까지 해보는 거야. 피에르 르뒤크가 죽은 일쯤으로 내기를 포기할 수야 없지. 아니, 그와 반대지. 그가 죽었으니까 해야 한다! 두 번 다시 없는 좋은 기회다. 피에르 르뒤크는 죽었다.

그렇다면 새로운 피에르 르뒤크에게 축복이 있기를…… 선생님은 그만 돌아가시오. 오늘 밤 다시 전화하겠습니다."

의사가 밖으로 나갔다.

"들어오게, 필립! 이제야 우리 둘만 남았네."

마지막까지 남아 있던 남자는 흰머리가 희끗희끗 섞여 있는, 몸집이 작은 사내였다. 호텔의 종업원 같은 단정한 모습이었으나, 아무리 보아도 그는 2류 호텔의 어설픈 종업원이었다.

"두목!"

필립이 말을 꺼냈다.

"저번 주, 두목님의 명령으로 저는 베르사이유의 '두 황제 호텔'에 종업원으로 들어가지 않았습니까. 제가 할 일은 그 호텔에 묵고 있는 젊은이를 감시하는 일이었고요."

"그렇지, 그 때문이었지. 그 제라르 보프레라는 청년은 어떻게 되었나?"

"주머니에 돈 한푼 없는 빈털터리입니다."

"여전히 비관하고 있나?"

"그럼요, 여전해요. 자살할 생각을 하고 있습니다."

"정말?"

"그럼요. 정말이고 말고요. 쓰레기 속에 연필로 쓴 이런 쪽지가 섞여 있었을 정도니까요."

"어디 보세."

세르닌 공작은 필립이 건네주는 종이쪽지를 받아 읽었다.

"과연 이것은 유언장이나 마찬가지로군…… 오늘 밤이 바로 결행을 하는 날이군!"

"그렇습니다, 두목. 밧줄도 사놓았고, 밧줄을 걸 갈고리를 천장에 박아놓았습니다. 저는 두목께서 지시하신 기회가 바로 이때라고 생각하고, 그 청년에게 재빨리 접근했습니다. 그러자 자신의 불운을 모두 털어놓더군요. 저는 다시 기회를 놓치지 않고 두목께 매달려 사정해 보라고 충고를 해줬었습니다. '세르닌 공작님은 부자이신데다, 인정도 많으신 분이다. 틀림없이 당신을 도와주실 것이다'라고 말해 주었습니다."

"잘했어. 아주 잘했어. 그자가 나에게 올 것 같던가?"

"벌써 근처에 와 있습니다."

"그것을 자네가 어떻게 아나?"

"그의 뒤를 밟아왔기 때문입니다. 같은 열차로 파리에 왔는데 녀석은 지금 이 부근을 서성거리고 있을 겁니다. 이제 곧 결정을 내리겠죠."

바로 이때, 하인이 명함 한 장을 쟁반에 받쳐들고 들어왔다. 공작이 그것을 집어들고 들여다봤다.

"제라르 보프레 씨를 이리로 모셔라!"

하인에게 말을 하고 나서 공작이 필립을 돌아보았다.

"자네는 화장실에 숨어서 들어보게. 소리를 내면 안 돼."

필립이 화장실로 들어가고 나자 공작이 혼자 중얼거렸다.

"한 발자국도 주저할 수 없다! 운명의 신이 이 사나이를 나에게 보낸 거니까……."

몇 초 뒤 금발머리의 키 큰 청년이 안으로 들어왔다. 몸이 몹

시 말랐고 뺨이 홀쭉한, 눈빛이 진지해 보이는 청년이다. 쑥스
러워하며 문 앞에 서 있는 청년의 모습은, 도와달라고 구걸은
하고 싶지만 차마 손을 내밀지 못하고 있는, 자존심 강한 거지
와도 같이 불쌍한 모습이었다.

공작이 먼저 입을 열었다.

"당신이 제라르 보프레라는 분입니까?"

"그렇습니다…… 제가 제라르 보프레입니다."

"나는 당신이 누군지 잘 모르겠는데……."

"예, 그러실 것입니다. 당연히 아실 리가 없지요. 어떤 사람이
저에게 공작님에 대한 이야기를 했기 때문에……."

"어떤 사람이란 누구를 말하는 겁니까?"

"제가 묵고 있는 호텔의 종업원입니다. 그 사람 말로는 자기
가 이 댁에서 일한 적이 있다고 했습니다."

"그래요. 찾아온 용건은……?"

"그것이 말입니다. 저 그러니까……."

청년은 말을 잇지 못했다. 공작의 오만한 태도에 기가 죽어
말을 할까말까 망설이고 있는 것 같았다. 그러자 공작은 한층
더 딱딱하게 말했다.

"무슨 일인지는 모르겠지만 찾아왔으면 용건을 말해야 되지
않겠소? 그냥 돌아갈 수는 없는 일 아니오?"

"예, 말씀드리겠습니다…… 어떤 사람에게 공작님께서 매우
돈이 많고, 인정도 많으신 분이라는 얘기를 듣고 혹시나 해
서……."

애걸과 굴욕적인 말이 머릿속에서만 맴돌 뿐 쉽게 입 밖으로 나오지 않는 것 같았다. 청년은 다시 말을 끊었다.

세르닝 공작이 젊은이에게 다가갔다.

"제라르 보프레 씨, 혹시 당신, 〈봄의 미소〉라는 제목의 시집을 세상에 내놓은 일 없습니까?"

"예, 있습니다. 있습니다만?"

청년은 금세 표정을 환하게 바꾸며 외치듯이 말했다.

"그 시집, 읽어 보셨습니까?"

"읽었습니다. 좋은 시였어요. 아주 좋았습니다. 그런데 한 가지 묻겠는데, 당신은 시를 써서 먹고살 생각이었습니까?"

"그렇습니다, 반드시…… 시간이 다소 걸리더라도…… 때가 되면……."

"시간이 다소 걸리더라도……? 그동안 먹고살 자금을 나에게 구하러 온 것이오?"

"그렇습니다. 먹고살기 위해서입니다."

세르닝 공작이 손을 청년의 어깨에 올려놨다. 그리고 냉담한 어조로 말했다.

"주의해서 들으시오. 그리고 잘 기억해 두시오. 시인은 밥은 먹지 않는 법이지. 그들은 운율과 꿈을 먹고사는 거요. 당신도 그렇게 사는 거요. 구걸하는 손을 남에게 내미는 것보다는 그래도 그게 훨씬 낫지."

모욕을 당한 청년은 몸을 부르르 떨었다. 그는 인사도 없이 뒤돌아서 문을 향해 성큼성큼 걸어갔다.

"여보게, 잠깐만!"

세르닌 공작이 청년을 불러 세웠다.

"이미 한푼도 없는 빈털터리가 된 게 아니었나?"

"그렇습니다. 난 빈털터리입니다."

"무슨 다른 기대가 있는 모양이지?"

"아직 한 가지 희망이 남아 있습니다. 친척 한 분에게 편지를 써서 다만 얼마라도 좋으니 보내달라고 부탁해 놓았습니다. 그 회답이 오늘 올 것입니다. 이것이 저의 유일한 희망이죠."

"그래서 만약 그 회답이 오지 않으면? 그때는 자살이라도 할 생각인가?"

"그렇습니다. 그럴 생각입니다."

그는 짧으면서도 명료하게 대답했다.

세르닌 공작이 청년의 말을 듣고 껄껄 웃기 시작했다.

"그거 참, 황당하군! 이보게 젊은이! 자네는 참으로 우스운 사나이야! 참으로 태평스러운 사람이야! 내년이 되거든 다시 한 번 찾아오게. 알겠나? 그때 다시 의논해보세! 아무튼 우습군. 너무 우스워 참을 수가 없어…… 으하하하!"

공작은 배를 움켜쥐고 웃으며 돌아가는 청년에게 과장된 몸짓으로 허리를 숙여 공손하게 인사를 했다.

"필립!"

공작이 화장실의 문을 열었다.

"들었나?"

"예, 두목!"

“제라르 보프레는 오늘 오후에 오기로 되어 있는 전보를 기다리고 있네. 먹고살 비용을 지원해 주겠다는 약속의 전보지.”

“그렇습니다. 그것이 이 세상에서 녀석의 유일한 희망입니다.”

“그 전보가 그 녀석의 손에 들어가게 해서는 안 되네. 알겠나? 전보가 오게 되면 도중에 가로채 찢어버리게.”

“알겠습니다, 두목!”

“그 호텔에는 자네 혼자뿐인가?”

“시간제 여자 요리사와 저뿐입니다. 지금 주인은 없습니다.”

“그래, 좋다. 모든 것이 우리에게 아주 유리하게 돌아가고 있어. 오늘 밤 1시쯤에 가겠다. 이제 그만 돌아가라.”

세르닌 공작은 거실에서 초인종으로 하인을 불렀다.

“모자와 장갑과 지팡이를 준비해라. 자동차는 대기시켜 두었지?”

“예, 나으리!”

공작은 옷을 갈아입고 현관에 서 있는 중형 자동차에 올라탔다. 안락한 승용차는 그를 불로뉴 숲속에 있는 가스티느 후작 부부의 저택으로 실어갔다. 그가 거기에 간 이유는 이 저택의 오찬에 초대받았기 때문이었다.

2시 30분, 후작의 저택에서 나온 공작은 클레베르 가에 차를 세웠다. 그곳에서 친구 두 명과 의사 한 명을 차에 함께 태운 그는 2시 50분에 프랑스 공원에 도착했다.

3시, 공작은 군용 장검을 무기로 이탈리아의 육군 소령 스피넬리를 상대로 결투를 벌여 단번에 상대의 귀 한쪽을 베었다. 이어서 3시 45분에는 캉봉 가에 있는 클럽에서 내기 카드를 시작했고 4만7천 프랑의 이익을 얻었다. 그러고는 5시 2분에 그곳에서 나왔다.

일련의 이러한 모든 일들이 조금도 서두르거나 허둥대거나 하는 일 없이 행해졌다. 어찌 보면 오만할 정도로 활달하면서도 침착한 태도였다. 공작의 이런 모험과 악마적인 기개까지도 일상적인 생활의 규칙으로 보이니 참으로 이상한 일이었다.

"옥타브!"

공작이 운전기사를 불렀다.

"이번에는 가르쉬 마을로 가자."

5시 50분, 빌르누브 공원의 낡은 돌담 앞에 차가 멈추고 공작이 차에서 내렸다.

눈앞에 펼쳐진 빌르누브의 옛 영지는 여럿으로 나누어지고, 또 황폐해졌지만, 나폴레옹 3세의 으제니 왕비가 출산을 할 때마다 행차했던 당시의 화려했던 모습이 풍부한 경치 속에 그대로 녹아 있었다.

울창하게 들어선 오래된 거목들, 맑고 푸른 연못의 물, 멀리 생 클루 숲의 굴곡이 만드는 푸른 잎의 지평선은 아름다움과 우울함을 동시에 지니고 있었다.

옛 영지의 노른자위 땅 일부는 파스퇴르연구소의 부지로 기증되어 있었다. 파스퇴르연구소 부지와 인접한 일부분이 일반인들에게 출입이 허가되어 있었고, 연구소와 일반인들에게 개방된 공원 사이에 돌담으로 둘러친 보다 작은 공원이 있었는데 이곳에 제법 넓은 저택들이 들어서 있었다. 이곳이 바로 '은퇴한 부인의 정원'과 네 개의 별채였다.

"케셀바흐 씨의 미망인이 살고 있는 곳이 저긴가 보군."

멀리서 본관과 네 개의 별채 지붕을 바라보던 공작이 중얼거렸다.

공작은 탐색을 하며 공원을 가로질러 연못 쪽으로 걸어갔다.

공작은 어떤 나무 뒤에서 우뚝 걸음을 멈췄다. 연못을 가로질러 놓여 있는 다리의 난간에 팔꿈치를 괴고 서 있는 두 명의 여자가 보였기 때문이었다.

"바르니에와 그 부하 녀석들이 이 부근 어딘가에 숨어 있을 텐데……? 아주 잘 숨어 있는 모양이군. 아무리 살펴보아도 내 눈에는 보이지 않네."

두 명의 여자는 이제 빽빽하게 우거진 늙은 거목 밑에서 풀을 밟고 서 있었다. 미풍에 간들거리는 나뭇가지와 잎들 사이로 파란 하늘이 살짝살짝 올려다 보였고, 봄날의 새싹 향기가 공기 속에 물씬 감돌고 있었다.

잔잔히 고여 있는 물가의 비탈에는 4월과 5월에 피어나는 마가렛, 제비꽃, 수선화, 방울꽃 등이 밤하늘의 별자리처럼 옹기종기 모여 형형색색 피어 있었다. 태양은 막 서쪽의 지평선 너머로 넘어가는 중이었다.

태양의 꼬리가 지평선 너머로 막 사라져갈 무렵, 갑자기 풀숲 그늘에서 세 사나이가 모습을 드러내더니 천천히 걷고 있는 두 여자에게 다가갔다.

세 명의 사내가 두 여자를 불러 세웠다.

세 명의 사내는 여자들과 몇 마디 말을 주고받았다. 두 여자가 무서워하고 있는 기색이 역력했다. 사내들 가운데 한 사람이 몸집이 작은 여자에게 가까이 다가가 그녀가 손에 들고 있던 핸드백을 빼앗으려 했다.

그 순간 두 여자가 비명을 질렀다. 그러자 세 명의 괴한이 두 여자에게 덤벼들었다.

'바로 지금이 내가 나갈 기회다.'

공작은 숨어 있던 나무 뒤에서 번개같이 앞으로 달려나갔다.

10초쯤 뒤에 그는 물가 근처에 도달해 있었다.

공작이 달려오는 것을 보고 세 명의 괴한이 도망을 치기 시작했다.

"이놈들 거기 서라! 나쁜 놈들! 한 놈도 놓치지 않겠다. 어디 도망갈 테면 도망가 봐!"

공작은 큰 소리로 고함을 치며 괴한들의 뒤를 쫓았다. 그때 한 여자의 절규하는 듯한 목소리가 들려왔다.

"여보세요, 도와주세요! 부인께서 쓰러지셨어요."

공작이 고개를 뒤로 돌리니 몸집이 작은 여자가 정신을 잃고 풀밭에 쓰러져 있는 것이 보였다.

공작이 괴한들을 쫓다 말고 불안스러운 얼굴로 되돌아왔다.

"혹시 어디 다치시기라도 하셨습니까?"

공작이 숨을 가쁘게 몰아쉬며 물었다.

"아닙니다. 다치신 것은 아니에요. 너무 놀라고 무서워서 이렇게 되신 거예요. 무리도 아니죠. 이분이 케셀바흐 부인이라고 말씀드리면 이해가 되실 듯싶은데요."

"아, 그렇습니까?"

이해를 했다는 듯이 공작이 말했다.

공작이 호주머니에서 각성제가 든 약병을 꺼내 젊은 여자에게 건네줬다. 약병을 받아든 여자는 그것을 쓰러져 있는 부인의 코에 가져다 댔다. 그러자 공작이 사용법을 설명했다.

"그 자수정 마개를 열어보십시오. 안에서 작은 상자가 나올 겁니다. 그 상자 속에 알약이 들어 있습니다. 한 알만 먹이십시오. 한 알입니다. 더 먹이면 안 됩니다. 매우 독한 약이니까요."

성심성의껏 쓰러진 부인을 보살피고 있는 젊은 여자를 공작이 찬찬히 살펴보았다. 금발머리를 한 여자는 매우 검소하고 수수해 보였다. 얼굴 또한 무척이나 성실해 보였다. 잔잔히 흐르는 여자의 독특한 미소가 얼굴 전체에 생기를 주고 있었는데 그 미소는 그녀가 웃지 않을 때에도 얼굴 전체에 감돌고 있었다.

'틀림없이 이 처녀가 주느비에브일 것이다.'

공작은 내내 그렇게 생각하고 있었다.

공작은 가슴이 벅차오름을 느끼며 몇 번이고 마음속으로 '주느비에브…… 주느비에브…….' 하고 반복해 중얼거렸다.

시간이 좀 흐르자 케셀바흐 부인의 정신이 돌아오기 시작했다. 정신이 들었다지만 처음에는 그냥 멍한 표정이었다. 무슨 일이 있었는지조차도 인식하지 못하는 것 같았다. 곧 기억이 되살아나는지 그녀는 겨우 머리를 움직여 자신을 구해준 사람에게 감사의 뜻을 분명히 표했다.

부인의 행동에 공작이 깊이 허리를 숙이고 말했다.

"저를 소개하겠습니다. 저는 세르닌 공작이라고 합니다."

"뭐라고 감사의 말씀을 드려야 할지…… 매우 감사합니다."

케셀바흐 부인이 나지막한 목소리로 말했다.

"부인, 별 말씀을…… 감사를 드려야 할 무엇이 있다면 그건 '우연'이겠죠. 산책하는 저를 '우연'이 이쪽으로 오도록 이끌었으니까요. 실례가 되지 않는다면 제가 부축해 드리도록 하겠습니다."

몇 분 뒤, 케셀바흐 부인은 공작의 부축을 받으며 자신의 거처 현관 앞에 서서 초인종을 눌렀다. 하인이 나오기를 기다리는 사이 케셀바흐 부인이 공작에게 말을 건넸다.

"정말 고맙게도 저에게 친절을 베풀어주셨는데, 이 부탁 하나만 더 들어주셨으면 감사하겠습니다. 오늘 있었던 일을 입 밖에 내지 말아주세요."

"하지만 부인, 그 악당들을 찾아내야 하지 않겠습니까?"

"그들을 찾아내려면 아무래도 조사가 필요할 텐데, 그렇게 되면 또 제 신변이 소란스러워질 거예요. 경찰의 조사도 받아야 할 테고…… 그러지 않아도 몸을 가눌 수 없을 만큼 지쳐 있는데 다시 그런 번거로운 일이 생기면 저는 더욱더 피곤해지겠죠."

공작은 더 이상 그 일에 대해 말하지 않았다. 그만 가겠다는 인사를 하고 나서 한마디 덧붙였다.

"가끔 안부를 여쭈러 와도 되겠습니까?"

"예, 그럼요. 부디 꼭 놀러 오세요."

케셀바흐 부인은 주느비에브의 머리에 가볍게 입맞춤을 하고 집안으로 들어갔다.

날이 어두워져 오고 있었다. 세르닌 공작은 주느비에브를 이대로 집으로 돌려보내고 싶지 않았다. 그런데 두 사람이 오솔길에 채 다다르기 전에 어두운 숲속에서 사람의 그림자가 나타나더니 두 사람 쪽으로 달려왔다.

"할머니!"

주느비에브가 숲속에서 나타난 사람을 향해 달려가며 외쳤다.

주느비에브는 노파가 벌린 두 팔 안으로 몸을 던졌다. 노파는 그녀의 얼굴 이곳저곳에 가볍게 입맞춤을 했다.

"어찌 된 일이냐? 무슨 일이라도 있었느냐? 이렇게 늦다니…… 언제나 저녁시간에 돌아오더니 오늘은 꽤 늦었네."

주느비에브가 노파를 공작에게 소개했다.

"이분은 저의 할머니 에르느몽이세요. 할머니, 이분은 세르닌 공작님이시고요."

두 사람을 소개하고 난 주느비에브는 조금 전에 있었던 일을 할머니에게 이야기했다.

"아이구, 저런! 몹시 무서웠겠구나. 공작님, 이 은혜는 평생토록 잊지 않겠습니다. 어쨌든 천만다행이다. 참으로 무서웠겠구나!"

"이젠 괜찮아요. 아무 탈 없이 여기 이렇게 잘 서 있잖아요. 그만 진정하세요."

"난 염려 말아라. 네가 크게 놀라 네 몸에 해가 되지나 않았는지 모르겠다. 아이구, 세상에, 끔찍한 일도 다 있구나."

세 사람이 걷고 있는 길 옆 살아 있는 나무 울타리 너머로 나무가 빽빽하게 심어져 있고, 놀이터가 있는 어느 집의 정원이 희미하게 보였다. 조금 더 걸어가자 건물이 어슴푸레하게 한 채 보였다.

건물 뒤쪽에, 무성하게 자란 넓은잎닥총 나무를 터널 모양으로 깎은 작은 출입구가 만들어져 있었다.

노파가 그냥 보낼 수 없다며 한사코 세르닌 공작을 집안으로 끌어들였다. 그녀는 공작을 면회소 겸 응접실로 사용하는 공간으로 안내했다.

주느비에브는 학생들의 저녁식사 시간이어서 잠시 보살피고 오겠노라고 양해를 구한 뒤 자리를 떴다.

응접실에는 공작과 에르느몽 부인 둘만이 남았다.

노부인의 얼굴은 창백했고 쓸쓸해 보였다. 그녀는 하얀 백발을 리본으로 묶었는데, 리본 양쪽 끝의 영국식으로 된 기다란

술이 세로로 길게 말려 뺨 양쪽으로 늘어져 있었다. 그녀는 몹시 뚱뚱해서 걷는 것도 꽤나 힘겨워 보였다. 겉치장과 옷차림은 귀부인 같았지만, 그녀에게서는 어딘지 모르게 서민적인 냄새가 풍겼다. 눈에서는 선량한 빛이 가득 넘쳐흐르고 있었다.

노부인은 조금 전에 자기가 걱정한 일 따위를 공작에게 늘어놓으며 책상 위를 정리하기 시작했다. 이야기를 들으며 그녀를 물끄러미 바라보던 공작이 그녀에게 다가가 두 손으로 그녀의 머리를 받치고 뺨에 가볍게 입을 맞췄다.

"유모, 오래간만이군요. 여전히 건강해요?"

노부인이 눈이 휘둥그레져 공작을 똑바로 올려다봤다. 그러다 어이없다는 듯이 입을 딱 벌렸다. 공작이 웃으면서 다시 한번 볼에 입을 맞췄다.

그녀는 그제야 겨우 더듬거리며 말했다.

"도련님! 당신이 바로 도련님이었군요! 어머나, 도련님! 이를 어쩌나…… 도련님이 여기에 오시다니…… 이럴 수가! ……오오! 이런 일이……!"

"반가워요, 빅뜨와르!"

"빅뜨와르라고 부르시면 안 돼요. 정말이에요!"

노부인이 손을 황급히 저으며 낮은 소리로 말했다.

"빅뜨와르는 이미 죽었답니다. 그 늙은 도련님의 유모는 이미 이 세상에는 없어요. 지금의 나는 오로지 주느비에브의 할머니입니다."

그녀는 한층 더 낮은 목소리로 말을 이어갔다.

"아아! 이를 어쩌면 좋아요…… 도련님의 이름이 신문에 났기 때문에 그것을 읽고 알았지요…… 그럼 역시, 틀림없는 일이었군요. 다시 전처럼 옳지 못한 생활을 시작했군요?"

"보시다시피……."

"그렇지만 도련님, 옳지 않은 일은 그만두었다고 저에게 맹세하시지 않았어요. 그 일을 마지막으로 다시는 그런 일을 하지 않겠다고, 올바른 사람이 되겠노라고 했잖아요. 분명 그렇게 맹세해놓고선……."

"나도 그럴 생각으로 조용히 살아보았어요. 4년 동안 그렇게 노력했지요. 그 4년 동안 단 한 번도 세상의 떠도는 소문에 내 이름이 오르지 않았다는 것만은 유모도 인정하겠지요?"

"그래서 어찌 되었다는 거죠?"

"이제는 슬슬 심심해졌다는 겁니다."

"조금도 변하시지 않았군요…… 도련님은 전과 조금도 다름없는 악당이에요…… 역시 그랬었군요. 마음을 고치신 것이 아니었군요…… 그러니까 도련님은 케셀바흐 사건의 한 패거리였군요?"

"그야 당연하죠! 그렇지 않다면 내가 무엇하러 6시에 케셀바흐 부인을 습격하게 해놓고, 5분이 지난 뒤에는 습격을 지시한 내 부하들에게서 부인을 구출하는 연극을 했겠어요? 그 부인이 나에게 구출된 이상 지금은 내가 그 부인의 은인이죠. 싫건 좋건 나를 출입하도록 허락하지 않을 수 없게 된 거지요. 이것으로 나는 사건의 핵심부에 완전히 발을 들여놓게 된 것이고, 저

미망인을 보호하며 사건의 상황 파악을 할 수 있게 된 거죠. 이
봐요, 유모, 날 좀 이해해줘요. 나처럼 사는 사람이 점잔만 빼고
있을 수는 없지 않아요. 더러 거친 짓도 해야 하고 무리한 승부
에 내기를 걸어야 하기도 하잖아요!”

그녀는 두려움이 가득한 눈으로 공작을 뚫어지게 쳐다보다가
중얼거리듯 말했다.

“알았어요…… 잘 알았습니다…… 결국 도련님께서 오늘 밤
에 한 모든 일이 연극이었다는 말씀이군요. 그건 그렇다 치고,
어째서 주느비에브까지 끌어들인 거지요?”

“그건, 내가 생각하기에도 정말 훌륭했어요! 바로 이런 것을
두고 일석이조라고 말하는 건가 봅니다. 구출 작업을 하는 참에
다른 작업도 함께 한 셈이죠. 그녀와 사귀어 스스럼없이 교제를
할 수 있게 되기까지 얼마나 많은 시간과 수고가 헛되이 소모되
겠는지 생각해봐요. 이번 일이 없었다면 그녀에게 나는 보지도
듣지도 못 한 낯선 사나이일 뿐이었을 겁니다. 그런데 조금 전
그 일 덕분에 이제 나는 그녀의 목숨을 구해준 어엿한 은인이
되었거든요. 앞으로 한 시간 정도만 지나면 나는…… 그녀의 다
정한 친구가 되어 있을 겁니다.”

공작의 말을 듣고 노부인이 몸을 부르르 떨었다.

“결국 도련님은…… 주느비에브를 구해주신 것도 아닐 뿐더
러 결국 저 아이까지도 자신의 나쁜 짓에 끌어들일 생각이군
요?”

노부인은 갑자기 치밀어 오르는 분노에 불타는 눈길로 공작

의 어깨에 매달렸다.

"싫습니다! 그렇게 도련님 맘대로 하실 수는 없어요. 이제는 더 이상 참지 못합니다. 아시겠어요? 그때 도련님은 저 아이를 제게 데리고 와서 말씀하셨습니다. '제발 부탁이니 이 아이를 좀 맡아줘요. 부모를 한꺼번에 잃은 불쌍한 고아예요…… 잘 보살펴 주고 소중하게 키워 주세요.'라고 말입니다. 그 이후 저는 저 아이를 맡아서 키웠습니다. 정성껏 소중히 키워왔어요. 훌륭하게 키워놓았습니다. 이제 와서 도련님 마음 내키는 대로 하도록 내버려두지는 않겠습니다. 제가 끝까지 저 아이를 지키겠습니다. 제 힘으로 도련님의 나쁜 음모에서 꿋꿋이 지켜내겠어요."

강한 어조로 말을 하는 노부인의 얼굴에는 굳은 결심이 떠올라 있었다. 그녀는 떨리는 두 손을 공작의 어깨 위에 올려놓고 두 다리에 단단히 힘을 주며 버티고 서 있었다. 그런 그녀의 행동에는 어떤 경우에도 굴하지 않겠다는 굳은 각오가 실려 있었다.

세르닌 공작은 천천히 그리고 부드럽게, 자신의 어깨를 누르고 있는 유모의 두 손을 하나씩 풀었다. 그런 뒤 이번에는 그가 노부인의 양어깨를 살며시 눌러 팔걸이 의자에 앉혔다.

굳었던 몸이 풀어지며 노부인은 갑자기 훌쩍거리기 시작했다. 그리고 세르닌 공작 앞에 기도하는 것처럼 두 손을 모으고 애원하기 시작했다.

"제발 부탁이니 우리를 괴롭히지 말아주세요. 우리는 지금까지 행복하게 잘 살아왔어요! 나는 도련님이 이미 우리를 잊었다고 생각하고 마음 편히 살았어요! 아무런 탈 없이 하루하루가 무사히 지날 때마다 나는 하느님께 감사를 드리곤 했으니까요. 그렇답니다…… 전 도련님을 좋아합니다. 하지만 지금은 그렇지 않습니다. 주느비에브가 있기 때문입니다. 아시겠습니까? 저는 저 아이를 위해서라면 어떤 일이라도 할 생각입니다. 제 마음속에 있던 도련님의 자리를 이제는 저 아이가 대신 차지해버린 겁니다.”

“그런 거라면 유모가 말하지 않아도 이미 알고 있어요.”

공작이 웃음 섞인 목소리로 말했다.

“지금 유모는 내가 귀신에게라도 잡혀갔으면 좋겠다고 생각하고 있을 겁니다. 좋아! 어쨌든 좋아요. 이제 쓸데없는 넋두리는 그만두죠! 내게는 시간이 소중해요. 주느비에브에게 이야기해 두어야 할 일이 있어요.”

“저 아이에게 이야기를 하신다고요? 도련님이 말인가요?”

“그래요, 그럴 생각인데, 내가 어떤 말도 해서는 안 된다는 건가요?”

“무슨 말씀을 그 아이에게 하시려는 거죠?”

“어떤 비밀! 어떤 중대한 비밀입니다. 들으면 무척 놀랄 겁니다.”

늙은 유모의 안색이 굳어졌다.

“그 아이를 괴롭힐 그런 이야기겠지요? 오, 제발! 전 그게 무엇이든 모든 것이 다 무서워요…… 끔찍해요. 저 아이를 생각하면 무슨 일이건 다 무서워요……."

"주느비에브 양이 오는 것 같아요."

공작이 말했다.

"아닙니다. 아직 오지 않아요."

"아니, 오고 있어요. 발소리가 들리는걸. 얼른 눈물을 닦고 태연하게 있도록 해요."

"도련님!"

유모가 낮은 목소리로 재빠르게 이야기했다.

"저는 도련님께서 이제부터 어떤 말씀을 하시려는 것인지, 그 어떤 비밀을 저 아이에게 이야기하려는 것인지 전혀 모르지만, 저는 저 아이를 잘 알고 있습니다. 저 아이를 잘 알기 때문에 저 아이에 대해 잘 모르는 도련님께 말해 두고 싶은 것이 있습니다. 주느비에브는 용기도 있고 다부진 데도 있는 아이지만, 한편으로는 감수성이 무척 예민합니다. 그러니 하시려는 말씀을 재삼 생각하시고 조심해 주세요. 도련님은 알지 못하는 저 아이의 깊은 마음속에 담겨 있는 영혼이 상처를 입을지도 모르니까요."

"이상하군…… 어째서 내가 알지 못한다는 거지요?"

"그 이유는, 저 아이와 도련님은 모든 것이 크게 다르기 때문입니다. 다른 세계에 사는 사람이니까요. 도덕적으로 완전히 다른 세상 사람입니다. 도련님께서는 이해하기 힘드실 텐데, 도련님과 저 아이 사이에는 결코 허물 수 없는 장벽이 있습니다. 주느비에브의 영혼은 더할 나위 없이 결백하고 깨끗합니다. 하지만 도련님은……."

"내 영혼이 어떻다는 거죠?"

"도련님은 마음이 올바르지 못한 사람입니다."

가냘픈 모습의 주느비에브가 가벼운 걸음으로 들어왔다.

"아이들이 즐거운 마음으로 침실에 들어갔기 때문에 몇 분 빨리 일이 끝났어요. 어머나, 할머니, 어디 편찮으세요? 얼굴빛이 좋지 않아요. 아까 있었던 사건을 아직도 생각하고 계신가봐요?"

"아니, 그렇지 않습니다."

세르닌 공작이 대신 말했다.

"그 사건에 대해서는 제가 잘 설명을 드려 마음을 놓으신 모양인데, 어쩌다 우리들의 이야기가 아가씨의 어린 시절에 미치자, 아가씨의 할머니께서 감정이 복받치신 모양이십니다."

"어머나, 제 어린 시절이라고요?"

주느비에브의 뺨이 살짝 붉어졌다.

"그 이야기는 싫어요. 할머니도 참……."

"아닙니다. 별 이야기도 아니었는데요. 이야기를 주고받다 보니 우연히 그렇게 되었던 겁니다. 아가씨가 자랐다는 그 작은 마을이 마침 제가 잘 지나다니는 곳이었기 때문에 그만 이야기를 하다 보니 그렇게 되었군요."

"아스프르몽 말인가요?"

"그렇습니다. 니스 옆에 있는 아스프르몽 말이지요. 그 마을에서 아가씨는 새로 지은 하얀 집에 사셨었죠?"

"어머, 맞아요! 하얀 집이었어요. 창문 가장자리만이 파란색으로 칠해져 있었어요."

주느비에브가 신이 나서 말했다.

"아스프르몽을 떠난 것이 일곱 살 때였으니 제가 아주 어릴 때였는데, 그 무렵의 일은 하나도 잊지 않고 있어요. 하얀 집에 반사되는 눈부신 햇볕도, 정원 안쪽에 있던 유칼립투스 나무의 그늘도 기억에 생생해요."

"아가씨, 정원 안쪽에는 올리브 밭도 있었습니다. 그 올리브 밭의 올리브 나무 그늘에 탁자가 하나 놓여 있었고, 날씨가 더운 날에는 아가씨의 어머님이 거기서 일을 하시곤 했습니다."

"어머, 맞아요! 정말 그랬어요."

주느비에브의 목소리는 완전히 감동에 차 있었다.

"어머니의 곁에서 전 장난을 했고요……."

"그 나무 아래에서 일을 하시는 어머니를 나는 여러 번 뵈었습니다……."

공작이 말했다.

"아까 아가씨의 얼굴을 보았을 때, 아가씨 어머니의 얼굴이 연상되더군요. 그분의 얼굴은 지금의 아가씨처럼 명랑하다거나 행복해 보이지는 않았습니다만……."

"그래요. 불쌍하게도 우리 어머니는 행복하시지 못했어요. 아버지께서 제가 태어나던 그날 세상을 뜨셨으니까요. 어머니는 그 슬픔을 쉽게 떨쳐버리지 못하셨어요. 마냥 울기만 하셨죠. 전 당시 어머니의 눈물을 닦아드렸던 조그마한 손수건을 추억으로 소중하게 간직하고 있어요."

"장밋빛 꽃무늬가 있는 작은 손수건 아니었던가요?"

"어머나! 그걸 어떻게 아셨어요?"

주느비에브는 너무나 놀랍다는 표정이었다.

"어느 날 하루, 마침 내가 그 자리에 있었죠. 아가씨께서 어머님을 위로하고 계실 때 말입니다. 그 모습이 너무나 사랑스럽고 귀여웠기 때문에 내 기억에 생생히 각인되어 아직도 또렷하게 남아 있습니다."

주느비에브가 찬찬히 공작을 쳐다봤다. 그리고 자신에게 하는 말처럼 조그맣고 나직이 중얼거렸다.

"그래요…… 그래요…… 역시 그렇다고밖에 생각할 수 없어요…… 당신의 그 눈길…… 목소리…… 이번 만남이 처음이라고는 도저히 생각되지 않아요……."

주느비에브는 눈을 감고 한참 동안 있었다. 가물거리는 기억을 되살리기 위해 노력하는 것처럼 골똘히 생각에 잠겨 있더니, 조금 뒤 다시 입을 열었다.

"그렇다면 당신은 어머니를 아시는 분이겠군요?"

"그 무렵 내 친구가 아스프르몽 가까이에 살고 있었습니다. 그 친구의 집에서 곧잘 어머님을 뵈었습니다. 맨 마지막에 뵈었을 때는, 아직 한 번도 그런 모습을 못 보았을 정도로 몹시 쓸쓸해 보였습니다. 얼굴이 창백하셨지요. 그리고 그 다음에 내가 거기에 갔을 때는 이미……."

"돌아가셨지요?"

주느비에브가 힘없이 말을 이었다.

"아마, 그랬을 거예요…… 손쓸 틈조차 없었어요…… 겨우 이삼 주일을 앓았을 뿐인데…… 어머니의 병구완을 해주신 이웃 분들이 의지할 곳 없는 저를 돌보아 주셨지요. 그러던 어느 날 아침, 사람들이 어머니의 주검을 내갔습니다. 그리고 그날 밤, 제가 자고 있을 때 누군가가 와서 저를 품안에 안고 담요로 감쌌지요."

"그 사람, 남자였나요?"

공작이 물었다.

"그래요. 남자였어요. 그분은 속삭이듯이 다정히 저에게 말했지요. 그 목소리가 저를 위로해 주었어요. 처음에는 길 위를 걸어서, 다음에는 밤새 저를 자동차에 태워 데려갔는데 그분은 그동안 내내 저를 흔들어주며 옛날이야기를 해줬지요. 바로 그 목소리…… 그 특징 있는 똑같은 목소리로……."

목소리가 점점 작아지더니 그녀는 마침내 입을 다물고 말았다. 그리고 그녀는 또다시 공작을 뚫어지게 쳐다보았다. 잠깐 떠올랐다가는 사라져 가는 옛 기억을 잡으려는 듯, 조금 전보다도 한층 더 공작의 얼굴을 뚫어지게 바라보며 무엇인가를 기억해내려고 애쓰는 것 같았다.

"그런 다음에는요? 그 사나이가 아가씨를 어디로 데려갔습니까?"

공작이 아무렇지도 않은 듯이 입을 열었다.

"거기부터 제 기억이 희미해요. 이삼 일 계속 잠이라도 잤던 것처럼 희미해요. 퍼뜩 정신이 들었을 때 저는 방데 지방의 작은 마을에 도착해 있었어요. 그곳은 제가 유년기의 나머지 절반을 보냈던 몽테귀라는 곳이었어요. 이즈루라는 부부의 집이었죠. 저를 길러주고 보살펴준 좋은 사람들이었어요. 그 친절함과 다정한 마음씨는 평생토록 잊지 못할 거예요."

"그 부부도 역시 돌아가셨나요?"

"예, 그랬어요. 그 지방을 휩쓴 장티푸스에 걸려 세상을 뜨셨죠. 하지만 제가 이런 사실을 안 것은 훨씬 나중의 일이에요. 그 부부가 병이 들자 저는 처음 집을 나왔을 때처럼 그렇게 이끌려 그 집을 나왔어요. 한밤중에 똑같은 방법으로, 역시 저를 누군가가 담요에 싸서 안고…… 다만 한 가지 달랐던 것은, 그때는 제가 많이 컸기 때문에 꽤 발버둥쳤죠. 저는 있는 힘을 다해 소리쳤어요. 그러자 그 남자는 제 입을 머플러로 막아 소리를 지르지 못하게 했어요."

"그때는 몇 살이었나요?"

"열네 살이었어요. 지금으로부터 4년 전의 일이지요."

"그렇다면 그 사나이를 본 기억이 나겠군요?"

"그렇지 않아요. 그 남자는 복면을 하고 있었어요. 그리고 제게 단 한마디도 하지 않았어요. 하지만 저는 옛날 그 남자와 똑같은 사람이라는 생각이 들어요. 왜냐하면 처음과 마찬가지로 정성스럽고 친절하게 보살펴 줬던 그 행동을 지금도 기억하고 있으니까요."

"그 뒤 어찌 되었습니까?"

"그 뒤엔 역시 맨 처음과 마찬가지로 기억이 없어요. 그때 제가 앓고 있었기 때문이겠죠. 열이 많았으니까요. 그 다음 저는 매우 밝고 쾌적한 방 안에서 잠이 깼어요. 머리가 하얀 노부인이 제 얼굴을 들여다보며 인자하게 웃고 계셨어요. 그분이 바로 우리 할머니였죠. 그리고 그때 제가 잠에서 깬 그 방이 지금 제가 쓰고 있는 2층의 제 방이었고요."

그녀는 태어날 때부터 가지고 나온 듯한 행복한 얼굴을, 그 환하게 빛나는 아름다운 표정을 다시 찾아가고 있었다. 그녀는 방글방글 웃고 있었다.

"할머니는 어느 날 저녁 때, 출입문 앞에 곤히 잠들어 있는 저를 발견하시고 집안으로 들여갔대요. 그리고는 제 할머니가 되어주셨죠. 그렇게 되어, 이 아스프르몽의 소녀가 지금은 이렇게 편안한 생활을 즐기기도 하고, 심술궂고 게으른 이웃의 소녀들을 모아놓고 산수며 문법을 가르치고 또 그 애들의 사랑을 받고 있는 거지요."

주느비에브는 깊이 생각하는 것 같으면서도 동시에 소탈한 어조로 즐거운 듯이 이야기했다. 가만히 듣기만 해도 그녀의 이성적이고 원만한 성격이 느껴졌다.

"그 뒤 아가씨는 그 남자의 이야기를 듣지 못했습니까?"

세르닌 공작이 물었다.

"예, 어떤 소식도 전혀 듣지 못했어요."

"그 사나이를 다시 만난다면 기쁠 것 같은가요?"

"예, 아주 기쁠 거예요."

"그렇게 생각하신다면, 아가씨……."

주느비에브가 몹시 놀라는 듯한 표정을 지었다.

"뭔가 알고 계시는군요? 혹시 이 모든 사실을……."

"아닙니다, 아니에요…… 그렇지는 않지만…… 그냥……."

공작이 자리에서 일어나 방 안을 왔다갔다하기 시작했다. 이따금 그의 시선이 주느비에브에게 머물렀다. 그럴 때면 그는 자신이 받은 질문에 대해 속시원하게 대답해 줄 것만 같았다.

'그가 모든 것을 털어놓을 생각일까?'

에르느몽 부인에게는 견디기 힘든 시간이었다. 이 어린 처녀의 일생을 좌우하게 될지도 모르는 중대한 비밀이 폭로되는 것을 노부인은 마냥 기다리고 있을 수밖에 없었다.

공작이 주느비에브 옆으로 되돌아와 다시 자리에 앉았다. 여전히 얼마 동안 망설이는 것 같더니 드디어 입을 열었다.

"역시 아닌 것 같아요. 잠시 어떤 생각이…… 어떤 일이 생각났었지만……."

"어떤 생각인데요?"

"아니, 내가 잘못 생각했어요…… 이야기 가운데의 일부분이 나를 착각하게 만들었던 것 같습니다."

"확실히 착각인가요?"

공작이 잠시 망설이더니, 마침내 분명한 어조로 말했다.

"확실히 제가 잘못 생각했었습니다."

"그래요…… 전 또 알고 있는 줄 알았어요…… 공작께서 다 아시는 줄로 생각했었는데……."

그녀의 목소리에는 실망감이 배어 있었다.

그녀는 말을 끝까지 하지 않았다. 그녀는 공작에게 물었던 질문에 대한 대답을 단념할 수 없는 아쉬운 심정이었지만 그렇다고 노골적으로 따져 물을 수도 없는 노릇이었다.

공작이 입을 다물자 그녀는 더 이상 묻지 못하고 에르느몽 부인 쪽으로 돌아앉았다.

"편히 쉬세요, 할머니. 아이들이 이제 모두 잠자리에 들었을 거예요. 허나 그중 몇 아이는 제가 입맞춰주기 전까지는 자지 않는 아이도 있어요."

주느비에브가 공작에게 손을 내밀어 악수를 청했다.

"다시 한 번 감사의 말씀을 드립니다. 정말 고마웠습니다."

"벌써 떠나시는 겁니까?"

아쉽다는 듯이 공작이 말했다.

"이만 실례하겠어요. 할머니가 배웅하실 거예요."

공작은 주느비에브에게 허리를 숙여 정중히 인사를 했다. 그리고 그녀의 손등에 입을 맞췄다. 문을 열고 나가려던 그녀가 뒤를 돌아보며 공작에게 미소를 지어 보였다.

주느비에브가 문 밖으로 사라진 뒤 공작은 깊은 생각에 잠긴 채 멀어져 가는 그녀의 발소리를 듣고 있었다. 그는 그대로 꼼짝도 하지 않고 마냥 우두커니 서 있을 뿐이었다. 감동에 찬 창백한 얼굴을 한 채…….

"결국 도련님은 말씀하시지 않았군요."

"그래, 말하지 않았어요……."

"그 비밀을……."

"다음 기회에 해야겠어요…… 오늘은 안 되겠어요…… 무언가 이상해…… 난 도무지 말할 수 없었어요."

"그렇게 어렵던가요? 하지만 이미 그 아이가 알아차린 것이 아닐까요? 도련님이 두 번씩이나 자기를 데려갔던 그 사나이라는 것을 말이에요. 한마디면 충분했을 텐데……."

"나중 기회에…… 다음에 하면 되죠……."

공작은 겨우 차분함을 되찾은 목소리였다.

"유모도 알다시피…… 그 아이는 아직 나를 알지 못해. 내가 누군지 알기 전에 나는 그녀의 시선을 끌고, 그녀의 호의를 사 둘 필요가 있어요. 무슨 일을 하건 그 다음이죠. 나는 내 힘으로 그 아이에게 어울리는 생활, 옛날이야기에 나오는 것 같은 그런 멋진 생활을 하게 해준 뒤 그 다음에 말할 생각입니다."

노부인이 고개를 옆으로 저었다.

"그것은 도련님께서 잘못 생각하고 있는 것 아닐까요? 주느비에브는 그런 멋진 생활 같은 건 바라고 있지 않아요. 소박하고 순박한 것을 좋아하는 아이니까요."

"그 아이도 나름대로는 보통 여자들과 같은 면이 있을 거요. 산더미 같은 재산, 질리도록 사치스러운 생활, 막강한 권세를 마다하는 여자는 지금까지 단 한 명도 보지 못했는데…….”

“주느비에브만은 달라요. 도련님께서 그렇게 하시는 것보다는 뭔가 색다른 것으로…….”

“그때가 되면 알게 되겠죠. 그 문제는 일단 내게 맡겨요. 유모는 아무 걱정하지 말고 마음놓고 있어요. 나는 그 아이를 유모가 말하는 것처럼 내 옳지 못한 계획에 끌어들일 생각 같은 건 조금도 없으니까요. 저 아이는 앞으로도 나를 만나게 될 기회가 좀처럼 없을 거야……. 하지만 한 번 만나둘 만한 필요가 있었어요. 다행히 매우 잘 되었죠. 그럼 안녕히…….”

학교에서 나온 공작은 대기하고 있던 자동차 쪽으로 걸어갔다. 그는 기분이 몹시 들떠 있었다.

“몹시 사랑스러운 처녀야…… 매우 상냥하고 성실하고! 어머니의 눈을 꼭 빼다박았어. 그냥 가만히 보고 있기만 해도 눈물이 나올 정도로 내 마음을 어루만져 주던 바로 그 눈이야. 그 모든 것이 이젠 까마득한 옛날이야기가 되고 말았군. 그런데 어쩌면 그다지도 아름다운 보물이 남겨졌단 말인가. 쓸쓸한 점도 없지 않지만 참으로 아름다운 유물이야!”

공작이 큰 소리로 중얼거렸다.

“그렇고 말고! 어찌 내가 그녀의 행복을 보살펴 주지 않을 수 있겠는가! 지금부터 당장 실행하지 않을 수 없지! 오늘 밤이 그 첫걸음이다! 아무렴, 오늘 밤 그녀에게 약혼자가 생길 것이다. 젊은 처녀에게는 사랑이야말로 행복의 첫째 조건이 아니겠는가.”

공작을 기다리고 있던 자동차는 길 한가운데에 서 있었다.

"집으로!"

자동차에 오른 공작이 운전기사 옥타브에게 말했다.

공작은 집으로 돌아오자마자 뉘이로 전화를 걸어 의사라는 별명으로 불리는 동료 한 사람에게 세세한 지시를 내렸다. 그런 뒤 그는 다른 옷으로 갈아입었다.

그는 캉봉 가의 클럽에서 저녁을 먹은 뒤 오페라 극장에서 한 시간을 보낸 다음 또다시 자동차에 몸을 실었다.

"옥타브, 뉘이로 가자. 의사를 데리러 가는 거야. 지금 몇 시지?"

"10시 30분입니다."

"그런가? 약간 늦겠군. 서둘러 가세!"

10분 뒤, 자동차는 앵케르망 대로의 맨 끝에 있는 외딴 별장 앞에 멈췄다. 경적을 울리자 의사가 나왔다.

"모든 준비가 되었겠지?"

공작이 물었다.

"단단히 포장하여 밧줄로 묶고 봉인까지 마쳤습니다."

"상태는 어떤가?"

"아주 좋습니다. 아까 전화로 말씀하신 대로만 일이 진행된다면 경찰이 전혀 눈치채지 못할 겁니다."

“그럼 그걸 싣기로 하세.”

두 사람은 차 안에 좁고 길게 생긴 자루를 실었다. 사람 모양의 자루는 상당히 무거워 보였다.

“옥타브, 이번에는 베르사이유로 가자. 라 빌레느 가의 ‘두 황제 호텔’ 앞에 차를 멈추도록 하게.”

짐을 다 싣고 나자 공작이 운전기사에게 말했다.

“그 호텔이란 곳 말입니다. 두 황제니 뭐니, 이름은 거창하지만, 실은 몹시 형편없는 하숙집이지요.”

의사가 아는 체하며 말했다.

“나에게 하는 말인가? 그건 나도 알고 있어? 그건 그렇고, 오늘 밤 할 일은 매우 중요하면서도 아주 귀찮은 일이야. 최소한 내게는…… 그래서 내가 직접 나서서 일을 처리하려는 거지. 누가 천만금을 준다고 해도 이 일을 다른 사람에게 양보할 생각은 없어. 인생이 단조롭다느니 어쩌느니 지껄이는 놈의 얼굴을 빨리 보고 싶어지는군.”

자동차가 ‘두 황제 호텔’에 도착했다. 질퍽거리는 진창으로 된 좁은 골목을 따라 들어간 공작은 두 개의 계단을 내려가 희미한 등잔불이 비추고 있는 복도로 접어들었다.

작은 문을 세르닌 공작이 주먹으로 두드렸다.

종업원 한 명이 나왔다. 그는 오늘 아침 세르닌 공작에게 돈을 빌리러 왔던 제라르 보프레에 대해 공작에게 보고를 올리고 또 여러 가지 지시를 하달받았던 필립이었다.

“그 녀석, 아직 이곳에 있나?”

공작이 물었다.

"예, 있습니다."

"자살할 밧줄은?"

"둥그런 올가미까지 만들어 놓았습니다."

"목마르게 기다리던 그 전보는 받지 못했나?"

"이게 바로 그겁니다. 제가 중간에 가로챘습니다."

세르닌 공작이 파란 전보용지를 낚아채듯 집어들고 훑어보았다.

"제기랄! 하마터면 큰일날 뻔했다."

일이 잘 되고 있다는 듯 공작의 얼굴에 미소가 피어올랐다.

"천 프랑을 내일 보내겠다고 했군. 오늘 저녁에는 몹시 운이 좋아. 벌써 11시 45분이군. 앞으로 15분 뒤면 녀석은 불쌍하게도 저 세상 사람이 되겠군. 필립 안내해라. 의사, 자네는 여기서 기다리게."

필립이 촛불을 들고 앞장섰다. 두 사람은 4층으로 올라갔다. 거기서부터 두 사람은 뒤꿈치를 들고 악취가 풍기는 낮은 천장의 복도를 따라 걸어갔다. 지붕 밑의 복도 양쪽으로 다락방이 늘어서 있었다. 복도의 끝에 나무로 만든 사다리가 놓여 있었고, 곰팡이 냄새가 지독하게 풍기는 낡은 융단이 깔려 있다.

"사람들에게 들킬 염려는 없나?"

세르닌 공작이 물었다.

"그런 걱정은 안 하셔도 됩니다. 이 위층의 방은 다른 방과 동떨어져 있습니다. 두목, 잘못 찾아들어 가면 안 됩니다. 왼쪽 방이 녀석의 방입니다."

"그래, 알았어. 너희들은 이제 내려가라. 12시가 되면 의사와 옥타브, 그리고 너, 이렇게 셋이서 그 자루에 든 놈을 이곳으로 옮겨놓고 기다려라."

나무사다리는 열 단으로 되어 있었다. 공작은 무척 조심하며 사다리를 올라갔다. 사다리가 끝나는 곳에 층계참이 있었고 문이 둘 있었다. 문을 여는 소리가 침묵을 깨트리지 않도록 조심조심하느라 문을 여는 데 5분이나 걸렸다.

어두운 방 안을 한줄기 불빛이 비추고 있었다. 의자에 부딪치면 큰일이기 때문에 공작은 손으로 더듬거리며 그 불빛 쪽으로 다가갔다. 불빛은 옆방에서 새어나오고 있었는데 너덜거리는 누더기 커튼이 걸린 유리창 너머에서 흘러나오고 있었다.

공작은 누더기 커튼을 조금 들췄다. 유리는 투명하지 않았지만 군데군데 깨지고 금이 가 한쪽 눈을 유리에 바싹 가져다 대자 옆방 안의 상황이 똑똑히 들여다보였다.

남자는 얼굴을 공작 쪽으로 향한 채 테이블 앞에 놓여 있는 의자에 앉아 있었다. 그 젊은이가 시인인 제라르 보프레였다.

그는 촛불 아래서 무엇인가를 쓰고 있었다.

그의 머리 뒤쪽 천장에 갈고리가 걸려 있었고 그 갈고리 아래로 밧줄이 늘어져 있었다. 밧줄의 끝은 둥근 올가미였다.

시내의 시계탑에서 희미한 종소리가 들려왔다. 12시 5분 전을 알리는 종소리였다.

'앞으로 5분뿐인 목숨이다.'

세르닌 공작이 마음속으로 중얼거렸다.

젊은이는 여전히 무엇인가를 쓰고 있었다. 그는 잠시 뒤 펜을 놓고, 자신이 잉크로 시꺼멓게 채운 열 장쯤의 종이를 차곡차곡 쌓아 다시 한 번 읽었다.

다시 읽어보니 무엇인가 마음에 들지 않는 부분이 있는 것 같았다. 불만스러운 표정이 그의 얼굴에 역력했다. 그는 글씨를 쓴 종이를 찢어 조금씩 촛불에 태웠다.

종이를 모두 태우고 난 그는 거친 손짓으로 흰 종이에 글씨 몇 자를 적고 휘갈겨 사인을 한 뒤 그대로 일어섰다.

그러나 그는 눈앞에 올가미가 보이자 두려움에 떨며 다시 자리에 털썩 주저앉았다.

얼굴을 감싸쥔 젊은이의 손가락 틈 사이로 그의 창백한 얼굴과 부들부들 경련을 일으키고 있는 깡마른 뺨이 똑똑히 보였다. 눈물이 한 방울 또 한 방울, 소리 없이 절망적으로 흘러내렸다. 그의 두 눈은 허공을 뚫어지게 응시하고 있었다. 벌써부터 무시무시한 죽음의 세계를 보고 있는 것 같은 슬픈 눈이었다.

너무나 젊고 고운 얼굴! 잔주름 하나 없는 뺨은 아직도 어린 아이처럼 보드라워 보였고 파란 눈은 마치 근동 지방의 하늘빛, 그 파란색을 그대로 담고 있었다.

자정을 알리는 종소리가 울리기 시작했다. 비극을 가슴에 품고 있는 열두 번의 종소리. 얼마나 많은 사람들이 그들의 생애를 끝맺으며 이 종소리를 들었던가!

열두 번째의 종소리가 다 울리고 나자 젊은이는 다시 천천히 자리에서 일어났다. 이번에는 떨지도 않았고, 그 끔찍한 밧줄을 용감하게 똑바로 바라보고 있었다. 그는 오히려 빙긋 웃기까지 했다. 불쌍하다! 그것은 이미 사신에게 붙잡힌 사형수의 절망적인 찡그림과도 같은 쓸쓸한 미소였다.

젊은이는 조금의 망설임도 없이 지금까지 앉아 있었던 의자 위에 올라섰다. 그리고 한 손으로 밧줄을 움켜쥐었다.

젊은이는 꼼짝도 하지 않은 채 한참 동안 그대로 서 있었다. 그러나 그것은 망설임 때문은 아니었다. 용기가 모자라서도 아니었다. 그러한 일들과는 전혀 다른, 인생을 정리하기 위한 시간이었다. 죽음에 앞서 그는 자신의 인생을 단적으로 표현하고 있는, 자신과 닮은 모습인 눈앞의 침대를 물끄러미 바라보고 있었다.

책상 위에는 책이 단 한 권도 없었다. 모조리 팔아버렸기 때문이었다. 거기에는 한 장의 사진이나 한 통의 편지조차도 놓여 있지 않았다. 이미 그는 아버지도 없었고 어머니도 없었으며, 친척도 존재하지 않았다. 그를 이 세상에 잡아둘 미련이 과연 무엇이란 말인가?

그는 단숨에 올가미 속으로 목을 들이밀었다. 그리고 단단히 목이 조일 때까지 밧줄을 당겼다.

다음 순간 그는 두 발로 의자를 걷어차고 허공에 매달렸다.

10초가 지나고 15초가 지나갔다. 영원만큼이나 길게 느껴지는 20초가 지났다.

젊은이의 몸이 두서너 번 부들부들 경련을 일으켰다. 두 다리가 버둥거리며 본능적으로 몸을 지탱할 무엇인가를 찾았다. 그러다 사지는 결국 모든 움직임을 멈췄다.

그리고 다시 몇 초…… 칸막이 유리문이 열렸다.

세르닌 공작이 안으로 들어왔다.

공작은 의연하고 침착한 동작으로 청년이 서명한 그 종이쪽지를 집어들어 읽었다.

가난과 병 때문에 인생이 허무하게 생각되어 살아갈 희망을 잃고 나 스스로 내 몸을 죽인다. 나의 죽음에 대하여 어느 누구도 나무라지 말라.

_4월 30일, 제라르 보프레

공작은 읽고 난 유서를 테이블 위, 남의 눈에 띄기 쉬운 장소에 놓았다. 그런 뒤 쓰러진 의자를 일으켜 세워 젊은이의 발 밑에 받쳤다. 공작은 테이블 위에 올라가 매달려 있는 젊은이의 몸을 단단히 끌어안고 그의 몸을 위로 들어올려 올가미를 목에서 벗겨냈다.

젊은이의 몸은 공작의 팔 안으로 축 늘어졌다. 그는 젊은이를 테이블 위에 내려놓고 바닥으로 뛰어내린 뒤 젊은이를 다시 침대 위에 옮겨 눕혔다.

공작은 조금도 변함 없는 침착한 태도로 출입문을 반쯤 열었다.

"세 사람 모두 거기 있나?"

공작이 조용히 말했다.

"여기 모두 있습니다. 짐을 끌어올릴까요?"

사다리 밑에서 누군가가 대답했다.

"그래, 올려오게."

공작은 촛대를 높이 들어 세 사람의 발 밑을 비췄다.

세 사람은 사람이 들어 있는 무거운 자루를 끌고 올라왔다.

"여기에 놓아라."

공작이 손가락으로 테이블을 가리켰다.

공작이 자루를 묶은 밧줄을 칼로 끊었다. 그리고 자루 속에서 나온 흰 천을 펼쳤다. 흰 천 속에는 시체가 들어 있었다. 케셀바흐가 그렇게 찾으려고 노력했던, 부랑자로 떠돌다 병원에서 사망한 피에르 르뒤크의 시체였다.

"불쌍한 피에르 르뒤크, 이렇게 젊은 나이에 죽어버림으로써 얼마나 많은 정보가 사라졌는지 자신은 영원히 알지 못하겠지. 살아 있기만 했다면, 내가 힘을 써 상당히 훌륭한 사람으로 만들었을 텐데! 안타까운 일이지만 할 수 없지. 자네의 도움 없이 사건을 해결해 보겠다. 자, 필립, 이 테이블 위에 올라가라. 그리고 옥타브는 이 의자 위로 올라가라. 이 사람의 머리를 그 올가미 속에 넣어야 한다.”

그로부터 2분 뒤, 밧줄에는 피에르 르뒤크의 시체가 매달려 흔들리고 있었다.

“자, 됐다. 생각했던 것보다 쉽게 끝났어. 우리는 시체를 바꾸는 요술을 부린 것이다. 이제 셋 다 돌아가도 좋다. 의사, 자네는 내일 아침 다시 한 번 이리로 와야겠어. 자네는 제라르 보프레 씨가 자살했다는 연락을 받고 이리로 달려온 것이야. 알겠나, 제라르 보프레 씨일세. 여기에 유서까지 이렇게 있네. 자네가 경찰과 경찰의를 이리로 부르는 일을 해야 해. 그리고 이 시체의 왼쪽 새끼손가락이 절반밖에 없다는 것과 뺨에 상처 자국이 있다는 것도 알아차리지 못하게 해야 해.”

“그 정도의 일쯤이야 식은죽 먹기지요.”

“그리고 또, 경찰조서는 자네가 말하는 대로 경찰이 받아쓰도록 해야 한다.”

“어렵지 않은 일입니다.”

“끝으로 한 가지 더 할 일이 있다. 이 시체를 시체 수용소로 보내지 않고 처리했으면 한다. 검시가 끝나는 것과 동시에 매장 허가증을 받도록 해주어야겠어.”

“그건 좀 어려운 일인데요.”

“어떻게 좀 손을 써봐. 그리고, 이자를 봐주게.”

침대에 축 늘어져 있는 젊은이를 공작이 손가락으로 가리켰다.

"예, 진찰은 벌써 했습니다."

의사가 서둘러 대답했다.

"호흡이 정상으로 돌아왔습니다. 다행히 용케 살아났습니다. 운 좋게도 경동맥이 말짱합니다."

"호랑이굴에 들어가지 않으면 호랑이 새끼를 얻을 수 없는 이치지. 앞으로 얼마나 지나면 이 녀석이 의식을 되찾겠나?"

"앞으로 이삼 분이면 될 겁니다."

"그렇군. 의사, 자네는 아직 돌아가지 말게. 아래에서 기다리고 있어 주게. 자네는 오늘 밤 할 일이 아직 끝나지 않았네."

방에 혼자 남은 공작은 담배에 불을 붙여 느긋하게 빨기 시작했다. 그는 파란 연기로 만들어진 동그라미를 천장을 향해 연달아 내뱉었다.

신음소리가 공작의 명상을 깨트렸다. 그는 침대로 다가갔다. 젊은이가 몸부림을 치고 있었다. 젊은이의 가슴이 거칠게 위아래로 오르내렸다. 마치 악몽에 시달리는 사람 같았다.

아픈지 젊은이가 손을 자신의 목으로 가져갔다. 그리고 다음 순간, 그가 몸을 벌떡 일으켰다. 두려움으로 숨을 헐떡거리며…….

젊은이는 곧바로 자신의 앞에 서 있는 세르닌 공작을 알아보았다.

"당신이!"

젊은이가 무슨 의미인지 알 수 없는 말을 비명처럼 내뱉었다.

"……?"

그는 유령이라도 바라보는 것 같은 눈길로 공작을 바라보았다.

그는 다시 한 번 자신의 목으로 손을 가져갔다. 목덜미를 조심조심 쓸어보았다. 그러더니 갑자기 신음 같은 굵은 소리를 내뱉었다. 두 눈은 공포로 커다랗게 떠졌다. 머리가 쭈뼛쭈뼛 곤두서며 온몸이 나뭇잎처럼 떨렸다. 그가 깨어나자마자 공작이 옆방으로 몸을 피했기 때문에 그는 밧줄 끝에 대롱대롱 매달려 있는 목맨 시체를 보았던 것이다.

제라르 보프레는 벽 가까이까지 뒤로 물러났다. 그 사나이, 그곳에 매달려 있는 그 시체, 그것은 틀림없는 자신이었다. 자신이 죽어 매달려 있었다. 죽은 그에게 자신의 시체가 보이고 있는 것이었다. 이것이 죽은 뒤의 무시무시한 악몽이란 걸까? 아니면 죽어가며 어지럽게 뒤얽힌 두뇌가 아직도 남아 있는 생명력으로 꿈틀거리며 만들어내는 환각일까……

그가 두 손을 들어 허공을 휘저었다. 가까이 다가오는 끔찍한 환상을 쫓으려는 것처럼 보였다.

잠시 뒤 그는 기운이 빠져 세게 머리를 얻어맞기라도 한 것처럼 또다시 기절했다.

"됐다, 됐어!"

재밌다는 듯이 공작이 웃었다.

"감수성이 예민하니 이렇게 되는 것이 어쩌면 당연하지…… 지금 현재 머릿속이 몹시 혼란스럽겠지만, 무리도 아니지. 그래, 지금이 가장 중요한 고비다. 20분 이내에 처리하지 않으면 모처럼의 기회를 놓치고 말게 된다."

공작은 지붕 밑에 있는 다락방의 칸막이 유리문을 밀고 침대 옆으로 돌아왔다. 그는 젊은이를 안아 옆방의 침대로 옮겼다.

공작은 젊은이의 관자놀이를 찬물로 적신 뒤 각성제를 코에 가져다 댔다.

두 번째 기절은 짧은 시간에 끝났다.

제라르 보프레는 겁먹은 얼굴을 한 채 눈을 떴다. 그리고 천장을 올려다보았다. 환상은 이미 사라지고 없었다.

침대가 놓여진 위치도, 테이블과 벽난로의 위치도, 그 밖의 방 안의 모든 것이 똑같았다. 그것이 오히려 그를 놀라게 했다. 그는 자기가 했던 행위를 똑똑히 기억하고 있었다. 지금까지도 목이 이렇게 아프지 않은가.

제라르가 공작에게 말했다.

"제가 꿈을 꾼 겁니까?"

"그렇지 않아."

"어째서 꿈이 아닙니까?"

제라르는 도무지 모르겠다는 표정이었다.

"저는 자살하고 싶었습니다. 하고 싶었다는 것뿐만 아니라 실제로 자살을 시도했었습니다."

제라르가 불안한 표정으로 고개를 떨궜다.

"그런데 어찌 된 일일까요? 그 환상은?"

"환상이라니? 무슨 환상? 허깨비라도 보았던 모양이군?"

"시체가 있었습니다. 밧줄 끝에 매달려 있던 그 시체. 그건 확실히 꿈이었을까요?"

"그렇지 않아!"

세르닌 공작이 단호하게 말했다.

"자네가 본 그것도 역시 실제 상황일세."

"예? 도대체 무슨 말씀입니까? 아, 어떻게 그럴 수가 있단 말입니까! 거짓말이죠? 그것은…… 거짓말이라고 말씀해 주십시오…… 제발 부탁입니다…… 제가 만약 꿈을 꾸고 있는 거라면 눈을 뜨게 해주십시오…… 그렇지 않다면 아예 저를 죽여주십시오. 그렇습니다. 저는 죽었습니다. 안 그렇습니까? 이것은 지금 죽은 사람이 꿈을 꾸고 있는 악몽입니다…… 아! 뭐가 뭔지 도대체 이해를 할 수가 없습니다. 부탁입니다…… 저를 좀 도와주십시오."

세르닌 공작이 자신의 손을 천천히 젊은이의 머리 위에 얹었다. 그리고 몸을 굽혀 상대를 들여다보며 말했다.

"잘 듣게. 내가 하는 말을 귀담아듣고 상황을 이해해야 한다. 틀림없이 자네는 살아 있어. 육체도 정신도 자네의 예전 그대로 살아 있다. 다만 제라르 보프레는 죽었다. 내 말을 이해할 수 있겠나? 이해가 돼? 제라르 보프레라는 이름을 가지고 한 사람의 사회인으로 살아가던 자는 이미 세상에 존재하지 않네. 그대가 그를 죽여버린 걸세. 내일이 되면 관공서 기록의 자네 옛 이름 옆에 '사망'이라는 붉은 두 글자가 쓰여질 것일세. 자네가 죽은 날짜와 함께."

"믿을 수 없습니다!"

공포에 질린 젊은이가 더듬거리면서 말했다.

"그럴 리 없습니다. 제가, 바로 제라르 보프레가 여기 이렇게…… 존재하고 있지 않습니까!"

"자네는 이제 제라르 보프레가 아니네!"

세르닌 공작이 무슨 선언이라도 하듯 말했다. 그는 열려 있는 유리문을 가리켰다.

"제라르 보프레라는 사람은 저기 있네. 바로 옆방 천장에 매달려 있지. 보고 싶거든 보게? 자네가 박은 갈고리와 이어진 밧줄 끝에 자네가 목을 매달았던 모습 그대로 대롱대롱 매달려 있지. 테이블 위에는 자네가 직접 쓰고 서명한, 그의 자살을 증명하는 유서가 있어. 모든 것이 하나도 잘못된 게 없어. 모든 것이 확실하네. 이 세상에 이미 제라르 보프레는 존재하지 않는다는 이 엄연한 기정사실을 바꾸기에는 이미 늦었네!"

젊은이는 이야기를 집중해 들었다. 이 비극적인 상황의 의미가 무엇인지를 겨우 이해하기 시작했는지 침착성을 되찾아 가고 있었다.

"그렇다면 이 상황이 왜 이렇게 된 겁니까?"

젊은이가 중얼거리듯 말했다.

"바로 그거야, 내가 의논하고 싶은 것이……."

"……?"

"담배 한 대 어떤가?"

공작이 물었다.

"피울 생각이 드나?"

젊은이가 고개를 끄떡였다.

“좋아! 인생에 대한 집착이 되살아난 모양이군. 그러는 편이 좋지. 그런 자세라면 내 말도 쉽게 이해가 될 테고, 내가 일을 빨리 처리할 수도 있겠지.”

공작이 젊은이의 담배에 불을 붙여줬다. 그리고 자신의 담배에도 불을 붙여 깊이 빨았다. 그런 다음 불쑥, 무미건조한 목소리로 상황을 설명하기 시작했다.

“이미 고인이 된 제라르 보프레…… 그는 병약하고 가난하여 삶에 아무런 희망도 없었고 인생이라면 지긋지긋해했지…… 어떤가? 앞으로는 건강한 몸으로 부귀와 권세를 누리며 살아보고 싶지 않은가?”

“그게 무슨 의미입니까? 저는 도무지 이해가 안 됩니다.”

“아주 간단하고 명료한 일일세. 나는 자네를 우연한 일로 알게 되었는데, 자네는 아직도 젊고 미남이며, 시인이기도 하지. 머리도 좋고. 게다가 자네는 고지식할 정도로 정직하다는 걸 이번 자네의 행동이 말해주고 있지. 한 사람에게 이 정도로 훌륭한 자질이 있다는 것은 보기 드문 일이지. 나는 그 점을 높이 평가하는 바일세. 다시 말해서, 나는 그걸 내 것으로 만들고 싶다네.”

“제 소질은 팔 수 있는 물건이 아닙니다.”

“바보 같으니라고! 누가 판다거나 산다고 말했는가? 똑바로 정신을 차리게. 그것을 자네에게서 빼앗아버리기에는 자네는 너무나도 아까운 보석이란 말이야.”

“그럼 저에게 요구하시는 것이 뭡니까?”

"자네의 생명일세!"

공작이 아직도 선명하게 밧줄 흔적이 남아 있는 젊은이의 목을 가리켰다.

"자네의 그 목숨이 필요해! 어떻게 써야 하는지 알지 못해 자네가 없애버린 자네의 그 생명이 필요하다는 말일세! 자네가 헛되이 쓰고, 잃어버리고, 파괴해버린 그 목숨이 나는 필요해. 그 목숨을 나는 나의 이상에 맞는, 아름다움과 위대함과 고상한 기품을 갖춘 생명으로 다시 창조해내고 싶은 걸세. 남모르게 은밀히 간직하고 있는 내 속마음을 자네가 조금이라도 들여다볼 수 있다면 자네는 그 아름다움과 위대함에 놀라 또다시 기절하고 말 걸세."

양 손바닥으로 제라르의 머리를 감싸듯 잡은 공작이 계속 열변을 토했다.

"자네는 완전히 자유로운 몸일세! 어떠한 속박도 없지. 자네는 그렇게 지겹다고 느껴온 자신의 이름에 대한 중압감에 시달릴 걱정도 없어! 사회가 자네의 어깨에 눌러 찍은 낙인과도 같은, 이름이라는 등록번호를 자네는 이미 없애버렸네. 자네는 완전히 자유로운 몸이야! 모든 인간이 명찰을 달고 노예처럼 살아가고 있는 이 세상에서 자네 한 사람만은 전혀 남의 눈에 띄지도 않고 어디든 갈 수도 있고 또 올 수도 있네. 또 원한다면 자신이 좋아하는 명찰을 골라잡을 수도 있지. 알겠는가, 내가 하는 말의 의미가 무엇인지? 자네가 원한다면 자네가 스스로의 창조자가 될 수 있다는 것이야. 새로 태어난 인생이라네. 완전히 새로운 인생이야! 자네의 인생, 그것은 새로운 조각작품이나 마찬가지지. 이제 자네 마음대로 조각을 할 수 있게 된 거지. 자네의 상상력이 움직이는 대로, 자네의 이성이 원하는 대로 어떤 형태로든 말이야!"

젊은이는 몹시 지쳐 있는 것처럼 보였다.

"그런데 그게 어떻다는 겁니까? 그렇게 귀하고 소중한 보물을 저에게 어떻게 하라는 겁니까? 지금까지 그것이 저에게 무슨 도움이 되었습니까? 삶에 어떤 이익도 가져다주지 못하지 않았습니까!"

"내게 그것을 줘."

"그것이 도대체 무슨 소용이 있다고 생각하십니까?"

"소용이 있고 말고. 그것이면 무엇이든지 다 될 수 있지. 자네는 조각가가 아닐지도 모르지만 나는 조각가일세. 그것도 열렬한, 아무리 퍼내도 마를 줄 모르는, 그 무엇에도 굴하지 않는 정열을 가진 조각가라네. 자네에게 영감이 없다면 대신 나에게 충분히 있네. 자네가 실패한 그 지점에서 나는 훌륭하게 성공해 보이겠네! 자네의 인생을 나에게 주게!"

"그런 것은 모두 헛된 약속입니다. 사탕발림 같은…… 공수표입니다……."

얼굴에 핏기가 겨우 돌기 시작한 젊은이가 외치듯 말을 이어갔다.

"모든 게 헛된 공상에 지나지 않습니다. 제 가치는 누구보다도 제가 잘 알고 있습니다. 저는 저 자신의 비열함과 무기력함을, 그리고 하는 일, 하는 짓마다 모조리 실패하고 만다는 것을, 태어날 때부터 가지고 나온 내 자신의 불운을 이미 너무나 잘 알고 있습니다. 제가 인생을 다시 살기 위해서는 무엇보다 의지가 필요할 겁니다. 그런데 내게는 그것이 없습니다.”

“의지라면 내가 흘러 넘칠 만큼 갖고 있다고 말하지 않았나.”

“제게는 다정한 친구도 없습니다.”

“친구라면 내가 얼마든지 만들어 주겠네.”

“가진 돈도 한푼 없습니다.”

“내가 부를 가져다 주겠네. 그것도 막대한 재산을! 자네는 가만히 앉아서 마음대로 쓰기만 하면 되네. 요술이라도 부린 듯 헤아릴 수조차 없는 재물일세.”

“도대체 당신은 누구십니까? 어떤 사람입니까?”

젊은이가 공작의 말을 못 믿겠다는 듯이 물었다.

“나는 세상 사람들에게 세르닌 공작으로 통하네. 자네에게는…… 내가 누군들 무슨 상관이란 말인가! 나는 공작 이상일세. 나는 왕 이상이고, 나는 황제 이상일세!”

“당신은 누구십니까……? 대체 당신은 어떤 분이란 말입니까?”

보프레는 말을 더듬으며 필사적으로 물었다.

“모든 것의 주인이지. 무엇이든지 가질 수 있고 하고 싶은 일은 무엇이든 해낼 수 있는 힘을 가진 사람이야. 난 막강한 실력자일세. 내 의욕은 한도 끝도 없고, 내 능력도 마찬가지야. 이 지구상의 그 어떤 부자보다도 나는 부유하네. 왜냐하면 나는 그

부자들의 재산을 내 마음대로 소유할 수 있기 때문이지. 이 세
상의 가장 강한 권력자보다도 나는 막강하네. 왜냐하면 그들의
세력과 권력이 모두 내 지배 하에 있기 때문일세."

공작은 또다시 젊은이의 머리를 두 손으로 감싸쥐고 젊은이
의 고개를 쳐들었다. 그리고 뚫어지게 눈을 들여다보며 말했다.

"자네도 부자가 되어라. 강자가 되라. 내가 자네에게 주는 것
은 다름 아닌 행복일세. 인생의 즐거움이지. 시인의 머리를 가
진 자네를 위한 평화일세. 그것은 또 동시에 명예가 될 것이고.
어떤가, 받겠는가?"

"예…… 예…… 받겠습니다!"

공작의 말에 현혹되고 압도당한 보프레가 최면이라도 걸린
듯 말했다.

"그렇게 되기 위해 저는 어떻게 하면 되겠습니까?"

"할 건 아무것도 없다."

"하지만 무언가를……."

"아무것도 할 게 없다고 했지 않나! 내 계획의 기초가 모두
자네를 토대로 하고 있지만, 자네가 그 목표는 아니지. 자네는
그 어떤 행동도 할 필요가 없네. 현재 자네는 별 볼일 없는 단역
일 뿐이야. 아니, 단역조차도 못 되지! 내가 옮기는 대로 움직이
는 장기의 졸일 뿐이야."

"단역이라도 배역을 맡았으면 무언가 할 일이 있을 거 아닙
니까?"

"아무것도 하지 않아도 되네. 시라도 쓰고 있게나. 자네는 그

냥 자네 마음대로 살게. 돈은 얼마든지 주겠네. 마음껏 인생을 즐기도록 하게. 자네가 하는 일에 나는 결코 어떤 간섭도 하지 않을 걸세. 거듭 말하지만 나의 모험 속에서 자네가 어떤 역할을 담당하는 것은 절대로 아닐세.”

“그럼 저는 누구로 행세해야 합니까?”

세르닌 공작이 팔을 들어 옆방을 가리켰다.

“자네는 저자가 되는 거야. 자네는 이미 저 사람일세.”

제라르 보프레는 거부감과 혐오스러움으로 몸을 떨었다.

“싫어요! 그런 일은 싫습니다. 저자는 죽은 사람입니다! 게다가 그런 짓은 죄악입니다. 싫습니다. 제가 바라는 것은 새로운 인생입니다. 저를 위해 창조된, 제가 상상하고 있던 나 자신의 인생 말입니다. 미지의 이름을 가진 새로운 인생 말입니다.”

“저자의 대신이 되어야 한다고 나는 말했네.”

세르닌 공작이 거역할 수 없는 목소리로 소리쳤다.

“자네는 바로 저자가 되는 거야! 그 이외의 다른 그 누구도 되어선 안 되네! 자네가 저자를 대신해야 해! 그 이유는 저자의 운명이 너무나도 멋지기 때문이야. 저자의 이름이 유명하기 때문이다. 저자가 자네에게 남겨준 유산은 천 년이나 지난 고귀한 유물과 같아.”

“그런 짓은 죄악입니다.”

기가 완전히 죽은 모습으로 보프레가 울기 시작했다.

“자네는 저자가 되어야 해!”

드센 목소리로 세르닌 공작이 다시 소리쳤다.

"반드시 저자가 되어야 해! 그것이 싫거든 자네는 다시 보프레로 돌아가라. 다시 보프레가 된다면 나는 자네를 내 마음대로 죽일 수도 있고 살릴 수도 있어. 어느 쪽이든 마음대로 선택해라."

공작은 권총을 꺼내 총알을 장전한 다음 총구를 젊은이를 향해 겨누었다.

"그 어느 쪽이든 마음대로 선택해라."

공작이 말을 되풀이했다.

공작의 얼굴에는 굳은 의지가 떠올라 있었다. 제라르 보프레는 두려움을 느끼며 침대 위에 쓰러져 울었다.

"저는 이제 살고 싶습니다!"

"틀림없는가? 끝까지 살아갈 결심이 생겼는가?"

"예, 굳게 맹세합니다! 자살을 하려다 실패하고 나니까, 이젠 죽음이 두려워졌습니다. 그 어떤 일이라도 죽음보다는 낫습니다. 죽음보다는 뭐든지 낫습니다. 그게 무엇이든지… 고통도… 굶주림도… 병도… 고문도… 치욕도… 경우에 따라서는 범죄조차도…… 이제 아무렇지도 않습니다…… 죽음에 비하면 그런 것은 아무것도 아닙니다……."

젊은이는 말을 하며 몸을 떨었다. 죽음의 사신이 그의 주위에서 아직도 물러가지 않고 서성이고 있는 것 같았다. 저승사자의 손아귀에서 빠져나오려고 허우적거려 보지만 힘이 미치지 못해 몸부림치는 모습이었다.

공작은 바로 지금이 기회라는 듯 계속 압력을 가했다. 사로잡은 사냥감처럼 상대를 꼼짝 못하게 해놓고 보다 큰 소리로 말했다.

"나는 자네에게 불가능한 일을 시키려는 것도 아니고, 나쁜 짓을 하게 만들려는 것도 아닐세. 만약에 무슨 일이 생긴다면 모든 책임을 내가 지겠네. 범죄 같은 건 생각할 필요도 없네. 조금 아픈 것이 전부일세. 몇 방울의 피가 흐를 뿐이네. 그게 무슨 대수란 말인가? 죽음의 공포에 비하던 그건 아무것도 아니지 않은가!"

"고통 같은 건 무섭지 않습니다."

"그래, 그렇다면 즉시 실행하자!"

세르닌 공작이 소리쳤다.

"즉시 실행하자! 10초 동안의 고통이던 족해. 그러고 나면 모든 것이 이루어진다. 단 10초 동안만 참는 거다. 그러면 저자의 인생이 자네 소유가 된다."

공작은 젊은이가 꼼짝하지 못하도록 끌어안아 의자에 앉혔다. 그리고 젊은이의 왼손을 끌어다 테이블 위에 올려놓고 다섯 손가락을 펴게 만들었다. 호주머니에서 칼을 꺼내 칼날을 편 공작은 새끼손가락의 첫째 마디와 둘째 마디 사이에 가져다 댔다.

"쳐라! 자네의 오른손으로 칼등을 쳐라! 주먹을 꽉 쥐고 쳐라! 눈 깜짝할 사이에 끝난다!"

공작은 젊은이의 오른손을 움켜쥐게 만들어 망치로 때리듯이 왼손의 새끼손가락 위에 놓여 있는 칼등을 치게 하려고 했다.

제라르 보프레는 두려움에 떨며 몸을 비틀어 뺐다. 무슨 일이 일어나고 있는지, 그는 그제야 겨우 이해한 것 같았다.

"싫습니다! 이건 절대 싫습니다!"

말을 더듬거리면서 보프레가 외쳤다.

"쳐라! 단 한 번이면 충분하다. 오직 이것만으로 자네가 저자가 되는 것이다. 아무도 자네를 알아보지 못하게 되는 것이다."

"저자의 이름이 뭡니까?"

"먼저 쳐라. 다른 것은 그 다음 알려주겠다."

"싫습니다! 결코 싫습니다! 이건 너무 지나칩니다. 고문이나 마찬가지입니다. 잠깐만 기다려 주십시오. 나중에 하겠습니다."

"지금 해야 한다. 내가 명령하겠다! 안 하면 안 돼. 꼭 해야 돼!"

"싫습니다, 싫습니다! 전 결코 할 수 없습니다!"

"치라는데, 이런 바보 같으니! 쾅 하고 한 번만 치면 끝이다. 그러면 상상할 수도 없는 부귀영화와 사랑이 자네 것이 된다."

제라르 보프레가 갑자기 주먹을 들었다. 그리고 활기찬 목소리로 소리쳤다.

"사랑이라고요? 그런 것도 있습니까? 그런 포상이 준비되어 있단 말입니까! 그럼 치겠습니다. 사랑을 위해서라면 치겠습니다."

"자네는 사랑에 빠지게 된다. 그리고 사랑을 받게 될 것이다."

세르닌 공작이 강조해 말했다.

"약혼녀가 자네를 기다리고 있다. 내가 점찍어 놓은 약혼녀다. 이 세상에서 최고로 순결한 여자지. 아무리 아름다운 여자라 할지라도 그녀만은 못하다. 단 그녀를 소유하는 데는 한 가지 조건이 있다. 그것이 바로 이 칼을 내리치는 일이다!"

젊은이가 드디어 오른손에 힘을 줬다. 그러나 본능적인 힘이 행동을 방해했다. 초인적인 힘이 젊은이의 온몸을 부르르 떨리게 만들었다. 젊은이는 갑자기 꽉 끌어안고 있는 세르닌을 힘껏 밀치고 자리에서 일어나 후닥닥 뛰어 달아났다.

젊은이는 제정신이 아닌 사람처럼 옆방으로 뛰어들어갔다. 그리고 거기에 매달려 있는 참혹한 구경거리를, 죽어 목매달려 있는 시체를 보자 두려움에 찬 외침이 목구멍으로 밀려 올라왔다. 젊은이는 자신이 의식하지 못하는 사이 세르닌 공작이 기다리고 있는 테이블로 돌아가 공작 앞에 무릎을 꿇었다.

"쳐라!"

다시 젊은이의 다섯 손가락을 펼치게 하고 칼날을 손가락 위에 세워놓은 공작이 소리쳤다.

젊은이는 기계적으로 움직였다. 눈을 멍하니 뜨고 창백한 얼굴이 되어 태엽인형 같은 행동으로 주먹을 치켜든 젊은이가 곧바로 힘껏 주먹을 내리쳤다.

"아악!"

젊은이가 고통으로 외마디 비명을 질렀다.

신체의 작은 일부가 잘려 나갔다. 피가 흘렀다. 젊은이가 정신을 잃고 쓰러졌다. 세 번째 기절이었다.

한참 동안 젊은이를 물끄러미 내려다보던 세르닌 공작이 온화한 목소리로 중얼거렸다.

"불쌍하군. 용서해라! 곧 보상을 하마. 백 배로 갚아주마. 어떤 경우를 불문하고 내 사례가 훌륭하다는 건 세상 사람들이 다 아는 일이다."

공작이 계단을 내려갔다. 계단 아래서 의사가 기다리고 있었다.

"겨우 이제야 끝났다. 다음은 자네 차례다. 위로 올라가 녀석의 오른쪽 뺨에 칼자국을 내라. 피에르 르뒤크와 똑같이 말야. 두 사람의 칼자국이 똑같이 일치해야 한다. 내가 한 시간 뒤 저자를 데리러 오겠다."

"어딜 가시려고요?"

"좀 바람을 쐬어야겠다. 몹시 지쳤어. 신경을 너무 썼더니……."

문 밖으로 나간 공작은 천천히 숨을 깊이 들이마셨다. 그런 다음 담배를 꺼내 불을 붙였다.

"꽤 괜찮은 하루였어."

공작이 중얼거렸다.

"무척 바쁘고 피곤한 하루였지만, 그만큼 훌륭한 수확이 있었다. 돌로레스 케셀바흐와 가까워졌고 주느비에브의 친구가 될 수도 있게 되었다. 나는 새로운 피에르 르뒤크를 만들고 내 편이 되게 했다. 그는 상당히 훌륭하고 마음속에서부터 나에게 복종하고 있다. 게다가 나는 주느비에브를 위해 남편감까지 찾아주었다. 어디에 내놔도 부끄럽지 않은 신랑감이다. 이것으로 오늘 내가 할 일은 끝났다. 이제 내가 기울인 노력의 수확을 기다리면 된다. 다음은 르노르망 씨, 당신이 활약할 차례로군. 내 준비는 이것으로 충분하니까."

그러나 공작은 마음이 편하지만은 않았다. 자신이 밝은 미래를 보장하는 희망에 찬 약속만을 하여 어리둥절하게 만들고, 바보로 만들어버린 채 두고 온 그 불쌍한 젊은이에 생각이 미치자 다시 혼자 중얼거렸다.

"한 가지 마음에 걸리는 것이 있기는 하지. 매우 자신에 찬 저 애송이 시인에게 피에르 르뒤크의 자리를 물려주기는 했지만, 저 피에르 르뒤크라는 자가 도대체 어떤 자였는지를 전혀 모르니 걱정이 좀 되는군. 이건 꽤 귀찮은 문제지…… 피에르 르뒤크가 돼지고기 장수의 아들이 아니었다는 증거조차도 전혀 없으니까……."

르노르망의 책략

　　5월 31일, 모든 조간 신문이 지난번 뤼팽이 르노르망 씨에게 보냈던 편지에 대한 기사를 실었다. 신문은 뤼팽이 체포된 경비원 제롬을 5월 31일에 탈옥시키겠다고 공언한 사실을 독자들에게 다시금 상기시키고 있었다. 한 신문은 오늘까지의 사건 추이를 다음과 같이 간추려서 싣고 있었다.

팔라스 호텔에서 그 피비린내 나는 살인사건이 벌어진 것은 4월 17일이었다. 그 뒤 오늘까지 무슨 진전이 있었는가? 그 어떤 진전도 없다.

단서는 세 가지 있었다. 하나는 현장에 떨어져 있던 담배 케이스다. 또 하나는 담배 케이스에 쓰여 있던 L과 M이라는 머리글자다. 그리고 나머지 하나는 범인이 호텔에 두고 간 옷 꾸러미다. 이상의 세 가지 단서에서 경찰은 무엇을 찾아냈는가? 결과는 아무것도 없다.

풍문에 의하면 당국은 사건 뒤에 호텔을 떠난, 당시 2층에 묵고 있었던 투숙객 가운데 한 사람에게 혐의를 두었으나 그 인물의 행방과 신원 파악이 전혀 이루어지지 않고 있다고 한다.

결국 오늘까지 그 참극의 진상은 처음 그대로 조금의 변함도 없이 짙은 장막에 가려져 있는 것이다.

일이 이렇게 돌아가고 있는데 경찰청장과 그 부하인 르노르망 치안국장 사이에 불화가 생겨 국무총리의 지지를 잃은 국장이 사실상 이미 며칠 전에 그 직무를 사입해버렸다. 케셀바흐 사건은 앞으로 치안국 차장이며 르노르망 씨와는 오랫동안 라이벌 관계에 있었던 베르베르 씨가 중심이 되어 수사를 펼쳐나갈 것으로 전망된다.

당국의 현재 상황은 혼란과 무질서로 점철된 상태이다.

그러나 반대편 당사자인 뤼팽은 어떠한가. 그야말로 계략의 화신이자 넘치는 정력과 막강한 저력의 소유자라는 것을 누구도 의심하지 않는 강자다.

이 사건을 바라보는 본사의 결론은 현재 상황으로 볼 때 간단하다. 뤼팽이 전부터 해왔던 대로 이번에도 예고를 지켜 5월 31일, 바로 오늘, 하수인인 공범자를 틀림없이 빼내갈 것으로 여겨진다.

이와 같은 결론은 다른 모든 신문에도 실려 있었다. 이 결론은 또 틀림없이 그렇게 될 거라고 시민들이 수긍하는 부분이기도 했다. 정부의 고위층도 이런 사실에 위협을 느끼고 있었다. 경찰청장은 르노르망 씨의 지병 요양을 이유로 치안국 차장인 베르베르 씨에게 명령하여 뤼팽의 공범이 수용되어 있는 라 상테 교도소와 그가 드나드는 재판소에 엄중한 경계망을 치게 했다.

포르메리 예심판사는 날마다 뤼팽의 공범을 심문하고 있었는데 만약의 사고를 대비하여 오늘만큼은 심문을 중지하는 것이 좋을 듯 보였으나 여론의 이목 때문에 그럴 수 없는 형편이었다. 그 대신 경찰을 총동원하여 교도소에서 재판소로 이어지는 길을 경계했다.

그러나 예상과는 달리 5월 31일 하루 동안 아무 일도 일어나지 않았다. 예고되었던 탈옥은 끝내 이루어지지 않았다.

하지만 자잘한 사건, 누군가 어떤 계획을 실행하려고 했던 것 같은 흔적이 있었던 것만은 사실이었다. 뤼팽의 공범을 태운 호송마차가 지나갈 때 전차와 버스, 트럭 등이 예사롭지 않은 혼잡을 보이기도 했고 이유도 없이 호송마차의 바퀴 하나가 파손되기도 했다. 하지만 더 이상의 큰 사건은 일어나지 않았고 모든 일이 그대로 끝났다. 뤼팽의 계획이 실패한 것일까? 겉으로 표현은 하지 않았지만 대중들은 꽤 실망하는 눈치였다. 이날이 지나자 경찰이 호들갑스럽게 승리를 자랑했다.

그런데 이튿날인 토요일이 되자 재판소 안에 믿기 어려운 소문이 퍼졌다. 신문사에도 소문이 퍼졌다. 뤼팽의 공범 제롬이 없어졌다는 것이었다. 불가능한 일이었다.

여러 신문의 호외가 이 소문이 근거 없음을 확인시켰음에도 불구하고 사람들은 이것을 인정하려고 들지 않았다. 그런데 주르날 신문이 저녁 6시에 발표한 다음과 같은 기사가 이 소문에 대한 종지부를 찍었다.

우리 신문사는 아르센 뤼팽이 서명한 다음과 같은 편지를 받았다. 뤼팽이 사용하기로 한 특수한 우표가 붙어 있는 점으로 보아 우리 신문사는 이 편지의 진실성을 의심하지 않는 바이다. 다음은 그 편지의 내용이다.

편집장 귀하.

어제 실천하지 못한 저의 약속에 대해 부디 모든 시민들께 저를 대신하여 사과해 주셨으면 감사하겠습니다. 부탁합니다. 실행을 하기로 한 바로 전날이 되어서야 저는 5월 31일이 금요일임을 깨달았습니다. 아무리 뤼팽이 대중 앞에 약속했다지만 이렇게 불길한 날 자기의 부하를 석방시킬 수는 없었습니다. 아무리 뤼팽이라고 해도 시민들에게 약속한 중대한 책임을 질 수 없었던 것입니다.

저는 또 이 기회에, 평소에 어느 것 하나 숨기는 일 없이 만사가 솔직한 저의 태도를 잘 알고 계시는 여러분들께 사과의 말씀을 드리는 바입니다. 이번 탈옥을 어떤 방법으로 성공시켰는가 하는 것에 대해 공표하지 않는 점에 대한 이야기입니다. 제가 사용한 그 방법이 매우 재미있고 지극히 간단한 것이어서 이 방법을 공표하면 세상의 나쁜 많은 사람들이 이 방법을 모방할지도 모른다는 걱정 때문입니다. 제가 이 방법을 발표하도록 허락되는 날 아마도 여러분들은 꽤 놀라실 것입니다. 겨우 이런 것이었나, 하고 어이가 없어 하는 분들도 꽤 있을 것입니다. 그렇습니다. 분명히 이것은 시시한 것임에 틀림없습니다. 하지만 이런 방법을 생각해냈다는 것이 오히려 대단한 것일 수도 있습니다.

이상 사과의 말씀을 대신합니다.

_아르센 뤼팽

뤼팽의 편지가 신문에 실린 지 한 시간 뒤 르노르망 국장은 국무총리 겸 내무부장관인 발랑글레로부터 걸려온 전화를 받고 내무부로 갔다.

"생각했던 것보다 안색이 매우 좋군요, 르노르망 씨! 나는 당신이 정말 앓고 있는 줄 알고 부탁하고 싶은 일이 있었지만 미루고 있었습니다."

"총리 각하, 저는 앓지 않았습니다."

"그렇다면 이번 결근은 불만으로 배짱을 부린 모양이구려…… 참으로 괴팍한 성격입니다, 당신."

"괴팍한 성격이라고 말씀하시면 드릴 말씀이 없습니다만 전 절대 불만을 품고 배짱을 부린 것이 아닙니다."

"그런데 왜 집에 틀어박혀 있었소? 그 덕에 뤼팽이 이때다 싶어 재빨리 부하를 탈옥시킨 것이 아닙니까?"

"제가 그걸 무슨 재주로 막겠습니까?"

"당신까지도 그런 나약한 소리를 한단 말이오? 뤼팽의 계략이라는 건 언제나 하찮기로 유명하지 않소. 놈은 언제나 하던 방식대로, 일을 행동으로 옮길 날짜를 미리 예고했지. 모든 세상 사람들이 그것을 믿었고…… 하지만 당일 남에게 보여주기 위한 자잘한 계획이 시도되었다 미수로 끝났을 뿐 탈옥은 이루어지지 않았소. 그런데 이튿날, 사람들이 신경을 쓰지 않게 되자 새장 안의 새가 감쪽같이 사라지고 말았소…… 사건은 이런 것이오."

"총리 각하."

르노르망이 진지한 태도로 말했다.

"분명히 말씀드리겠습니다만, 뤼팽의 실력은 그야말로 대단해서 그가 일단 하려고 마음먹은 일은 우리의 힘으로 도저히 막을 수 없습니다. 그 탈옥은 틀림없이 실행될 것이라는 걸 알고 있었습니다. 2 곱하기 2는 4라는 것만큼이나 명확한 사실이었습니다. 그래서 저는 승산이 없는 싸움에서 슬그머니 몸을 빼, 실패를 다른 사람이 하도록 만들었던 것입니다."

이야기를 듣던 발랑글레 총리가 쓸쓸하게 웃었다.

"어쨌든 지금 경찰청장이나 베르베르 차장이 오만상을 쓰고 있을 게 틀림없소. 그건 그렇다 치고, 그 탈옥에 대한 이야기를 내게 자세히 들려줄 수 있겠소?"

"그 탈옥에 대해 이제까지 알려진 것은 재판소 안에서 이루어졌다는 것밖에는 없습니다. 뤼팽의 공범은 호송마차를 타고 재판소에 이르러 포르메리 예심판사의 조사실로 보내졌는데 재판소에서 나간 흔적이 전혀 없습니다. 그런데도 그자가 어디로 사라졌는지 아는 사람이 단 한 사람도 없습니다.”

“참으로 이상한 일 아니오?”

“그렇습니다. 정말 신기한 일입니다.”

“뭔가 발견된 것도 없소?”

“있습니다. 그 시간, 예심판사들의 취조실이 쭉 늘어서 있는 방 앞의 복도가 정말 이상할 정도로 혼잡을 빚고 있었답니다. 조사를 받으러 온 피고인들, 경비원들, 호송원들, 변호사들, 서기들까지 온통 북새통이 되어 있었다는데 나중에 알고 보니 그곳에 모인 모든 사람들이 그 시간에 그곳으로 오라는 가짜 호출장을 받았다는 것입니다. 한편 호출장을 보낸 것으로 되어 있는 예심판사들은 단 한 사람도 자신의 취조실에 나타나지 않았습니다. 그들은 상부로부터의 가짜 통보를 받고 파리 시내나 교외 여기저기로 출장을 나가 있었다고 합니다.”

“그것뿐이오?”

“아닙니다. 또 있습니다. 한 피고인이 경관 두 명의 감시를 받으며 재판소의 앞뜰을 가로질러 가는 것을 보았다는 사람이 있습니다. 밖에 역마차 한 대가 기다리고 있다 세 사람을 태우고 사라졌다는 겁니다.”

“르노르망 씨, 당신의 가정은 어떤 것이오? 당신의 의견 말이오.”

"총리 각하, 저의 추측은, 그 두 경관은 뤼팽의 공범이 아니었나 싶습니다. 놈들은 혼잡한 틈을 타 예심판사의 취조실 앞에서 진짜 경관과 바꿔치기 했을 것이라는 생각입니다. 또 제 의견은, 이번 탈옥이 매우 특수한 갖가지 상황과 맞물려 성공한 것으로 봐서 예상할 수도 없을 정도의 많은 공범이 여기저기 숨어 있다는 확신이 듭니다. 재판소 내부에도 뤼팽의 수많은 공범이 있어 끊임없이 우리를 속이고 있고 또 비밀을 누설하고 있습니다. 경찰청 안에도 그의 부하가 활동하고 있습니다. 제 주변에도 첩자가 심어져 있습니다. 놈의 조직은 생각하기 힘들 정도로 규모가 커서, 제가 지휘하고 있는 치안국보다 몇 천 배나 광범위하고 치밀합니다. 실로 뤼팽의 치안국이라고 부를 만한 조직이죠."

"당신은 그걸 뻔히 알면서도 그냥 내버려두고 있단 말이오?"

"천만의 말씀입니다. 그냥 둘 리가 있겠습니까?"

"그렇다면 이유가 뭐요? 이 사건의 초기부터 당신이 보였던 그 무기력함 말이오. 당신은 뤼팽에 대해 도대체 어떤 조치를 취했소?"

"전투 준비를 해놓았습니다."

"아, 그렇소! 그것 참 다행이군. 하지만 당신이 그렇게 준비를 하는 동안 뤼팽 쪽에서도 차곡차곡 거점을 확보해 나가고 있지 않소."

"저도 그에 못지않게 일을 진행시키고 있습니다."

"뭔가 새로 알아낸 일이라도 있소?"

“그야 많이 있습니다.”

“그렇습니까, 듣던 중 반가운 소리군요. 그게 뭔지 이야기 좀 해보구려.”

지팡이에 의지한 채 깊은 생각에 잠긴 르노르망 국장이 넓은 총리실 안을 한참 동안이나 왔다갔다했다. 그러다 그는 발랑글레 총리의 맞은편 쪽에 자리를 잡았다. 그는 올리브색으로 바랜 프록코트의 소매 끝에 묻어 있는 먼지를 손끝으로 털었고, 은테가 둘러져 있는 코걸이 안경을 콧등으로 밀어올렸다. 그런 뒤에야 그는 명확한 어조로 말했다.

“총리 각하. 저는 현재 세 가지 결정적인 단서를 손에 쥐고 있습니다. 그 첫번째는 아르센 뤼팽이 현재 사용하고 있는 가짜 이름을 알고 있다는 사실입니다. 그는 오스망 가에서 그 가짜 이름을 쓰며 살고 있습니다. 날마다 수하의 부하들을 만나고 있고 또 오랫동안 흩어져 있던 무리들을 다시 모으기 위해 노력하며 그들을 지휘하고 있습니다.”

“그런 사실을 알고 있으면서 놈을 체포하지 않는 이유는 뭐요?”

“저는 이 정보를 너무 늦게 손에 넣었습니다. 제가 이 정보를 얻었을 때는 공작이…… 잠시 그를 공작이라고 부르기로 하겠습니다…… 공작이 이미 사라졌습니다. 현재 다른 일을 하기 위해 외국에 나가 있습니다.”

“그가 돌아올 것 같소?”

“케셀바흐 사건에서 그가 맡고 있는 역할의 비중과 위치로 봐서 그가 돌아오지 않을 리 없습니다. 게다가 분명 지금 사용하고 있는 이름을 그대로 가지고 돌아올 겁니다."

"그리고……."

"총리 각하, 두 번째 결정적인 사실을 말씀드리겠습니다. 이제야 겨우 피에르 르뒤크를 찾아냈습니다."

"그게 정말이오!"

"그렇습니다. 그를 처음 찾아낸 것은 뤼팽입니다. 그는 어디론가 사라지기 전에 파리 교외에 있는 아담한 별장에 거처를 마련하고 르뒤크를 기거하도록 했습니다."

"거참! 대단한 짓을 했군! 그런데 당신은 그런 사실을 어떻게 알아냈소?"

"별로 어렵지 않게 알아냈습니다. 뤼팽은 피에르 르뒤크를 감시하고 호위하기 위해 두 부하를 배치해 놓았습니다. 그런데 그 두 부하라는 사람들이 사실은 제가 은밀하게 쓰고 있는 형제 형사들입니다. 그들은 적당한 시기에 르뒤크를 저에게 내주기로 했습니다."

"그것 참 기막힌 일이군! 아주 좋아! 계속 이야기해 보시오……."

"피에르 르뒤크라는 그 사람은 케셀바흐 씨가 저 세상으로 가지고 가버린 비밀을 알아내기 위해서 절대적으로 필요한 비밀의 중심에 있는 인물입니다. 그러니까 저는 조만간 피에르 르뒤크를 통해 수수께끼를 풀게 될 겁니다. 그 첫번째는 세 명을 살해한 연쇄 살인범이 누구인가 하는 겁니다. 그렇게 되리라 생각하는 이유는, 케셀바흐 씨가 살해된 뒤 이 흉악한 살인자가 그를 대신하여 그가 생전에 품고 있었던 그 거대한 계획, 즉, 아직까지도 그게 무엇인지 알려지지 않은 채 남아 있는 그 큰 계획을 수행하려 하고 있기 때문입니다. 케셀바흐 씨는 생전에 그 큰 계획을 완성하는 데 절대적으로 필요한 사람이 피에르 르뒤크라고 했고 그의 행방을 쫓고 있었습니다. 그 다음 두 번째는, 아르센 뤼팽도 이와 똑같은 표적을 쫓고 있으니 저는 머지않아 뤼팽도 체포할 수 있을 거라는 생각입니다."

"참으로 좋은 방법이야. 그러니까 피에르 르뒤크를 미끼로 적들을 모조리 낚아올리겠다는 말씀이군."

"물고기는 이미 미끼를 노리고 있습니다. 총리 각하, 조금 전 피에르 르뒤크가 살고 있는 그 아담한 별장을 감시하고 있는 제 부하들의 보고에 의하면 그 별장 주위를 서성거리는 수상한 사람이 눈에 띄었답니다. 지금부터 네 시간 뒤 저는 그곳에 도착해 있을 겁니다."

"르노르망 씨, 마지막 세 번째 단서라는 것은 뭐요?"

"총리 각하, 어제 살해된 루돌프 케셀바흐 씨 앞으로 온 편지가 한 통 있었는데, 제가 그것을 가로챘습니다."

"편지를 가로챘다니, 무슨 내용이오?"

"제가 일단 뜯어보고 그대로 보관하고 있습니다. 이게 그건데 발신은 두 달 전이고 소인은 케이프타운입니다."

친애하는 루돌프.

나는 6월 1일 파리에 도착할 예정입니다. 현재 나는 당신이 구해줬던 때와 마찬가지로 비참한 상황에 놓여 있습니다. 저는 당신에게 이야기했던 피에르 르뒤크라는 사람에게 큰 희망을 걸고 있습니다. 생각하면 생각할수록 괴기한 사건이라는 생각이 듭니다. 이미 그 사람을 찾아냈는지요? 그렇지 않다면 진전이 얼마나 되었는지 궁금하군요. 신속히 알려주시기 바랍니다.

_당신의 충실한 친구 스타인 벡 올림

"여기에 쓰여 있는 6월 1일이 바로 오늘입니다."

르노르망이 계속 말을 이어갔다.

"제 휘하의 경감에게 이 스타인벡이라는 자를 찾아내도록 지시해 두었습니다. 곧 무슨 성과가 있으리라 생각합니다."

"나도 그러리라 믿소."

발랑글레 총리가 의자에서 벌떡 일어났다.

"르노르망 씨, 당신에게 사과를 해야겠군요. 사과와 아울러 당신에게 고백할 것도 있습니다. 실은, 귀하에게 걸었던 기대를 단념했었습니다. 오늘 당장이라도 파면할 생각을 하고 있었습니다. 그 일을 의논하기 위해 내일 경찰청장과 베르베르 차장을 만나기로 약속해놓고 있었습니다."

"그 일이라면 이미 저도 알고 있었습니다."

"정말이오?"

"그런 사실을 몰랐다면 무엇 때문에 제가 여기에 왔겠습니까? 그런데 각하께서는 이제야 제 계획을 아셨군요. 저는 현재 살인범이 걸려들 덫을 놓는 중인데 피에르 르뒤크나 스타인벡 중 한 사람이 범인을 덫으로 인도해줄 겁니다. 저는 또 뤼팽에게서도 눈을 떼지 않고 계속 살펴볼 계획입니다. 그의 두 부하는 제가 주는 돈을 받고 있는 자들입니다. 그런데도 뤼팽은 그 두 사람을 자신의 심복이라고 굳게 믿고 있습니다. 그렇게 볼 때 뤼팽은 저를 위해 일하고 있는 셈도 되지요. 뤼팽은 저를 앞질러 가 깜짝 놀라게 할 생각을 가지고 있는 듯합니다만 실은 제가 그를 앞질러 가고 있죠. 그러므로 저는 반드시 성공하게 되어 있습니다. 다만, 그러기 위해서는 한 가지 조건이 필요합니다."

"조건이라니 그게 뭐요?"

"제가 자유로운 상황이 되어야 합니다. 시시각각으로 변하는 정치적 영향을 받지 않고 마음대로 행동할 수 있어야 합니다. 성급한 주문을 해대는 대중들, 그리고 저를 곤란한 처지에 빠뜨리기 위해 잔재주나 부리는 상관의 방해를 받지 않고 활동할 수 있어야 합니다."

"좋소! 그런 건 내가 책임지도록 하지."

"총리 각하, 그렇게만 해주신다면 이삼 일 안에 기필코 만족할 만한 성과를 가져다 드리겠습니다. 만약 그렇게 하지 못하면 저는 죽은 뒤에나 각하를 뵙겠습니다."

파리 교외에 위치해 있는 마을 생 클루. 인적이 드문 구릉지대의 가장 높은 곳에 아담하고 깨끗한 한 채의 별장이 서 있었다.

밤 11시, 르노르망 국장은 자동차를 생 클루 마을에 대기시켜 놓고 별장을 향해 길을 따라 조심스럽게 걸어갔다.

어둠 속에서 사람의 그림자가 움직였다.

"구렐, 자네인가?"

"그렇습니다, 국장님!"

"내가 올 거라는 걸 도드빌 형제에게 알려줬나?"

"예, 이야기해 두었습니다. 국장님께서 묵으실 방도 이미 준비되어 있습니다. 도착하자마자 곧바로 침실에 드실 수 있습니다. 물론 그렇게 하도록 놔두지는 않겠지만, 도드빌 형제가 보았다는 그 수상한 녀석이 하던 짓으로 볼 때 오늘 밤쯤 그 나쁜 놈이 피에르 르뒤크를 납치하러 올 가능성도 있습니다."

두 사람은 정원을 가로질러 갔다. 그리고 살그머니 집 안으로 들어가 조심조심 2층으로 올라갔다. 도드빌 형제인 장과 자크가 2층에 있었다.

"세르닌 공작에게서 무슨 연락 없었나?"

르노르망이 두 사람에게 물었다.

"아무 연락도 없었습니다, 국장님!"

“피에르 르뒤크는 어떻게 지내고 있나?”

“온종일 자기 방에 있거나 정원에서 산책을 하는 것이 전붑니다. 저희들이 있는 여기에는 단 한 번도 올라오지 않았습니다.”

“이제 건강은 좋아졌나?”

“꽤 좋아졌습니다. 잘 먹고 편히 쉴 때문에 눈에 보일 정도로 회복되어 가고 있습니다.”

“뤼팽에게 진심으로 복종하고 있겠지?”

“뤼팽이라기보다는 세르닌 공작에게 진심으로 복종하고 있습니다. 녀석은 아직 그 두 사람이 같은 인물이라는 것을 추호도 의심해 본 적이 없는 것 같기에 하는 소립니다. 그 녀석은 도무지 확실한 것이 없는 사람입니다. 아마도 그런 것 같습니다. 전혀 말을 하지 않습니다. 참으로 이상한 사람입니다. 정말 괴짜입니다. 그에게 활력을 불어넣어 주기도 하고 말을 하게 만들거나 때로 웃게 만드는 사람이 딱 한 명 있기는 합니다. 가르쉬에 사는 처녀인데 세르닌 공작이 그에게 소개해서 서로 알게 된 사이입니다. 주느비에브 에르느몽이라든가 하는 이름을 가진 여자입니다. 벌써 세 번이나 찾아왔었는데 오늘도 왔다갔습니다.”

구렐은 농담을 하는 듯한 말투로 한마디 덧붙였다.

“제 생각엔 이미 우정 이상의 관계가 된 것 같습니다. 이건 세르닌 공작과 케셀바흐 부인의 경우와 상황이 비슷하지 않나 싶습니다. 소문에 의하면 뤼팽이라는 녀석이 케셀바흐 부인에게 상당히 집요하게 추파를 던지고 있다고 합니다.”

이 말에 르노르망은 아무 대꾸도 하지 않았다. 하지만 그는 한 귀로 듣고 한 귀로 흘려버리는 것 같아도 앞으로 언젠가 이론적인 결론을 끌어낼 때를 대비하여 기억 속에 단단히 새겨놓고 있었다. 그의 주변 사람들은 그런 그의 습관을 너무나 잘 알고 있었다.

르노르망 국장이 잎담배를 한 대 꺼내 불을 붙였다. 그는 담배를 빨지 않고 질겅질겅 씹어댔다. 그는 담배의 불이 꺼지자 다시 불을 붙였는데 이번에는 담배를 입에서 떨어뜨리고 말았다.

국장은 이중첩자들에게 서너 가지 질문을 연속으로 던진 다음 옷을 입은 채로 침대에 드러누웠다.

“조금이라도 이상한 일이 있거든 곧바로 나를 깨우도록. 그때까지 나는 자고 있을 테니까. 그럼 모두 조심해서 가게. 각자 맡은 일에 충실하고.”

세 사람이 방을 나갔다.

한 시간이 흘러갔고 두 시간이 흘러갔다.

르노르망은 누군가 몸을 건드리는 바람에 눈을 떴다. 구렐이었다.

“국장님, 일어나십시오. 대문을 연 녀석이 있습니다.”

“한 명인가? 두 명인가?”

“제가 본 것은 한 명뿐입니다. 그때 마침 달이 구름 속에서 얼굴을 내밀었는데 녀석은 정원수 그늘에 웅크리고 숨었습니다.”

“도드빌 형제는 어떻게 하고 있나?”

"뒷문에 배치했습니다. 여차하면 놈이 달아날 길을 차단할 생각입니다."

구렐이 르노르망 국장의 손을 잡고 아래층으로 내려가 캄캄한 작은 방으로 그를 안내했다.

"국장님, 움직이시면 안 됩니다. 지금 계신 이곳은 피에르 르뒤크의 화장실입니다. 녀석이 잠들어 있는 침실 문을 열겠습니다. 걱정하지 마십시오. 깨어날 염려는 없습니다. 수면제를 먹고 잠들었으니까요. 웬만해서는 깨지 않을 겁니다. 이쪽으로 오십시오. 어떻습니까? 숨어 있기에 적당한 곳이죠? 이것 말씀입니까? 이것은 녀석의 침대 주위에 쳐 있는 커튼입니다. 여기서 보면 창문, 그리고 침대에서 창문까지의 침실 한쪽이 환히 다 보입니다."

창문은 활짝 열려 있었다. 어슴푸레한 달빛이 그 창문을 통해 들어오고 있었다. 이따금 구름 사이로 비춰지는 맑고 밝은 달빛이 들기도 했다.

두 사람은 열려 있는 창문에서 눈을 떼지 않았다. 그곳에서 사건이 일어날 것이 틀림없었다. 희미하게 작은 소리가 들려왔다. 부스럭거리는 소리였다.

"나무 울타리를 올라옵니다."

구렐이 속삭였다.

"높은가?"

"2미터에서 2미터 50센티미터쯤 될 것 같습니다."

부스럭거리는 소리가 보다 또렷해졌다.

"구렐, 자네가 가게!"

르노르망이 구렐의 귀에 속삭였다.

"도드빌 형제가 있는 곳으로 가서 그 두 사람을 데리고 와 이 창 밑에 대기하고 있게. 여기서 나가는 녀석의 도주로를 차단하는 걸세."

구렐이 조심스럽게 밖으로 나갔다.

구렐이 사라진 것과 동시에 창틀에 사람의 머리 하나가 나타났다. 곧바로 사람의 그림자가 발코니를 타고 넘어 들어왔다. 르노르망은 몸이 빼빼 마르고 덩치가 작은, 수수한 옷에 모자를 쓰지 않은 사나이의 모습을 보았다.

사나이는 발코니에 기댄 채 고개를 뒤로 돌리고 한참 동안 아래쪽을 살폈다. 주변에 위험은 없는지 확인하는 모양이었다. 그는 곧 몸을 앞으로 숙이더니 마룻바닥에 납작 엎드렸다. 그는 그런 자세로 가만히 있는 듯했으나 잠시 뒤 르노르망은 어둠 속의 그 검은 그림자가 조금씩 움직여 가까이 다가오고 있다는 사실을 깨달았다.

검은 그림자가 침대 밑에 이르렀다.

르노르망은 그 괴한의 숨소리까지도 들리는 것 같았다. 그뿐만이 아니었다. 어둠 속에서 한줄기 빛처럼 두 눈이 날카롭게 빛나고 있는 것 같았다. 그리고 그 두 눈은 어둠 속에서도 물건을 똑똑히 식별하고 있는 것 같다는 느낌이 들었다.

자고 있는 피에르 르뒤크가 숨을 길게 내쉬었다.

다시 침묵이 이어졌다.

괴한은 침대를 따라 미끄러지듯이 이동하고 있었다.

침대 밑으로 늘어져 있는 흰색 시트 위에 시커먼 그림자가 나타났다. 르노르망이 팔을 뻗으면 닿을 정도의 가까운 거리였다. 르노르망은 잠들어 있는 르뒤크의 숨소리와 번갈아 들리는 또하나의 숨소리를 똑똑히 들을 수 있었다. 르노르망은 또 고동치고 있는 두근거리는 심장의 박동소리가 들리는 것 같은 착각이 일었다.

갑자기 한 줄기 광선이 방 안을 가로질렀다. 괴한이 손전등을 켠 것이었다. 불빛은 피에르 르뒤크의 얼굴을 정확히 비췄다. 그러나 괴한의 얼굴은 여전히 어둠 속에 그대로 숨어 있었다. 르노르망은 상대의 얼굴을 볼 수 없었다.

르노르망은 순간적으로 그 불빛 속에서 무엇인가가 번쩍 빛나는 것을 보았다. 그 순간 등골이 오싹해졌다. 번쩍 빛난 것은 놈이 들고 있는 비수였다. 놈이 들고 있는 칼은 칼날이 가늘고 날카로운, 한쪽에만 날이 있는 단도라기보다는 양쪽에 날이 있는 단검에 가까웠다. 그는 그것이 케셀바흐 씨의 비서인 채프먼의 시체 곁에서 주웠던 것과 같은 물건이라는 생각이 들었다.

르노르망은 젖 먹던 인내심까지 동원하며 괴한에게 덤벼들려 하는 자신의 충동을 억눌렀다. 놈이 무엇을 하려고 왔는지, 그것을 똑똑히 알아내고 싶었기 때문이었다.

괴한이 손을 번쩍 추켜올렸다. 찌를 생각인가? 르노르망은 괴한이 들어올린 손을 막기 위해 괴한과의 거리를 계산했다. 그러나 괴한의 행동은 만일의 경우를 대비하기 위한 몸짓일 뿐 사람을 죽이기 위한 행동은 아닌 것 같았다. 괴한은 만약 피에르 르뒤크가 갑자기 달려들거나 도움을 요청하기 위해 소리를 지르면 그때 칼로 찌를 생각인 것 같았다.

괴한은 세상 모르고 자고 있는 피에르 르뒤크의 몸 위로 허리를 굽혔다. 뭔가 살피려는 것 같았다.

'오른쪽 뺨을 살펴보려는 수작이겠지……'

르노르망은 그렇게 생각했다.

'오른쪽 뺨의 상처로 놈은 이자가 진짜 피에르 르뒤크인지 아닌지를 확인할 생각인 것이다.'

괴한이 몸을 약간 옆으로 비틀었기 때문에 르노르망은 놈의 양쪽 어깨밖에 볼 수 없었다. 대신 옷이, 특히 외투가 르노르망과 아주 가까워졌다. 괴한의 외투는 르노르망이 숨어 있는 커튼에 거의 스칠 듯 말 듯했다.

'조금이라도 움직이기만 해봐라. 움찔 놀라기만 해봐라. 곧바로 붙잡아버릴 테다.'

하지만 괴한은 살피는 데만 정신이 팔려 전혀 움직일 생각을 하지 않았다.

이윽고 전등을 들고 있는 왼손으로 단검을 옮겨 쥔 괴한이 시트를 들어올렸다. 처음에는 약간, 다음에는 보다 많이, 그리고 곧 걷어내기라도 하려는 듯이 과감하게 시트를 들어올렸다. 그러자 잠들어 있는 르뒤크의 왼쪽 팔이 그대로 드러났다.

손전등이 노출된 왼손을 비췄다. 네 개의 손가락이 가지런히 놓여 있었다. 그러나 다섯 개째의 새끼손가락은 두 마디째에서 절단되어 있었다.

그때 피에르 르뒤크가 꿈틀거렸다. 순식간에 손전등이 꺼졌다. 괴한은 한참 동안 침대 옆에 꼼짝도 하지 않고 서 있었다.

'드디어 찌를 결심을 하는 것일까?'

르노르망이 지금 행동으로 옮긴다면 어렵지 않게 살인을 막을 수 있었다. 하지만 그는 절박한 최후의 순간이 되기까지는 놈의 행동을 제지하고 싶지 않았다. 그는 어떻게 할 것인가 갈등을 하고 있었다.

무척 긴 침묵이 흘렀다. 어느 순간 르노르망은 괴한의 팔 하나가 공중으로 번쩍 추켜 올라가는 막연한 환상에 사로잡혔다. 그 순간 르노르망이 본능적으로 움직였다. 잠들어 있는 르뒤크를 보호하기 위해 그는 르뒤크의 몸 위로 한 팔을 쑥 내밀었다. 그때 르노르망과 괴한의 몸이 부딪쳤다.

"으헉!"

쉰 목소리로 비명을 지르며 괴한이 허공을 찔렀다. 놈은 어둠 속의 적을 향해 잠깐 동안 방어 태세를 취하고 있다 갑자기 창문을 향해 재빠르게 달아났다. 르노르망은 그 기회를 놓치지 않고 쏜살같이 달려들어 두 팔로 수상한 자의 양쪽 어깨를 감싸안았다.

놈은 힘으로는 당할 수 없다고 생각했는지 맞붙어 싸우기를 피하여 힘껏 죄고 있는 르노르망의 두 팔에서 빠져나가려고 허우적거렸다. 그럴수록 르노르망은 있는 힘을 다해 괴한을 끌어안고 마룻바닥에 자빠트려 몸을 눌렀다.

"내가 놓칠 것 같으냐, 이놈! 어디 도망갈 테면 도망가봐!"

르노르망이 자신에 찬 목소리로 말했다.

르노르망은 자신의 힘으로 이 흉악한 범죄자를, 뭐라고 형용할 수 없이 나쁜 놈을 제압하고 있다는 쾌감에 이상한 도취감을 느꼈다. 르노르망은 괴한이 극도의 극한 상황에서 절망적인 분노를 느끼며 와들와들 떨고 있는 것을, 그리고 두 사람의 존재가 서로 뒤얽혀 두 사람의 숨결이 서로 뒤섞이는 것을 분명하게 느낄 수 있었다.

"네놈은 누구냐?"

르노르망이 물었다. 그러나 상대는 거친 숨만 몰아쉴 뿐 대답이 없었다.

"어떤 놈이야? 내가 가만히 내버려둘 성싶으냐?"

그렇게 말하며 르노르망은 상대의 몸을 더욱 강한 힘으로 억세게 죄었다. 르노르망은 상대의 힘이 죄고 있는 자신의 팔 안에서 차츰 약해지는 것을 느낄 수 있었다. 그럴수록 르노르망은 한층 더 강하게 상대의 목을 죄었다.

르노르망은 그러다 머리끝에서 발끝까지 오싹하게 만드는 전율을 느꼈다. 르노르망은 깨달았던 것이다. 무엇인가에 목이 조금씩 찔려가고 있다는 것을…… 순간 불끈 화가 치민 르노르망은 더 한층 세게 상대의 몸을 죄었다. 그러자 뾰족한 것이 찌르는 아픔이 한층 더 커졌다. 마침내 르노르망은 상황을 파악했다. 교묘하게 팔을 비튼 괴한이 손을 자신의 앞가슴 쪽으로 집어넣어 그 예리한 단검을 뒤로 향하게 하고 있다는 것을. 물론 괴한은 팔을 움직일 수 없었다. 하지만 르노르망이 놈의 몸을 세게 죄면 죌수록 단검의 칼끝 역시 르노르망의 목을 향해 조금씩 더 다가왔다.

칼끝을 피하기 위해 르노르망은 머리를 약간 뒤로 젖혔다. 그런데 칼끝이 르노르망의 머리를 쫓아와 상처가 한층 더 깊어졌다.

범인은 그 칼로 3명을 죽인 연쇄살인범이었다. 그 생각을 하자 르노르망은 지금 자신의 목에 박혀 있는 이 날카로운 칼끝이 전해주는 섬뜩함과 잔인함, 그리고 한순간의 실수가 가져올 돌이킬 수 없는 결과가 뇌리에 떠올라 더 이상 움직일 수가 없었다. 르노르망은 이미 꼼짝도 할 수 없는 형편이 되어 있었다.

르노르망은 입장이 더 불리해지기 전에 행동을 취해야 한다는 생각으로 한순간 괴한을 밀치며 잽싸게 한 걸음 뒤로 물러났다. 그런 뒤 곧바로 다시 공격을 가할 생각이었다. 그러나 이미 늦었다. 르노르망이 손을 풀자마자 괴한은 날듯이 창문을 뛰어넘어 밖으로 뛰어내렸다.

"놓치지 마라, 구렐!"

구렐이 도망치는 괴한을 잡기 위해 몸을 도사린 채 창문 밑에 숨어 있으리란 생각으로 르노르망이 크게 소리를 질렀다.

르노르망은 급히 창문을 통해 밖을 내다봤다. 자갈을 밟는 소리가 들려왔다. 두 개의 나무 사이에 사람의 그림자가 움직여가고 있었다. 곧이어 바깥 대문이 삐걱 하는 소리를 냈다. 그러고는 쥐죽은듯이 아무 소리도 들리지 않았다. 결국 누구도 괴한을 잡기 위해 달려가지 않았다.

르노르망은 옆에 피에르 르뒤크가 자고 있다는 것도 잊고 큰 소리로 불렀다.

"구렐! 도드빌!"

그러나 아무도 대답하는 사람이 없었다. 시골 밤의 침묵만이 정원의 주위를 맴돌고 있었다.

그러자 르노르망의 머릿속에 그 여리한 단검이 다시 떠올랐다. 사람을 연속으로 세 명이나 죽인 자가 들고 있던 그 예리한 단검이…… 르노르망은 곧바로 고개를 옆으로 흔들었다. 너무 비약적인 상상이라고 스스로 생각했다. 괴한은 누군가를 향해 단검을 휘두를 사이도 없었으며 또 그렇게 할 상황도 아니었다. 그가 달아나는 길을 방해한 사람이 전혀 없었기 때문이었다.

괴한처럼 르노르망도 창문을 통해 밖으로 뛰어내렸다. 손전등이 만들고 있는 한 줄기 불빛을 통해 르노르망은 땅바닥에 쓰러져 있는 구렐을 발견했다.

"나쁜 놈! 소중한 내 부하를 죽이기라도 했다면 결코 가만두지 않겠다."

몹시 분해하며 르노르망이 말했다.

다행스럽게도 구렐은 기절하기만 했을 뿐 크게 다친 곳이 없었다. 그는 몇 분 뒤 정신을 되찾고 말했다.

"단지 주먹 한 방이었습니다, 국장님! 놈이 내 가슴을 꽝 하고 한 대…… 놈은 힘이 굉장했습니다."

"그렇다면 놈들은 둘이었나 보군?"

"그렇습니다. 창문 위로 올라간 몸집이 작은 녀석과 그놈을 지켜보고 있다 느닷없이 저를 꽝 하고 친 다른 한 명……."

"도드빌 형제는 어찌 되었나?"

"못 보았는데요."

형제 가운데 한 사람인 자크는 대문 근처에서 발견되었다. 턱뼈가 부러진 채 피투성이가 되어 있었다.

"어떻게 된 거야? 대체 이게 어떻게 된 일이지?"

르노르망이 소리를 질렀다.

또 한 사람은 조금 더 앞쪽에서 발견되었는데 가슴의 갈비뼈가 부러져 숨도 제대로 쉬지 못하고 있었다.

"어떻게 된 거야? 말해봐, 어서!"

르노르망의 재촉을 받은 자크가 입을 열었다. 형과 자기는 한 사나이와 마주쳤는데 공격이나 방어를 할 틈도 없이 세게 얻어맞고 그대로 쓰러졌노라고 했다.

"놈은 혼자였나?"

"아닙니다. 우리 옆에 왔을 때, 또 한 사람, 몸집이 작은 놈과 함께 있었습니다."

"자네를 때린 놈을 보았나?"

"그 어깨가 딱 벌어진 놈은 팔라스 호텔에 투숙해 있던 그 영국 놈이라는 생각이 들었습니다. 그 호텔에서 나갔지만 어디로 갔는지 행방을 알지 못하는 바로 그자 말입니다."

"그 소령을 말하는 건가?"

"그렇습니다. 파버리 소령이 틀림없었습니다."

한참 생각을 하고 난 르노르망이 입을 열었다.

"더 이상 의심할 여지가 없다. 케셀바흐 사건 때도 수상한 자가 둘 있었다. 단검을 가진 사나이와 공범인 그 소령!"

"세르닌 공작의 의견도 역시 그와 같았습니다."

자크 도드빌이 속삭이듯 말했다.

"오늘 밤의 괴한들도 역시 그놈들이다. 똑같은, 그 두 놈이야."

치안국장이 잠시 생각에 잠겼다 다시 입을 열었다.

"오히려 더 잘 되었어. 범인 두 놈을 잡는 것이 한 놈을 잡는 것보다 훨씬 쉬운 일이지."

르노르망 국장은 부상을 입은 세 명의 부하를 치료시키고 침대에 누워 쉬게 했다. 그는 그 뒤 두 명의 괴한이 현장에 어떤 단서라도 남기지 않았는지 또 어떤 물건이라도 떨어트리지 않았는지 꼼꼼히 살폈다. 그러나 아무것도 발견할 수 없었다. 그는 곧 잠자리에 들었다.

다음 날 아침이 되자 구렐과 도드빌 형제는 고통을 느끼지 않을 만큼 꽤 치유가 되어 있었다. 르노르망은 두 형제에게 별장 인근을 샅샅이 수색하도록 명령하고 자신은 구렐을 데리고 파리로 돌아갔다. 볼일을 처리하기도 하고 또 수사에 관련된 지시를 내리기 위해서였다.

사무실에서 르노르망은 점심식사를 마쳤다. 오후 2시가 되자 반가운 소식이 전달되었다. 듀지 형사가 루돌프 케셀바흐와 연락을 주고받았던 그 독일 태생의 스타인벡이 어제 마르세이유에서 출발해 방금 막 파리에 도착한 열차에서 내리는 것을 붙잡았다는 것이었다.

"여기에 듀지가 와 있나?"

"예, 국장님. 그 독일 사람을 데리고 와 있습니다."

구렐이 대답했다.

"그 두 사람을 이리로 데려오게."

그때 전화가 걸려왔다. 장 도드빌이 가르쉬 마을 우체국에서 건 전화였다.

"장인가? 왜 전화를 걸었지? 무슨 새로운 일이라도 일어났나?"

"예, 새로운 소식이 있습니다, 국장님. 다름이 아니라 파버리 소령에 관한 일입니다."

"파버리 소령이 어찌 되었다는 거지?"

"찾아냈습니다. 햇볕에 피부를 태워 얼굴을 시커멓게 만든 뒤 스페인 사람 행세를 하고 있습니다. 제가 모습을 잘 봐뒀습니다. 가르쉬 마을에 있는 사립학교로 갔습니다. 현재 그 아가씨와 만나고 있습니다. 그 아가씨 아시죠? 세르닌 공작과 가까이 지내는 주느비에브 에르느몽이라는 그 아가씨 말입니다."

"이런 제기랄!"

르노르망은 수화기를 그대로 내던지고 모자를 서둘러 움켜쥔 뒤 허둥지둥 복도를 달려가기 시작했다. 그는 복도에서 독일 사람인 스타인벡을 데리고 오는 듀지 형사와 마주치자 소리를 질렀다.

"여기서 6시에 기다리고 있게!"

그렇게 한마디를 던지고 난 그는 구르듯이 계단을 뛰어내려갔다. 그는 도중에 구렐과 형사 세 사람을 함께 데리고 자동차에 올라탔다.

"서둘러 가르쉬 마을로 가자! 빨리! 1프랑의 팁을 줄 테니까!"

자동차가 빌르누브 공원 바로 직전까지 왔을 때 학교로 돌아서는 오솔길 모퉁이에서 르노르망은 차를 세웠다. 장 도드빌이 그곳에서 그들을 기다리고 있었다.

"놈은 1분쯤 전에 이 반대쪽 길로 나갔습니다."

"혼자 말인가?"

"아닙니다. 그 아가씨와 함께 갔습니다."

르노르망이 갑자기 도드빌의 멱살을 잡았다.

"이런 바보! 그걸 놓쳤단 말인가! 어떤 수를 쓰든 잡았어야지! 반드시 잡아야 했단 말이야!"

"동생이 지금 뒤를 쫓고 있습니다."

"그게 무슨 소용이 있겠나? 놈이 별 어려움 없이 자네 동생을 따돌렸을 게 분명한데 말야. 그자는 실력이 자네들보다 월등히 뛰어난 자야!"

국장이 자동차의 운전대를 직접 잡고 운전을 하기 시작했다.

그는 오솔길을 따라 앞에 풀숲이 있건 덤불이 있건 상관하지 않고 맹렬한 속도로 차를 몰아갔다. 곧 시골길이 나왔고 길을 따라 한참을 달리자 다섯 갈래로 갈라진 갈림길이 나왔다. 르노르망은 잠시도 망설이지 않고 왼쪽 길을 택해 계속 자동차를 몰았다. 생 퀴퀴파로 향하는 길이었다. 늪으로 내려가는 언덕 꼭대기에 도착하자 달리듯 걷고 있는 자크 도드빌이 보였다. 그는 차를 탄 경찰들을 보자 큰 소리로 외쳤다.

"두 사람을 태운 마차가 1킬로미터쯤 앞에서 달리고 있어요!"

르노르망 국장은 차를 멈추지 않고 계속 몰아갔다. 그는 내리막길의 커브를 급하게 돌아 자동차를 몰았다. 멀리 늪이 보이는가 싶을 때 르노르망 국장이 "오 저기!" 하고 소리를 질렀다. 그들의 앞에 우뚝 솟아 있는 언덕 꼭대기를 올라가는 마차의 포장 끝 부분이 눈에 보였기 때문이었다.

그러나 애석하게도 그들이 탄 자동차는 마차와 다른 길을 달리고 있었다. 후진했다가 다시 나가야만 했다.

자동차가 좀 전에 지나왔던 갈림길까지 되돌아왔을 때 마차는 여전히 맞은편 언덕을 달리고 있었다. 르노르망이 자동차를 돌리느라고 열심히 애를 쓰고 있을 때 마차에서 한 여자가 뛰어내리는 것이 보였다. 그리고 한 남자가 마차의 발판에 모습을 드러냈다.

곧바로 총소리가 두 번 울렸다.

총알은 아마도 목표물을 명중하지 못한 것 같았다. 잠시 뒤

포장 반대쪽에서 사람의 머리 하나가 모습을 드러냈기 때문이
다. 남자였다. 사내는 자신이 자동차에 쫓기고 있다는 것을 깨
달았는지 크게 채찍을 휘둘렀다. 채찍을 맞은 말이 달리기 시작
했다. 마차는 곧 길모퉁이에 가려 더 이상 보이지 않았다.

　르노르망은 불과 몇 초 만에 자동차를 돌렸다. 그는 마차가
있던 오르막길을 향해 자동차를 빠른 속도로 몰아갔다. 그는 자
동차를 멈추지 않고 길가에 있는 어린 처녀를 그대로 지나쳤다.
그리고 과감하게 급커브를 돌았다.

　커브를 돌자 내리막길이 나왔다. 빽빽이 우거진 숲 사이로 거
친 자갈투성이의 숲길이 나 있었다. 아무리 마음이 조급해도 조
심하며 천천히 달릴 수밖에 없는, 천천히 달리는 것 이외에는
그 어떤 대안도 없는 험한 길이었다. 그리고 이제 자동차를 천
천히 몰아도 별 상관이 없을 것 같았다. 스무 걸음쯤 앞쪽을 달
리고 있는, 말 한 필이 끄는 이륜마차는 마치 아무 일도 없다는
듯이 조심스럽게 길을 가고 있었다. 마차는 자갈투성이의 길을
따라 이리저리 흔들리며 덜거덕덜거덕 힘겹게 앞으로 나가고
있었다. 이제는 아무 걱정이 없었다. 아무리 달아나려고 발버둥
을 쳐도 달아날 수 있는 상황이 아니었다.

　자동차와 마차는 덜거덕거리며 나란히 늘어서서 언덕길 아래
로 조심스럽게 내려갔다. 마차와 자동차가 꽤 근접했을 때 르노
르망은 자동차를 급히 세우고 부하들과 함께 마차로 달려가려
했으나 상황이 여의치 않았다. 가파른 언덕길 중간에서 자동차
를 갑자기 세우는 것은 꽤 위험해 보였다. 놈이 도망가지 못하

는 상황이고 보면 천천히 안전하게 일을 진행시키는 것이 보다 좋았다. 놈을 눈앞에, 손이 닿을 만한 곳에 잡아놓은 상태에서 무리를 할 이유가 없었다.

"국장님, 아주 잘 됐습니다. 이젠 염려 없습니다."

언덕을 내려가자 숲길이 세느 강 쪽으로 이어졌다. 곧 부지발 쪽으로 가는 큰길이 나왔다. 평지에 이르러서도 마차를 이끄는 말은 서두르지도 않고 큰길 한가운데를 따라 보통의 속도로 달렸다.

기회가 왔다 싶자 자동차의 엔진이 심하게 진동했다. 자동차는 달린다기보다 성난 맹수가 이리저리 날뛰는 것 같았다. 그 어떤 장애물이건 앞을 막는 것이 있으면 밀어붙일 기세로 길 가장자리를 따라 앞으로 돌진했다. 자동차는 곧 마차와 나란히 달렸고 곧바로 앞질렀다.

그리고 다음 순간 르노르망의 입에서 저주가 담긴 욕설이 튀어나왔고 형사들의 분개한 고함소리가 터져 나왔다. 그럴 수밖에 없는 것이, 그렇게 애써 따라잡은 마차에 사람이라고는 그림자도 보이지 않았다.

마차는 텅 비어 있었다. 말은 혼자서 유유히 걸어가고 있었다. 느슨해진 고삐를 등에 얹은 채. 마차는 하루 품삯을 주기로 하고 그곳 인근에서 빌려온 것 같았다. 하루 일과를 끝낸 말은 귀소본능에 따라 자신의 마구간을 향해 느긋이 걸어가고 있는 것처럼 보였다.

"언덕길의 커브에서 몇 초 동안 저 마차를 볼 수 없었는데 틀림없이 소령은 그때 뛰어내렸을 거야."

치미는 분을 삭이며 아무렇지도 않다는 듯이 치안국장이 말했다.

"국장님, 너무 걱정하지 마십시오. 이 숲속의 풀숲을 이 잡듯이 뒤져 놈을 잡아내겠습니다. 문제없습니다."

"그렇지 않아. 문제는 우리가 빈손으로 돌아가야 한다는 거야. 놈은 이미 멀리 도망쳤을 게 분명해. 하루에 두 번씩이나 잡힐 그런 멍청이가 아니지! 제기랄! 드 눈 멀쩡히 뜨고 보기 좋게 한 방 먹었군!"

일행은 지나온 언덕길로 되돌아갔다. 뒤따라오던 자크 도드빌이 어린 처녀를 보호하고 있었다. 처녀의 얼굴에는 조금 전의 사건에 대해 원망하는 기색은 보이지 않았다.

자신의 신분을 밝히고 난 르노르망은 그녀를 집에 데려다 주겠다며 차에 태웠다. 그리고 집으로 가는 도중에 그는 영국의 육군 소령 파버리에 대해 물었다.

그녀는 몹시 놀라는 표정이었다.

"그 사람은 소령도 아니고 영국 사람도 아니에요. 이름이 파버리도 아니고요."

"그럼 그 사람의 이름이 뭡니까?"

"후안 리베이라라는 스페인 사람이에요. 스페인 정부에서 보내, 프랑스 학교의 제도와 운영에 대해 조사하기 위해 와 있다고 말했어요."

"그렇습니까? 이름이나 국적 따위는 아무래도 좋습니다. 중요한 것은 그자가 우리가 찾고 있는 살인사건의 용의자라는 겁니다. 아가씨와 이미 오래 전부터 알고 지내던 사이입니까?"

"보름 전부터 알고 지냈어요. 그 사람은 제가 가르쉬 마을에 만든 우리 학교의 소문을 듣고 제가 하려는 일에 관심이 생겼다고 했어요. 그는 학생들이 점점 나아져 가는 상황을 가끔 조사하게 해주는 그 단순한 조건으로 해마다 일정한 금액의 보조금을 학교에 기부하겠다는 이야기도 했어요. 저는 거절할 이유가 전혀 없다고 생각했죠."

"그렇군요. 그런 조건이라면 당연히 거절할 이유가 없겠죠. 하지만 그런 일은 주위 사람들과 의논하시는 것이 보다 현명한 처사가 아니었을까요. 아가씨, 세르닌 공작을 아시지요? 그분 정도면 꽤 훌륭한 의논 상대라고 생각됩니다만……."

"아, 그래요! 저도 그분이라면 믿을 만하다고 생각해요. 하지만 유감스럽게도 그분은 지금 여행 중이십니다."

"어디로 여행을 떠나셨는지 아십니까?"

"모르겠어요. 게다가 제가 그분에게 의논을 드리려 했다 해도 뭐라고 이야기를 했을는지? 리베이라 씨는 오늘까지 꽤 점잖은 분이었거든요. 저는 설마 이런 일이 벌어질 줄은……."

"아가씨, 모든 것을 솔직히 이야기해 주십시오. 공작을 믿듯이 저를 믿어주십시오. 부탁입니다."

"예, 그렇게 하죠. 아까 리베이라 씨가 저를 찾아왔을 때 부지발에 살고 있는 프랑스 귀부인의 심부름으로 왔다고 했어요. 그 귀부인에게 어린 딸이 한 명 있는데, 그 아이의 교육을 저에게 부탁하고 싶어하시니 즉시 가서 만나줬으면 고맙겠다는 이야기였어요. 조금도 의심스러운 구석이 없었어요. 오늘 마침 학교도 쉬는 날이고 리베이라 씨가 마차를 빌려다 학교 앞 모퉁이에 대기시켜 놓았기에 마음 편히 올라탔습니다.”

“그 사람의 목적은 결국 무엇이었습니까?”

그녀가 얼굴을 붉히며 입을 열었다.

“저를 납치하기 위해서였답니다. 30분쯤 지나자 그 사람이 그렇게 말했어요…….”

“그 사람에 관해 뭔가 아는 것이 있습니까?”

“아무것도 없어요.”

“파리에 살고 있나요?”

“아마도 그렇지 않을까 싶네요.”

“편지를 보낸 적은 없었습니까? 편지가 아니더라도 어딘가에 쓴 글씨가 있다든지, 뭔가 잊어버리고 간 물건이 있다든지, 뭔가 우리에게 단서가 될 만한 것 말입니다.”

“단서가 될 만한 것이 아무것도 없는 것 같군요…… 아 참, 그랬어요! 하지만 이런 일이 도움이 될 것 같지는 않은데…….”

“말씀하시죠. 그 어떤 하찮은 것이라도 좋습니다.”

“그럼 말씀드리지요. 이틀 전의 일이었습니다. 그 사람이 제가 쓰는 타자기를 좀 빌려달라고 말했어요. 그리고 타자기로 편지 한 통을 썼습니다. 손에 익숙하지 않은 타자기였기 때문인지 매우 힘들어 보였어요. 그 편지가 누구에게 가는 것인지 우연히 제가 그 편지를 받을 사람의 이름을 보았습니다.”

"그 편지를 받을 사람이 누구였습니까?"

"주르날 신문사에 보내는 편지였어요. 우표를 20장쯤 같이 넣어 보냈어요."

"음…… 그렇군. 8면 안내란에 내는 3행 광고겠군."

르노르망이 중얼거렸다.

"국장님, 오늘 아침 신문이 여기 있습니다."

구렐이 신문을 내보이며 말했다.

르노르망이 신문을 펼쳤다. 그는 8면을 훑어보다 깜짝 놀라 눈을 크게 떴다. 거기에는 언제나 그렇게 하듯, 약어법으로 판에 박은 듯이 쓴 문장 하나가 실려 있었다.

스타인벡 씨의 파리 거주 여부와 주소를 알고 싶음. 이 광고란에 회답 바람.

"스타인벡이라고요!"

신문의 광고를 본 구렐이 소리쳤다.

"그 사람이라면 듀지 형사가 국장님에게 끌고 갔던 바로 그 사람입니다."

순간 르노르망은 생각했다.

'내가 중간에 가로챈, 케셀바흐 씨에게 편지를 써서 보낸 사람이 바로 이자였구나. 피에르 르뒤크를 찾아내라며 케셀바흐 씨에게 닦달했던 자가 바로 이 사람이었어. 놈들도 피에르 르뒤크의 행방과 과거를 알고 싶어하는 것이 아닐까? 놈들도 여기

저기 수소문하며 그를 찾고 있는 것은 아닐까?'

르노르망 국장은 기분 좋은 표정으로 두 손을 마주 비볐다. 그는 이미 스타인벡을 잡아 대기시켜 두고 있었다. 앞으로 그는 한 시간이 채 지나기 전에 케셀바흐 사건을, 그가 이제까지 참여하고 해결한 사건 가운데서 가장 골치 아픈 미스터리 사건을, 그에게 줄곧 무거운 압박을 가해온 막막하고 귀찮은 이 사건의 베일을 벗길 수 있게 된 것이었다.

르노르망 쓰러지다

르노르망은 오후 6시에 경찰청 안의 자기 사무실로 돌아왔다. 그는 사무실에 들어서자마자 곧바로 듀지 형사를 불렀다.

"그 사나이 아직 있지?"

"예, 그렇습니다."

"어느 정도까지 조사가 진행되었나?"

"그게, 상황이 좋지 않습니다. 놈이 얼마나 지독한지 굳게 입을 다물고 어떤 말도 하지 않습니다. 침묵으로 똘똘 뭉친 녀석입니다. 이번에 새로운 법이 생겨, 프랑스에 머물려는 외국인은 모두 경찰청에서 허가를 받아야 한다는 핑계를 대고 겨우 끌어다 국장님의 비밀실에 앉혀 놓았습니다."

"내가 한번 조사해 보지."

그때 종업원이 안으로 들어왔다.

"국장님, 아주 잘 차려입은 귀부인께서 지금 뵈었으면 합니다."

"명함을 받았나?"

"예, 이런 분입니다."

"케셀바흐 부인 아닌가! 이리로 모셔 오게."

국장은 자리에서 일어나 정중히 그 젊은 부인을 맞아 자리에 앉혔다. 그녀는 여전히 쓸쓸해 보이는 눈빛, 병에 시달리는 듯한 안색, 그리고 인생의 절망적인 권태감이 온몸에서 느껴졌다.

그녀는 국장 앞에 당일의 주르날 신문을 펼쳐놓았다. 그녀는 손가락으로 스타인벡이라는 사람과 관련이 있는 8면의 3행 광고란을 가리켰다.

"스타인벡이라는 분은 제 남편의 친구였습니다."

케셀바흐 부인이 말했다.

"자세히는 모르지만, 아마 이분은 남편에 관련된 여러 가지 일을 알고 있지 않을까 생각됩니다."

"듀지, 기다리게 한 그 사람을 이리로 데리고 오게."

르노르망이 말했다.

"부인, 마침 잘 오셨습니다. 그런데 먼저 부탁을 하나 드려야겠습니다. 지금 부르러 간 그 사람이 안으로 들어오더라도 부인께선 한마디도 말씀을 하지 말아 주십시오. 부탁입니다."

문이 열렸다. 한 남자가 안으로 들어왔다. 허연 수염이 목걸이처럼 나 있는, 얼굴에 깊은 주름이 잡힌 초라한 옷차림의 노인이었다. 온 세계를 돌아다니며 하루하루 먹을 양식을 걱정하는 그런 불쌍한 사람들에게서 흔히 볼 수 있는 쫓기는 듯한 초조함이 얼굴 가득 드리워져 있었다.

그는 문 앞에 서서 눈을 동그랗게 뜨고 르노르망을 지켜봤다. 그는 이어지는 침묵이 어색한지, 불안스럽게 사람들의 표정을 살피며 손에 들고 있던 모자를 만지작거리고 있었다.

그러다 그는 갑자기 놀랍다는 듯이 눈을 크게 떴다.

"부인…… 케셀바흐 부인이시군요."

그가 케셀바흐 부인을 향해 더듬거리며 말했다. 젊은 여인을 알아본 것이었다.

그는 표정이 갑자기 밝아졌다. 언제 인상을 찌푸렸냐는 듯이 싱글벙글 웃으며 성큼성큼 부인에게 다가가 천한 말투로 인사를 했다.

"아, 정말 좋은 데서 뵙게 되었습니다. 사실 저는, 앞으로는 만날 수 없는 줄 알았습니다. 뜻밖에도 이런 곳에서 뵙다니 전 무척 놀랐습니다! 부인께는 요즘 편지도 못했는데…… 그런데 부인, 주인 어른께서는 여전히 안녕하신지요? 잘 계시죠?"

그 말을 들은 젊은 부인이 갑자기 한 대 얻어맞은 것처럼 비틀거리며 뒤로 물러났다. 그리고 뒤에 있던 의자에 무너지듯이 주저앉더니 훌쩍훌쩍 울기 시작했다.

"왜 그러십니까?"

스타인벡은 몹시 당황한 것 같았다.

그 기회를 놓치지 않고 르노르망이 끼어들었다.

"보아하니 당신은 최근에 일어난 일을 전혀 모르시는 것 같 군요. 여행을 떠나신 지 퍽 오래되셨나 봅니다?"

"그랬지요. 벌써 석 달이나 되었군요. 깊은 광산까지 들어갔 다가 거기서 다시 케이프타운으로 되돌아와 루돌프에게 편지를 썼습지요. 여행하는 도중 포트사이드에서 일을 하느라 매우 늦 었습니다만, 남편께선 제 편지를 받으셨겠죠?"

스타인벡이 케셀바흐 부인에게 물었다.

"그분은 지금 파리에 계시지 않습니다. 어디에 가셨는지는 나 중에 말씀드리겠습니다."

르노르망 국장이 대신 대답했다.

"그 전에, 한 가지 말씀드리고 싶은 것이 있습니다. 당신이 아 는 사람 가운데, 케셀바흐 씨와 당신이 함께 의논하신 일이 있 는 그 피에르 르뒤크라는 사람에 관해서 말입니다."

"피에르 르뒤크라고요? 오, 이런! 누가 그 사람 이야기를 하 던가요?"

노인이 기겁을 하며 말했다.

르노르망 국장은 말없이 노인을 쳐다봤다.

"누가 그런 말을 했지요? 누가 그런 말을 흘렸습니까……?"

노인이 다시 물었다.

"케셀바흐 씨가 말씀했습니다."

"절대 그럴 리 없습니다! 그건 내가 이야기해준 중대한 비밀이지요. 루돌프는 비밀을 지키는 사람입니다. 다른 건 몰라도 이 비밀만은 틀림없이 지켰을 텐데…… 그럴 리가……?”

“아무튼 당신은 우리의 질문에 대답해야 할 까닭이 있습니다. 현재 우리는 피에르 르뒤크라는 사람을 찾는 중입니다. 한시라도 빨리 찾아내야 할 필요가 있는데, 케셀바흐 씨가 계시지 않는 이상, 그 사람을 아는 사람은 이제 당신밖에 없으니 말입니다.”

“그래, 그렇다면, 무엇이 알고 싶으신가요?”

스타인벡이 굳게 결심한 얼굴로 말했다.

“당신은 피에르 르뒤크를 아시지요?”

“만난 적은 한 번도 없지만, 나는 오랫동안 그에 관한 비밀을 알고 있었습니다. 여기서 설명할 필요가 없는 우연히 알게 된 어떤 사건과, 또 다른 우연이 겹쳐 나는 내가 찾아내려고 하는 그 사나이가 파리의 밑바닥에서 피에르 르뒤크라는 가명을 쓰며 생활한다는 것을 알게 되었지요.”

“그런데 그 사람은 자신의 진짜 이름이 무엇인지 알고 있습니까?”

“아마 알고 있을 것으로 생각합니다.”

“그럼, 당신은 어떻습니까? 그 사람의 진짜 이름을 알고 있소?”

“예, 저는 알고 있습니다.”

“그렇다면 좀 가르쳐 주실 수 없습니까?”

노인은 한참 동안 망설이는 듯하더니 곧바로 딱 잘라 말했다.

"그건 말할 수 없어요. 나로서는 결코 말할 수 없습니다."

"어째서 말할 수 없지요?"

"저에게는 그것을 발설할 권리가 없어요. 비밀 전부가 그 이름 하나에 걸려 있으니까요. 그 비밀을 루돌프 케셀바흐 씨에게 말해주었더니 그는 그것을 상당히 중요하게 생각하고, 제가 침묵을 지키는 조건으로 많은 돈을 주었지요. 게다가 앞으로 피에르 르뒤크를 찾아냈을 때, 그리고 그 비밀이 필요해졌을 때 다시 두 번에 걸쳐 엄청난 재산을 나에게 나누어주겠다는 약속까지 했습니다."

노인은 쓸쓸하게 미소를 지으며 말을 계속 이어갔다.

"전에 받은 그 많은 돈은 이미 다 써버렸습니다. 그래서 일이 진척됨에 따라 나누어 주시겠다던 재산에 대한 상황을 알아보려고 이렇게 찾아온 것입니다."

"케셀바흐 씨는 세상을 떠나셨습니다.'

치안국장이 짧게 말했다.

그 말을 들은 스타인벡 노인이 깜짝 놀라며 자리에서 벌떡 일어났다.

"죽었다고요! 세상에 어찌 그런 어이없는 일이……? 거짓말이죠? 그건 거짓말임이 틀림없어요. 케셀바흐 부인, 그게 정말입니까?"

그녀는 말없이 고개를 떨어트렸다.

이 갑작스런 소식에 노인은 몹시 놀란 것 같았다. 그리고 동시에 이 소식은 그의 마음을 말할 수 없이 슬프게 만든 것 같았다. 그는 소리내어 울기 시작했다.

"정말 안되었군요, 루돌프…… 당신과 나는 아주 어렸을 때부터 알고 지냈는데…… 당신은 아우구스부르크의 내 집에 곧잘 놀러오곤 했었지. 나도 그런 당신을 무척 귀여워했었는데……."

그는 케셀바흐 부인에게 확인이라도 하려는 듯이 물었다.

"그 사람도 나를 무척 좋아했었죠, 부인? 당신에게도 내 이야기를 종종 했을 텐데…… '우리 스타인벡 영감님' 하고 부르곤 했었지요."

르노르망이 성큼성큼 스타인벡에게 다가가 매우 분명한 목소리로 힘주어 말했다.

"진정하고 잘 들으십시오. 케셀바흐 씨는 암살당한 것입니다. 진정하고 들으라는 건 바로 이 때문입니다. 슬퍼하고 한탄하고 넋두리하고, 그런 건 이 상황에서 아무 쓸모도 없습니다. 어떤 자에게 살해당했는지 먼저 범인을 잡아야지요. 더욱이 앞뒤 정황으로 볼 때, 범인은 케셀바흐 씨가 계획하고 있던 그 원대한 계획을 누군가에게 들어 알고 있었던 게 틀림없습니다. 그래서 당신에게 묻는 건데, 그 큰 계획이라는 것의 성질로 미루어 보아, 이번 사건에서 뭔가 짚이는 것이 없습니까?"

스타인벡 노인은 한동안 멍하니 있다 이윽고 정신을 가다듬고 입을 열었다.

"일이 이렇게 되어버린 것은 모두 내 잘못입니다. 내가 이 일에 뛰어들도록 권하지만 않았던들…… 이렇게까지는 되지 않았을 것입니다……."

케셀바흐 부인이 스타인벡에게 다가가 애원조로 말했다.

"그렇게 생각하고 계신가요? 그럼 뭔가 짚이는 바가 있으시군요? 제발 부탁입니다. 말씀해 주십시오, 스타인벡 씨……."

"아닙니다. 달리 마음에 짚이는 일은 없습니다. 그리고 갑자기 소식을 접하고 보니 아직 충분히 생각을 해보지 않아서……."

노인이 중얼거리듯 말했다.

"좀더 시간을 두고 천천히 생각해 봐야겠습니다요…… 도무지 지금은……."

"케셀바흐 씨 주변 사람 중 마음에 걸리는 사람이 있으면 말씀해 주십시오."

르노르망이 말했다.

"그 이야기를 하던 그때, 당신네들 두 사람 옆에 함께 있었던 다른 사람은 없었습니까? 아니면 케셀바흐 씨가 그 이야기를 했을 만한 그런 사람이 있는지 생각해 보시죠."

"그런 사람은 아무도 없는데요."

"잘 생각해 보세요."

돌로레스 부인과 르노르망은 노인 위에 엎드리다시피 허리를 굽히고 긴장한 표정으로 대답을 기다렸다.

"없어요. 아무도 생각나지 않아요."

노인이 재차 말했다.

"좀더 잘 생각해 보시죠."

치안국장이 말투를 빠르게 해 독촉했다.

"범인의 이름은 머리글자가 L과 M인 것 같은데……."

"L이라고요?"

노인이 곧 머리를 옆으로 흔들었다.

"L도…… M도…… 생각나지 않는군요."

"범인이 그 두 글자가 금으로 새겨져 있는 담배 케이스를 현장에 떨어트리고 갔습니다."

"담배 케이스라고요?"

스타인벡 노인은 기억을 되살려 내려고 애쓰는 것 같았다.

"그렇습니다. 속이 둘로 나뉘어 있는 담배 케이스였습니다. 뚜껑을 열면 그 내부가 두 칸으로 나누어져 있고, 좁은 쪽에는 담배 마는 종이를 넣게 되어 있고, 넓은 쪽에는 썬 담배를 담도록 되어 있는 담배 케이스……."

"두 칸으로 되어 있는 담배 케이스라? 둘로 나뉜……."

이 자세한 묘사가 노인의 기억을 더듬는 데 도움이 되는 모양이었다. 조금 뒤 스타인벡 노인이 말했다.

"그 담배 케이스를 보여주실 수 있겠습니까?"

"이겁니다. 아니, 이게 그건 아니고, 그것과 똑같이 만들게 한 복제품이죠."

노인에게 담배 케이스 하나를 건네주며 르노르망 국장이 말했다.

"앗! 이거, 바로 이거란 말입니까!"

담배 케이스를 꼼꼼히 살피며 스타인벡 노인이 외쳤다.

기가 막힌다는 듯이 노인은 한참 동안 그것을 들여다보았다.

뒤집어 뒤를 살피기도 하고, 안을 들여다보기도 하며 차근차근 살펴보더니 마침내 괴상한 목소리로 울부짖기 시작했다. 그것은 무엇인가 어떤 무시무시한 일을 알아차린 사나이가 내지르는 외침이었다. 그는 그 자리에 파랗게 질린 얼굴로 서서 두 손을 부들부들 떨었다.

"누구 겁니까? 빨리 말해주시오, 빨리!"

르노르망이 대답을 재촉했다.

"아! 이것으로 모든 사실을 알았습니다."

강렬한 햇빛에 눈이 부신 듯한 표정으로 노인이 외쳤다.

"그게 뭡니까! 빨리 말하시오!"

노인은 두 사람의 틈을 헤집고 비틀거리면서 창문 쪽으로 다가갔다가 다시 있던 자리로 되돌아왔다. 그는 곧 치안국장에게 매달리며 말했다.

"국장님, 오 국장님…… 루돌프를 죽인 살인범의 이름을 말씀드리지요. 그자는…….."

노인이 갑자기 말을 멈췄다.

"그게 누굽니까? 빨리 말씀해 주십시오!"

국장이 말을 재촉했다.

그러나 긴 침묵이 이어졌다.

그동안 이 사무실의 이런 깊은 정적 속에서 수없이 많은 죄인이 고백을 했고, 눈물 섞인 하소연을 했었다. 또다시, 네 벽으로 막힌 이 방 안에서 말로 표현하기조차 어려울 정도로 흉악한 흉악범의 이름이 밝혀지려는 순간이었다. 르노르망 국장은 헤아릴 수 없이 깊은 연못가에 서 있는 기분이었다. 연못 깊은 곳에서 막 오랫동안 숨겨져 있던 비밀이 떠오르고 있었다. 이제 몇 초가 지나면 그는 그 끔찍하고도 무서운 이름을 알게 될 터였다.

"안 되겠습니다. 역시 안 되겠어요. 나로선 말할 수 없습니다……."

스타인벡 노인이 중얼거리듯 말했다.

"그게 무슨 말입니까? 지금 장난하는 겁니까!"

치안국장이 버럭 화를 내며 소리쳤다.

"저는 말할 수 없습니다."

"말하지 않을 권리가 당신에겐 없소! 법의 명령이오, 말하시오!"

"내일까지만 기다려 주십시오. 내일 말씀드리지요. 좀더 생각할 시간이 필요합니다. 내일이 되면 피에르 르뒤크에 대해 알고 있는 모든 것을 모조리 다 말씀드리겠습니다…… 이 담배 케이스에 대해 생각나는 것도 모두 말씀드리겠습니다…… 맹세코 내일은 말씀드리겠습니다."

노인의 말투에는 강한 의지가 배어 있었다. 말투에서 너무나 완강한 의지가 느껴졌다. 르노르망은 자신이 양보할 수밖에 없다는 것을 깨달았다.

"좋습니다. 내일까지 시간을 주겠습니다. 그러나 분명히 말해두겠는데, 내일도 이야기를 하지 않으면 어쩔 수 없이 예심판사에게 넘겨버릴 수밖에 없습니다. 그렇게 알고 있으시오."

르노르망이 초인종을 눌렀다. 듀지 형사가 들어오자 그를 구석으로 데려갔다.

"숙소까지 함께 가라. 그리고 그 여관에 같이 들어 철저히 감시해야 한다. 두 사람을 더 지원해 주겠다. 실수 없도록 정신차리고 살펴라. 이 사람을 납치하고자 시도하는 녀석이 없다고 장담할 수 없다."

형사가 스타인벡을 데리고 나갔다. 르노르망은 지금까지 벌어진 일 때문에 경황없는 표정을 짓고 있는 케셀바흐 부인의 곁으로 다가갔다.

"부인, 뭐라고 사과의 말씀을 드려야 좋을지 모르겠습니다. 꽤나 힘드셨으리라 생각합니다."

국장은 케셀바흐가 그 노인과 다시 만나 교제를 시작하던 무렵에 대해서, 그리고 그 교제가 계속된 기간에 대해 그녀에게 물었다. 하지만 그녀가 매우 지쳐 있다는 것을 알고 있었기에 무리하게 묻지는 않았다.

"내일 다시 와야 할까요?"

그녀가 물었다.

"뭐, 그러실 필요는 없습니다. 스타인벡 노인이 진술한 내용은 후에 모두 말씀드리겠습니다. 제가 마차 있는 데까지 배웅해 드리지요. 이 4층에서 아래까지는 한참을 내려가야 하죠."

그는 문을 열고 앞장서서 복도로 나갔다. 바로 그때 누군가 외치는 소리가 들려왔다. 일직 형사들고 종업원들이 무리 지어 달려오고 있었다.

"국장님! 국장님!"

“무슨 일이야?”

“듀지 형사가……!”

“그 사람은 여기서 지금 막 나갔는데……”

“계단 아래에서 발견되었습니다.”

“죽었나?”

“아닙니다. 머리를 얻어맞고 기절해 있습니다.”

“함께 있던 노인은? 그 사람은 어떻게 되었나? 형사와 함께 있던 노인 말야? 스타인벡 영감은 어찌 되었어?”

“없습니다.”

“이런 제기랄!”

르노르망 국장은 빠르게 복도를 달려갔다. 그는 단숨에 계단을 뛰어내려갔다. 그리고 2층 층계참에서 사람들에 둘러싸여 쓰러져 있는 듀지 형사를 발견했다.

그때 구렐이 밑에서 급히 올라왔다.

“이봐, 구렐 경감! 자네 지금 아래층에서 올라오는 길이지? 누군가 내려가는 사람을 못 보았나?”

“못 보았는데요, 국장님.”

듀지 형사가 정신을 차렸다. 그는 눈도 뜨지 못한 상태로 소리쳤다.

"저깁니다. 이 층계참에 작은 문이 있었습니다."

"아, 그렇지! 제기랄, 그 문 때문에 또 당했구나. 3호 법정으로 통하는 문 말이다!"

치안국장이 분하다는 듯이 지팡이를 마구 두드렸다.

"열쇠를 단단히 잠가두라고 그토록 엄명을 해두었는데도…… 언젠가는 이런 일이 일어날 줄 알았지……."

르노르망이 뛰어가 문 손잡이를 잡아당겨 보았다.

"생각했던 대로군! 저쪽 편에서 빗장이 걸렸어. 에이 빌어먹을!"

문의 일부분이 유리로 되어 있었다. 그는 권총을 꺼내 손잡이로 유리를 깨트린 뒤 깨진 유리를 통해 빗장을 벗겼다.

"이리로 빨리 가서, 도피느 광장 입구로 나가 찾아봐!"

르노르망 국장은 구렐에게 명령을 내리고 나서 듀지 곁으로 다가갔다.

"어찌 된 거지, 듀지 형사? 어쩌다 이런 꼴이 되었는지 말해보게."

"주먹으로 한 대 맞았습니다, 국장님……."

"그 영감한테 말인가? 서 있는 것도 힘겨워 보이는 늙은이한테?"

"그게 아닙니다, 국장님. 그 노인이 아니었습니다. 국장님께서 스타인벡을 조사하시는 동안 내내 저 복도를 서성이던 남자가 있었습니다. 제가 사무실에서 나오자, 그자가 자기도 나가는 것처럼 우리 뒤를 따라오더니, 이 층계참에 다다랐을 때 담뱃불을 빌려달라고 했습니다. 그래서 전 제 성냥갑을 찾았지요. 놈이 그 틈에 주먹을 앞으로 휘둘러 제 명치 끝을 때린 겁니다. 전 힘없이 푹 쓰러졌습니다. 하지만 저는 쓰러지며 놈이 이 문을 열고 그 영감을 끌고 가는 것을 어렴풋이 느꼈습니다.”

“그놈을 다시 보면 알아보겠나?”

“그럼요, 알아보고말고요. 덩치가 큰 사나이였습니다. 얼굴빛이 검었습니다. 제가 보기엔 남쪽나라에 사는 놈 같았습니다.”

“바로 리베이라다……!”

르노르망 국장이 한탄했다.

“또다시 당했군! 놈은 리베이라라는 녀석으로 파버리라는 이름을 쓰기도 하지. 사악한 녀석, 하지만 참으로 대담하군! 스타인벡의 일이 걱정되었기 때문에 자신이 직접 여기까지 데리러 왔군. 마치 나에게 보라는 듯이 말야…….”

르노르망은 아직 포기할 수 없다는 듯이 발을 동동 굴렀다.

“그런데, 스타인벡 씨가 여기에 있다는 것을 그놈이 어떻게 알았단 말인가? 생 퀴퀴파 숲속에서 내가 놈을 뒤쫓던 것이 불과 네 시간 전 일인데? 그런데 이 시간에 놈이 벌써 여기에 와 있었다니…… 어떻게 알아냈는지 참으로 이상하군. 내 뒤를 따라 오기라도 한 걸까……?”

르노르망은 때때로 빠져들곤 하는 깊은 명상에 잠겼다. 그는 명상에 빠져 아무것도 보이지 않고 들리지도 않는 경지에 다다랐다. 마침 옆을 지나가던 케셀바흐 부인이 인사를 했는데도 그는 반응조차 보이지 않았다.

복도를 뛰어오는 요란한 발소리에 르노르망이 정신을 차렸다.

"구렐 경감, 어찌 되었나?"

"역시 생각대로였습니다, 국장님!"

구렐이 숨을 헐떡이며 대답했다.

"역시 그 두 사람은 그 길을 지나 도피느 광장으로 나갔습니다. 자동차 한 대가 그곳에서 기다리고 있었습니다. 자동차 안에는 다른 두 사람이 타고 있었습니다. 그중 한 사람은 남자였는데 검은 옷에 중절모자를 눌러 쓰고 있었습니다."

"바로 그놈이야. 연쇄 살인범 리베기라, 파버리의 공범자! 차에 타고 있던 다른 한 사람은 누구였지?"

르노르망이 낮은 목소리로 물었다.

"여자였습니다. 하녀처럼 보이는, 도자도 쓰지 않은 여자였습니다. 나름대로 제법 멋쟁이 같았습니다. 붉은 머리였습니다."

"뭐라고? 붉은 머리!"

"예, 그렇습니다."

르노르망이 갑자기 획 돌아섰다. 그는 계단을 여러 단씩 뛰어내려가 정원을 가로질러 오르페브르 강가로 나왔다.

르노르망의 앞에 두 필의 말이 끄는 한 대의 사륜마차가 멀어져 가고 있었다. 케셀바흐 부인의 마차였다.

"정지!"

길가에 멈춰선 르노르망이 크게 소리쳤다.

마부가 르노르망이 외치는 소리를 알아듣고 마차를 세웠다. 르노르망은 재빠르게 달려가 마차의 발판으로 뛰어올라갔다.

"실례합니다, 부인! 예의가 아닌 줄은 알지만 부인의 도움이 꼭 필요해서 마차를 세웠습니다. 저와 어디를 좀 같이 가주시겠습니까? 매우 급히 해야 할 일이 있어서 말입니다. 구렐 경감, 자동차는 어쨌나?"

마차에서 내린 르노르망이 뒤따라온 구렐에게 외쳤다.

"돌려보냈습니다."

"뭐야, 돌려보냈다고? 그럼 할 수 없지. 어떤 거라도 상관없으니 빨리 한 대 잡아주게!"

형사들이 이리 뛰고 저리 뛰며 자동차를 찾았다. 하지만 한 대의 자동차가 르노르망의 앞에 오기까지는 십이삼 분의 시간이 흘렀다. 그 사이 르노르망은 초조해하며 안절부절못하고 있었다.

케셀바흐 부인은 보도 위에 서서 비틀거리며 각성제를 코에 대고 냄새를 맡고 있었다.

사람들은 모두 어렵게 잡은 차에 오를 수 있었다.

"구렐, 자네가 운전기사 옆자리에 타게. 가르쉬 마을로 급히 가세."

"혹시 우리 집에 가는 겁니까?"

돌로레스 케셀바흐가 깜짝 놀라며 물었다.

르노르망 국장은 질문에 대답하지 않았다.

르노르망은 창문으로 목을 내밀고 통행증을 보여주기도 하고, 큰길에서 교통정리를 하고 있는 순경에게 자신의 이름을 크게 외치기도 했다. 자동차가 시내를 벗어나 쿠르 라레느까지 오자 그는 비로소 자리에 앉아 입을 열었다.

"매우 죄송합니다만 부인, 제가 여쭙는 질문에 명확하게 대답을 해주셨으면 감사하겠습니다. 그럼 묻겠습니다. 부인께서는 아까 4시쯤 주느비에브 에르느몽 양과 만나셨죠?"

"주느비에브 말씀인가요…… 예, 만났죠. 외출하려고 옷을 갈아입고 있을 때였어요."

"주르날 신문에 났던, 스타인벡과 관련이 있는 그 광고에 대한 이야기를 부인에게 해준 사람이 바로 그녀 아니었나요?"

"예, 그랬어요."

"부인께서는 그 신문을 보시고 저를 만나러 오신 거였죠?"

"예."

"부인이 에르느몽 양을 만나시는 동안 옆에 누가 없었습니까?"

"글쎄요? 누가 있었던가……? 잘 기억이 나지 않는데…… 왜 그러시는데요?"

"잘 생각해보면 생각이 나실 텐데요? 하녀들 가운데 한 사람이 그 자리에 있지 않았습니까?"

"있었겠군요…… 제가 옷을 갈아입는 중이었으니까요……."

"그 하녀의 이름이?"

"쉬잔과 제르트뤼드죠."

"그 둘 중 한 사람이 붉은 머리죠?"

"예, 제르트뤼드가 붉은 머리죠."

"그 하녀는 오래 데리고 계셨습니까?"

"그녀의 동생인 쉬잔이 어렸을 때부터 줄곧 저와 함께 있었지요. 제르트뤼드도 우리 집에 온 지 벌써 여러 해 지났어요. 그 애는 저를 지극히 생각해주는 정직한 아입니다."

"그 얘기는, 그녀의 신용을 부인이 보증하겠다는 말씀인가요?"

"예. 무슨 일이 있다면 그녀를 거느리고 있는 제가 책임져야죠."

"그것 참, 참으로 훌륭한 일이군요."

자동차가 '은퇴한 부인의 정원'에 도착했을 때 시계가 7시 30분을 가리키고 있었다. 날이 차츰 어두워지고 있었다. 치안국장은 일행에게 신경 쓰지 않고 차에서 내리자마자 곧장 문지기를 향해 걸어갔다.

"케셀바흐 부인의 하녀 중 방금 전에 돌아온 사람이 한 명 있죠?"

"하녀라니, 누구 말인가요?"

"제르트뤼드 말입니다."

"제르트뤼드 양은 외출하지 않았을 텐데요? 우리 부부가 여기에 함께 있었는데 외출하는 것을 보지 못했습니다."

"그게 누구든 상관없소. 방금 누군가 돌아왔을 거요."

"아닙니다, 나으리. 우리는 누구를 위해서도 문을 연 적이 없는데요. 저녁 6시부터는 말입니다."

"이 문 이외에 이 집으로 들어오는 출입구는 없습니까?"

"예, 없는데요. 집 주위를 흙담이 감싸고 있는데, 상당히 높죠.”

“케셀바흐 부인!”

일행에게 다시 되돌아온 르노르망이 케셀바흐 부인을 향해 말을 건넸다.

“잠깐 댁으로 들어가겠습니다.”

세 사람은 집안으로 들어가기 위해 현관문 앞으로 갔다. 케셀바흐 부인이 열쇠를 갖고 있지 않았기 때문에 초인종을 눌렀다. 동생인 쉬잔이 나왔다.

“제르트뤼드 있나?”

케셀바흐 부인이 물었다.

“예, 마님. 저희들 방에 있습니다.”

“잠깐만 좀 나오라고 해요.”

치안국장이 말했다.

잠시 뒤 제르트뤼드가 2층에서 내려왔다. 가장자리를 예쁘게 수놓아 만든 새하얀 앞치마를 두르고 있었고 방글거리며 웃는 모습이 매우 상냥해 보였다. 붉은 머리에 꽤나 귀여워 보이는 얼굴이었다.

르노르망은 한참 동안 말없이 그녀를 주의 깊게 살폈다. 마치 그녀의 천진스런 두 눈 속에 깊숙이 숨겨져 있는 무엇인가를 꿰뚫어보려고 노력하는 것처럼. 국장은 아무것도 묻지 않았다. 1분 정도 뒤에 단 한마디를 던지고 뒤돌아섰다.

“수고가 많으십니다, 아가씨! 구렐, 그만 돌아가세.”

국장은 구렐 경감과 함께 집 밖으로 나왔다. 정원의 나무 사

이로 난 어두운 길까지 오자 르노르망이 기다렸다는 듯이 입을
열었다.

"역시 그 하녀였네."

"그럴까요, 국장님? 아주 침착해 보이던데요?"

"침착해도 너무 침착했어. 보통의 하녀들이라면 꽤 놀랐을 텐
데 말야. 왜 불러냈는지 그 까닭조차 묻지 않더군. 보통의 하녀
들이라면 영문을 몰라 어리둥절했을 걸세. 그녀에게는 그런 점
이 전혀 보이지 않았어. 그녀가 우리에게 보여준 것은 어떻게
하든지 과장을 해서라도 우리를 속여넘겨야겠다는 일념으로 연
신 방글거리며 웃던 그 안면 근육의 노력뿐이었지. 그렇지만 결
코 내 눈을 속일 수는 없지. 내 눈은 식은땀 한 방울이 귀밑으로
흘러내리는 것조차도 놓치지 않았으니까."

"그래서요?"

"모든 것이 명백해졌다는 말이지. 제르트뤼드는 케셀바흐 사
건을 둘러싸고 있는 그 두 악당의 공범자야. 그녀가 노리는 것
은 그 원대한 계획의 비밀을 훔쳐내 자신이 실행에 옮기려는 것
이거나, 몇 백만이 넘는 케셀바흐 미망인의 재산을 가로채려는
것, 둘 중에 하나겠지. 아마 그 동생도 공범일 거야. 4시쯤 제르
트뤼드가, 그 주르날 신문 광고란에 난 내용을 내가 알고 있고,
내가 스타인벡과 만날 약속이 되어 있다는 것을 에르느몽 양과
케셀바흐 부인의 대화에서 알게 되자, 그녀는 여주인이 외출한
틈을 타 파리로 달려가서 리베이라와 그 검은 모자를 쓴 사나이
를 만나 알려줬지. 그리고 그들을 재판소로 데려와 리베이라로

하여금 스타인벡 영감을 납치하도톡 한 거겠지.”

국장은 한참 동안 골똘히 생각한 뒤에 이야기를 정리하기 시작했다.

“이상의 사실을 종합해 보면, 다음과 같이 유추할 수 있다. 첫째는 놈들이 스타인벡 영감을 매우 중요하게 생각하고 있다는 것, 그가 입을 여는 것을 무척 두려워하고 있다는 것. 둘째는 케셀바흐 부인을 둘러싸고 어마어마한 음모가 펼쳐지고 있다는 것. 셋째는 나는 단 1초도 꾸물거리고 있을 수 없다는 것 등이야. 하여튼 음모는 이미 무르익어 가고 있어.”

“그렇군요.”

그렇게 말하며 구렐이 고개를 갸웃거렸다.

“저는 이해되지 않는 일이 한 가지 있습니다만, 국장님의 의견은 어떠신지……? 그게 무엇인고 하니, 하녀인 제르트뤼드가 현재 우리가 있는 이 집에서 빠져나갔다 문지기의 눈에 띄지 않고 어떻게 되돌아올 수 있었는가 하는 좀입니다.”

“그건 최근 그 패거리들이 만들었을 비밀 통로를 사용한 게 틀림없어.”

“비밀 통로가 있단 말입니까? 그렇다던 그 통로는 케셀바흐 부인의 집안으로 곧장 연결되어 있겠군요?”

“그렇지, 아마도 그렇겠지.”

르노르망 씨가 잠시 뒤 다시 입을 열었다.

“사실, 그럴지도 모르지만, 나에게는 다른 생각이 있어.”

흙담 안쪽을 따라 두 사람이 걸어갔다. 꽤 밝은 밤이었다. 걸고 있는 두 사람의 그림자가 남의 눈에 뜨일 만큼은 밝지 않았지만, 두 사람이 인근을 살펴볼 만큼은 밝은 달빛이 비추고 있었다. 그들은 흙담의 돌들을 살피며 걸었다. 거기에 비밀리에 드나들 수 있는 구멍이 있다면 아무리 교묘하게 만들었을지라도 눈에 띄지 않을 리 없었다. 그러나 그런 것은 아무것도 발견할 수 없었다.

"사다리라도 썼던 게 아닐까요?"

구렐이 넌지시 의견을 이야기했다.

"아니야, 그럴 리는 없어. 제르트뤼드가 밖으로 나간 것이 환한 대낮이니 말야. 사다리나 발판을 썼다면 사람들의 눈에 띄었겠지. 그리고 비밀 통로의 출입구는 결코 담의 바깥쪽에 있을 수 없지. 그러니까 출입구는 이미 지어져 있는 어떤 건물에 감춰져 있다고 생각해야 마땅할 거야."

"이 안의 건물이라면 저 네 채의 별채밖에 없는데, 저 네 채에는 모두 사람이 살고 있는데요."

구렐이 이의를 제기했다.

"그건 자네가 잘못 알고 있군. 세 번째의 별채, 오르탕스 장만은 비어 있지."

"누가 그러던가요?"

"문지기가 말했지. 케셀바흐 부인이 자신의 집 근처에 소란스러운 사람이 살게 되면 피곤하다며 자기가 사는 집에 인접해 있는 그 집까지 모두 전세냈다고 하더군. 어쩌면 그렇게 한 것도 제르트뤼드가 뒤에서 부추긴 일인지도 모르지."

236

르노르망 국장과 구렐은 오르탕스 장의 둘레를 한 바퀴 돌았
다. 덧문이란 덧문은 모조리 닫혀 있었다. 르노르망 국장이 설
마 하며 문의 바깥고리를 벗겨보았다. 그러자 문이 힘없이 열렸
다. 의외였다.

"그래, 바로 이거야, 구렐! 찾았다. 자, 들어가 보세. 자네의 그
손전등을 좀 비춰주게. 역시 그렇군…… 여기가 현관이고 다음
이 객실, 저 옆이 식당이군. 하지만 내가 볼일이 있는 곳은 이런
곳이 아니지. 2층에 다락이 없는 것을 보니 아무래도 이 집에는
지하실이 있을 것 같군."

"국장님, 여기에 내려가는 입구가 있습니다."

두 사람이 지하실로 내려갔다. 지하실은 꽤 넓었고 창고로 쓰
이고 있었다. 정원에서 쓰는 의자며, 등나무로 엮어 만든 빨래
광주리 등이 아무렇게나 흩어져 있었다. 지하실 옆으로 빨래하
는 방이었다. 그 방의 절반은 술을 보관하는 광으로 쓰이는 모
양이었다. 거기에도 마찬가지로 잡다한 물건들이 아무렇게나
쌓여 흩어져 있었다.

"국장님, 저 반짝거리는 것이 뭐죠?"

구렐이 말을 하며 걸어가 몸을 구부려 인조 진주구슬이 달린
핀 하나를 집어들었다.

"진주는 아직도 반짝거리는군."

르노르망이 핀을 살피며 말했다.

"이게 오랫동안 이 지하실에 떨어져 있었다면 광채가 이미
퇴색했을 테지. 최근 제르트뤼드가 이곳을 지나갔다는 뚜렷한

증거로군 그래.”

비밀 통로를 찾기 위해 구렐이 널려 있는 빈 통, 책장, 다리가
부러진 책상 등의 잡동사니 무더기를 치우려 했다.

“구렐, 쓸데없이 시간 낭비하지 말게. 통로가 그런 데 있다면
지나가기 전에 이 많은 잡동사니들을 치워야 하고, 지나간 뒤에
다시 원래대로 쌓아야 하는데, 누가 귀찮게 그런 짓을 하겠나?
나는 그보다는 저 덧문이 이상해 보이는군. 아무 쓸모도 없어
보이는 덧문 한 짝이 왜 벽에 버젓이 걸려 있을까? 수상하지 않
은가? 어디 좀 떼어내 보게.”

구렐이 벽으로 다가가 덧문을 잡아당겼다.

덧문 뒤의 벽에 구멍이 뻥 뚫려 있었다. 손전등을 높이 쳐들
고 보니 깊게 파여진 지하터널이 그곳에서 시작되고 있었다.

“예상했던 대로군!”

르노르망이 말했다.

“이 비밀 통로는 최근에 만들어진 게 틀림없어. 잘 살펴보게.
급하게 만든 흔적이 또렷해. 급한 일이 있을 때 몇 번 사용할 목
적으로 아무렇게나 만들었어. 허물어지는 흙을 막을 장치가 전
혀 없지. 천장은 겨우 두 곳에 두꺼운 널빤지를 대고 기둥을 받
쳤을 뿐이야. 오래 견디지는 못 하겠지만, 이번 일은 이 정도로

도 충분하다는 의미겠지. 그러니까 이것이 암시하는 것은……."

"이것이 무엇을 암시하고 있단 말씀입니까, 국장님?"

"일단 이 통로는 제르트뤼드와 그 공범자들이 왕래하는 데 크게 도움이 될 것이고, 그리고 놈들이 하려는 일이 머지않아 벌어질 것이라는 의미지. 이를테면 커셀바흐 부인의 납치 같은 것 말야."

자칫 잘못해 부딪히기라도 하면 그대로 쓰러져 버릴 것 같은 기둥을 조심스럽게 피하며 두 사람은 터널 안으로 들어갔다. 언뜻 보기에 터널의 길이는 이 오르탕스 장과 정원 담과의 거리, 50미터보다 훨씬 길게 생각되었다. 터널은 흙담을 지나, 훨씬 앞쪽에 있는 집을 한 바퀴 돌게 되어 있는 도로 밑을 지나 출구가 있을 터였다.

"이 터널은 빌르누브와 늪 쪽으로 향하고 있는 게 아닐까요?"

구렐이 물었다.

"그렇지 않아. 그와 정반대일 거야."

르노르망이 확신한다는 듯이 말했다.

지하터널은 완만한 비탈로 되어 있었다. 도중에 계단이 하나 있었고 곧 또 하나가 나왔다. 그 계단을 내려가자 오른쪽으로 구부러졌다. 그곳에서 두 사람은 하나의 문과 맞닥트렸다. 그 문은 시멘트로 공들여 만든 장방형 받침돌 위에 세워져 있었다. 르노르망이 문을 밀자, 문이 그대로 열렸다.

"구렐, 잠깐만 기다려!"

앞서가던 르노르망이 걸음을 멈추며 말했다.

"생각을 좀 해야겠어. 아무래도 이쯤에서 되돌아가는 게 좋을 거라는 생각이 들어."

"예? 어째서 말씀입니까?"

"어째서라니? 그렇지 않은가. 리베이라가 자신에게 다가오는 위험을 눈치채고 있을 텐데, 놈이 이 지하터널이 발각되었을 경우를 대비해 무슨 대책을 세워놓았으리라는 것은 얼마든지 생각할 수 있지 않은가. 틀림없이 놈은 우리가 추적하고 있다는 사실을 알고 있을 테고, 우리가 이 집을 뒤지고 있다는 사실도 알고 있을 거야. 우리가 이 별채로 들어오는 것을 보았을 가능성도 있고……. 간교한 놈이 미리 함정을 파놓고 우리를 기다리고 있지 않으리란 보장이 어디 있겠나?"

"그렇다 해도 우린 둘입니다, 국장님."

"만일 상대가 스무 명이라면 어쩌겠나?"

르노르망은 주위를 세심하게 살펴보았다. 지하터널은 그곳에서 다시 한 번 위쪽으로 경사져 있었다. 그리고 그들의 앞쪽 오륙 미터 지점에 다른 또 하나의 닫힌 문이 있었다.

"그럼 일단 저기까지만 가보기로 하세. 무엇인가가 있을 것 같기도 하니까."

르노르망 국장이 구렐에게 지나온 문을 열어놓도록 지시하고 두 번째 문을 향해 다가갔다. 더 이상 들어가서는 안 된다고 스스로 경계하면서. 그런데 들어가고 싶다 해도 더 이상은 들어갈 수 없었다. 둘째 문은 단단히 닫혀 있었다. 손잡이 밑의 자물쇠가 움직이기는 했지만 아무리 노력해도 열리지 않았다.

"저쪽에서 빗장이 걸려 있어."

르노르망이 말했다.

"소리를 내지 말고 조심해서 되돌아가세. 지하터널의 방향을 대충 알아냈으니 밖에 나가면 출구를 찾을 수 있을 거야."

두 사람은 밖에 나가 살펴볼 생각으로 첫째 문이 있는 곳으로 되돌아왔다. 그런데 앞장서 걷던 구렐이 놀라 소리쳤다.

"아니, 문이 닫혔는데요!"

"어떻게 닫혔지? 내가 분명 열어놓으라고 말하지 않았나?"

"분명히 열어놓았습니다, 국장님. 그런데 문이 저절로 닫혔어요!"

"저절로 닫혔을 리가 없지 않은가? 저절로 닫혔다면 분명 소리라도 들렸을 텐데?"

"어떻게 된 일일까요?"

"어떻게 된 일인지는 나도 잘 모르겠네."

르노르망이 문으로 다가가 문을 열려고 시도했으나 꿈쩍도 하지 않았다.

"굳게 잠겼어…… 아, 여기 자물쇠가 있군. 돌까? 돌기는 도는군. 하지만 안 열려. 이 문도 역시 저쪽에서 빗장이 단단히 걸린 것 같군."

"누가 빗장을 걸었을까요?"

"그야 뻔하지! 놈들이 아니면 누가 그랬겠어. 놈들이 숨어 기다리고 있다 우리가 안으로 들어가자 재빨리 문을 잠갔을 게 틀림없어. 어쩌면 이 지하터널 옆쪽에 나란히, 또는 위쪽에 또 다

른 지하터널이 만들어져 있는지도 모르지. 어쩌면 놈들이 사람
이 살지 않는 그 별채에 숨어 있었는지도 몰라. 그게 어떤 것이
든 확실한 것은 우리가 보기 좋게 놈들의 함정에 빠졌다는 거
지.”

르노르망은 포기하지 않고 잠긴 문을 열려고 계속 애를 썼다.
소지하고 있던 작은칼을 문틈에 집어넣어 빗장을 걷어내 보려
는 시도도 하고 다른 온갖 시도도 해봤지만 그 어떤 방법도 통
하지 않았다. 그는 곧 기운이 빠지고 풀이 죽어 자기도 모르게
중얼거렸다.

“제기랄! 방법이 없군. 꼼짝없이 당했어!”

“예? 그게 무슨 말입니까? 그럼 우리는 여기서 죽을 수밖에
없단 말씀입니까?”

“어쩌면 그렇게 될는지도 모르겠군.”

국장이 말했다.

그들은 둘째 문이 있는 곳으로 갔다가 다시 첫째 문으로 되돌
아왔다. 둘 다 견고하게 만들어져 있었다. 단단하고 튼튼한 판
자로 짜여진 데다 중간중간에 각목을 가로로 대 튼튼하게 만들
어진 문이었다. 한마디로 난공불락이었다. 웬만한 충격쯤으로
는 끄떡도 하지 않게 만들어져 있었다.

“도끼가 있었으면 좋겠군.”

치안국장이 말했다.

“도끼가 아니더라도 무슨 단단한 도구라도 있었으면…… 큰
칼이라도 있었으면 그것으로 빗장이 걸렸음직한 부분을 도려내

보기라도 할 텐데…… 불행히도 우리는 아무것도 가진 것이 없
으니……."

르노르망은 곧 화가 난다는 듯이 무서운 기세로 달려가 문에
몸을 부딪쳤다. 그러나 문짝은 그의 그런 행동을 비웃기라도
하듯 꿈쩍도 하지 않았다. 곧 지쳐버린 르노르망이 구렐에게
말했다.

"그래. 한두 시간쯤 지나면 어떤 결과가 있겠지. 나는 정말 지
쳤어. 온몸이 녹초가 됐어. 한숨 자야겠다. 그동안 자네가 감시
좀 해주게. 그 사이 놈들이 공격해 올지도 모르니까."

"놈들이 공격을 해온다면 오히려 고맙겠습니다, 국장님. 우리
가 살아날 방법이 있을 테니까요. 그런데, 올까요?"

설사 상대편의 수가 상대가 되지 않을 만큼 많을지라도 힘으
로 맞붙어 싸움을 벌이는 거라면 언제나 자신만만한 구렐이 말
했다.

르노르망은 곧장 땅바닥에 누웠다. 1분쯤 뒤에는 이미 깊이
잠들어 있었다.

르노르망이 눈을 떴을 때 그는 한참 동안 정신이 없었다. 어
둠 속에서 그는 자신을 괴롭히는 이 고통이 대체 무엇일까 생각
했다.

"구렐!"

대답이 없었다.

"이봐! 구렐?"

역시 대답이 없었다. 그는 손전등을 찾아 스위치를 넣었다.

구렐은 그의 옆에 나란히 누워 잠들어 있었다.

"그런데 무엇이 이렇게 나를 괴롭히는 거지? 온몸이 쑤시는 것 같군. 아, 그렇지, 배가 고픈 거야. 배가 고플 뿐 별일 아니야. 하지만 죽겠는데! 대체 몇 시나 되었을까?"

르노르망의 시계는 7시 20분을 가리키고 있었다. 그러나 시계바늘이 움직이지 않았다. 그는 태엽 감는 것을 잊었다는 것을 깨달았다. 구렐의 시계를 들여다보니 그것도 서 있었다.

구렐이 곧 눈을 떴다. 그도 르노르망처럼 뱃속이 쓰리고 아파 눈을 뜬 것 같았다. 두 사람은 시간이 얼마나 되었을까 서로 의견을 나눴다. 아침식사를 할 시간은 이미 오래 전에 지나버렸고, 점심시간이 가까워졌을 거라는 데 두 사람의 의견이 일치했다.

"다리가 저리고 마치 막대기 같군요? 발끝이 얼음에 담가놓았던 것처럼 차군요. 뭔가 이상한데!"

구렐이 중얼거리며 자리에서 일어나 다리를 문지르려다 갑자기 소리쳤다.

"이런! 발이 얼음에 담가져 있었던 것이 아니라, 물에 젖어 있었군요. 국장님, 이것 좀 보십시오. 첫째 문간은 벌써 연못처럼 물이 흥건합니다."

"물이 들어오고 있는 거야!"

르노르망이 놀라 외쳤다.

"둘째 문 쪽으로 피해야 해요! ……아, 이를 어째? 국장님께선 어떻게 하실 생각이시죠?"

"어떤 방법이 있겠나? 이런 무덤 속에 생매장되는 것은 정말 싫어! 아직 죽을 나이는 아닌데. 문이 둘 다 닫혀 있는 이상 벽을 파내는 수밖에 방법이 없겠지."

르노르망은 손이 닿는 곳에 있는 돌들을 하나하나 빼내기 시작했다. 그렇게 해서 땅 위쪽으로 이어지는 다른 통로를 새로 만들 생각인 것 같았다. 그러나 그런 방법은 많은 시간과 노력을 필요로 했다. 지상과 가까운 이 지점의 지하터널 벽에는 시멘트가 발라져 있어, 벽 속에 있는 모든 돌들이 시멘트로 고정되어 있었다.

"국장님……국장님……."

구렐이 다급히 르노르망을 불렀다.

"왜 그러나?"

"국장님의 신발도 이제 물에 잠겼습니다."

"그럴 리가 있나? 앗, 그렇군. 정말이네. 하는 수 없지 뭐. 나중에 햇볕에 말리는 수밖에……."

"국장님, 농담하실 때가 아닙니다. 아직도 못 알아차리셨습니까?"

"뭐가?"

"점점 물이 차 올라 옵니다. 차 올라 오고 있단 말입니다."

"차 올라 오다니, 뭐가?"

"물 말입니다."

르노르망이 피부를 감싸고 도는 심한 오한을 느낄 때 무엇인가가 번개같이 그의 뇌리를 스쳐갔다. 이 상황을 이해한 것이다.

이것은 지하수가 스며 나오거나 하는 그런 것이 아니었다. 그런 것과는 전혀 다른, 사람에 의해 만들어진 홍수였다. 교묘하게 준비된 기계장치에 의해 인공적으로 퍼 넣어지는 홍수였다.

"나쁜 놈들!"

르노르망이 이를 부드득 갈았다.

"이 나쁜 놈들 내 손에 잡히기만 해봐라. 끔찍한 꼴을 당하게 될 거다!"

"그렇고 말고요. 이게 말이나 됩니까? 놈들을 잡아 묵사발을 만들어 버리죠. 하지만 그렇게 하려면 우선 이 생지옥을 빠져나가야 할 텐데…… 쉽지만은 않은 일 같군요."

구렐은 완전히 낙담해 있는 것 같았다. 아무것도 생각할 수 없는 상태가 된 것 같았다.

르노르망이 땅바닥에 엎드려 물이 올라오는 속도를 쟀다. 첫째 문의 4분의 1 가량이 이미 물 속에 잠겨 있었다. 그리고 물은 첫째 문에서 둘째 문 사이의 절반 정도까지 차 올라 있었다.

"물이 차 오르는 속도는 그다지 빠르지 않지만 일정하고 꾸준하다. 이대로 간다면 몇 시간 뒤에는 우리 머리까지 차겠는데……."

르노르망이 말했다.

"국장님, 정말 무섭습니다. 이제 우리는 어떻게 되는 거죠?"

구렐은 막 울음이라도 터트릴 것 같았다.

"이봐, 정신차려! 운다고 일이 해결되는 게 아니잖아? 여유가 있다면 우는 것도 좋겠지. 하지만 난 그럴 여유가 없군."

"굶주림과 공포가 저를 이토록 나약하게 만드는군요. 국장님, 어지러워 정신을 못 차리겠습니다."

"그럼, 주먹이라도 깨물고 있게."

사실이 그랬다. 구렐의 말대로 참으로 무서운 일이었다. 오기가 없었다면 르노르망도 이런 무의미한 투쟁을 이미 그만두었을지도 몰랐다.

어찌 하면 좋은가? 리베이라가 이 두 사람을 살려주리라는 바람은 꿈조차 꿀 수 없는 일이었다. 또 도드빌 형제가 구원의 손길을 내밀어 주리라는 희망도 마찬가지로 가질 수 없는 상황이었다. 그 형제 형사는 이런 지하터널이 있다는 사실조차도 전혀 모르고 있었다.

결국 희망은 어디에도 없단 말인가. 기적이 일어난다면 몰라도 그렇지 않고는 희망은 눈 씻고도 찾아볼 수 없었다.

"이런 허무한 일이 있나?"

르노르망이 자꾸만 똑같은 말을 되풀이했다.

"어이가 없어도 분수가 있지. 이런 데서 죽을 수는 없지 않은가 말야! 찾아보면 그래도 무슨 수가 남아 있겠지. 구렐, 그 손전등 좀 비춰주게."

르노르망이 두 번째 문에 찰싹 달라붙어 위, 아래, 왼쪽, 오른쪽, 구석구석을 샅샅이 살폈다. 문 저쪽도 그렇게 빗장이 걸려 있을 텐데, 문 이쪽도 빗장을 거는 장치가 있었다. 르노르망이 가지고 있던 작은 칼의 칼끝을 이용해 빗장을 지탱하고 있는 나사를 하나 뽑아냈다. 그러자 빗장이 빠졌다.

“다음에는 어떻게 합니까?”

구렐이 물었다.

“이번에 말인가? 이번에는 이것을 연장 삼아 작업을 해야지. 다행히 이 빗장은 무쇠로 만들어져 있군. 상당히 길고 끝도 뾰족해. 곡괭이만은 못 하겠지만 그래도 없는 것보다야 낫지. 이걸 유용하게 써야지.”

르노르망은 말이 끝나기 무섭게 빗장을 단단히 쥐고 그것으로 지하터널의 한쪽 벽을 찍었다. 르노르망이 찍은 곳은 문의 경첩을 받치고 있는 돌기둥 바로 옆이었다. 빗장으로 돌과 시멘트로 이루어진 첫번째 층을 찍어내자, 예상했던 대로 부드러운 흙이 나왔다.

“서두르자!”

르노르망이 소리쳤다.

“얼마든지 작업은 하겠습니다만, 무엇을 어떻게 해야 하는지 설명해 주십시오.”

“설명은 간단해. 이 돌기둥 옆을 파서 3, 4미터 길이의 통로를 만들어 그 통로를 통해 이 잠긴 문을 통과하는 거야.”

“20분 뒤에는, 늦어도 30분쯤 뒤에는 물이 우리 발에 닿을 겁니다.”

“구렐, 손전등을 비추고 있게!”

르노르망의 생각은 틀리지 않았다. 빗장을 벽에 박아 넣고 상하좌우로 흔들어 약해진 흙을 발 밑으로 긁어내길 수없이 반복하자 안으로 기어들어갈 수 있을 만큼 큰 구멍이 만들어졌다.

"국장님, 이제는 제가 파겠습니다!"

구렐이 말했다.

"아, 그래! 기운이 다시 나나! 그것 참 다행이군. 최선을 다하게. 돌기둥 둘레를 조금만 더 파면 돼."

이미 물은 두 사람의 발목까지 차 올라와 있었다. 이 작업을 끝까지 할 수 있을 만큼의 시간이 있을 것인가? 작업이 진행됨에 따라, 작업은 점점 힘겨워졌다. 파낸 흙이 점점 작업에 방해가 되었다. 통로에 배를 깔고 엎드려 작업을 하다 자주 일어나 수북이 쌓여 있는 흙더미를 치워야 했다.

두 시간 뒤에는 터널을 4분의 3 가량 팠지만 물도 두 사람의 무릎까지 차 있었다. 앞으로 한 시간 정도가 지나가면 물이 새로 판 구덩이 가장자리까지 차 올라올 터였다. 그렇게 되면 모든 것이 허사로 돌아갈 수도 있었다.

구렐은 허기와 점점 좁아지는 통로에서 큰 몸집을 쉬지 않고 움직이다 보니 기력이 다해 더 이상 작업을 할 수 없게 되었다. 그는 점점 자신의 몸을 기어오르는 차디찬 물에 두려움을 느끼며 오들오들 떨 뿐, 더 이상 움직일 수 없는 상태가 되고 말았다.

르노르망은 피곤함도 아랑곳하지 않고 계속 일에 몰두했다. 개미들의 작업과 같이 큰 진전이 없는, 고되고 힘든 작업이었다. 더욱이 그 작업은 조명이 들지 않아 한치 앞도 분간하기 어려운 어둠 속에서 진행되고 있었다. 르노르망의 두 손에서 피가 배어 나왔다. 배고픔 때문에 기절이라도 할 것 같았다. 산소가 부족해 숨을 쉬기도 쉽지 않았다. 그것만으로도 견디기 어려운데 가끔씩 들리는 구렐의 한숨소리는 자신이 파고 있는 것이 마치 자신의 무덤이 아닌가 하는 착각을 불러 일으켰다.

그러나 그 어떤 어려움도 르노르망에게서 용기를 빼앗아버릴 수는 없었다. 게다가 희망이 현실적으로 눈앞에 보이기 시작했다. 그의 눈앞에서 이 지하터널의 벽면을 구성하고 있는 그 시멘트가 발라진 돌이 또다시 발견된 것이다. 시멘트가 발라진 돌들을 또다시 제거해야 한다는 것은 몹시 어려운 작업이었지만 터널의 완성이 바로 눈앞에 있었다.

"올라온다."

누군가에게 목이라도 졸리는 듯한 목소리로 구렐이 말했다.

"점점 올라오고 있어……."

르노르망은 젖 먹던 힘까지 써서 몸의 움직임을 보다 빨리 했다. 어느 순간, 빗장으로 흙을 찔렀을 때 빗장이 허공을 찌르며 손에서 빠져나갔다. 드디어 시멘트벽이 뚫린 것이었다. 통로가 만들어진 것이었다. 이제는 만들어진 통로를 넓히기만 하면 되었다. 게다가 그 일은 무척 단순하고 쉬웠다. 흙무더기를 앞으로 밀어내기만 하면 되었다.

"살려줘, 살려줘……."

구렐은 엄습해 오고 있는 죽음의 두려움에 이미 반쯤 미쳐 있었다. 그는 죽어갈 때의 맹수와도 같은 신음소리를 내고 있었다. 르노르망은 태연하게 이 소리를 못 들은 척 무시했다. 탈출은 이제 시간문제였다.

하지만 르노르망은 또 다른 불안감에 사로잡혔다. 문 저쪽으로 떨어지는 흙덩어리 소리를 들으니, 문 저쪽도 이미 물에 잠겨 있는 것 같았다. 그건 당연한 일인지도 몰랐다. 문의 위아래에 틈이 있어 물이 얼마든지 흘러들 수 있었다. 어찌 되었든 가만히 있을 수는 없었다.

"구렐, 따라와!"

동료를 데려가기 위해 일부러 되돌아 기어간 르노르망이 외쳤다.

그는 기절한 것 같은 구렐의 손목을 움켜쥐고 앞으로 잡아당겼다.

"이봐, 정신차려! 얼빠진 녀석. 우리는 이제 살았어, 살았다고! 벌떡 일어나!"

"정말입니까, 국장님……? 저, 정말입니까? 물이 벌써 가슴까지 찼습니다."

"이제 상관없어. 가자! 물이 입까지 차오르기 전에는 결코 죽지 않는다. 안심해라…… 자네의 손전등은?"

"불이 안 들어옵니다."

"그런가? 하는 수 없지."

르노르망의 손에 이끌려 물을 헤치며 더듬더듬 앞으로 걸어가던 구렐이 갑자기 환성을 질렀다.

"한 계단! 또 한 계단! 야, 층계다! 이제야 드디어 층계가 나왔어요!"

두 사람은 층계를 올라가기 시작했다. 드디어 물에서 빠져나온 것이다. 여차하면 두 사람을 그대로 집어삼키려 했던 저주스러운 물에서 빠져나온 것이었다. 두 사람은 뭐라고 말할 수 없을 정도로 기뻤다. 살았다는 해방감이 두 사람을 환희 속으로 몰아넣었다.

"멈춰!"

르노르망이 작게 소리쳤다.

르노르망의 머리가 무엇인가를 받은 것이었다. 그는 두 손을 뻗어 머리에 부딪혔던 장애물을 위로 밀어올렸다. 장애물은 어렵지 않게 열렸다. 그것은 지하터널 출입구를 막고 있는 뚜껑이었다. 뚜껑 밖으로 고개를 내밀자 어떤 지하실의 실내가 보였다. 환기창을 타고 흘러 든 환한 달빛이 지하실 한쪽을 감싸고 있었다.

르노르망은 뚜껑을 완전히 젖혀 연 뒤 마지막 몇 계단을 올라갔다.

바로 그때였다. 담요 같기도 하고 무슨 그물 같기도 한 것이 르노르망의 머리 위로 떨어져 내렸다. 그리고 몇 개나 되는지 알 수 없는 손들이 그의 몸을 우악스럽게 움켜쥐고 위로 끌어당겼다. 저항할 틈도 없이 그는 자신의 몸이 담요에 휩싸이는 느낌, 자루 같은 것에 담겨지는 느낌, 밧줄로 꽁꽁 묶이는 느낌을 연속으로 느꼈다.

"또 한 놈이 있구나!"

누군가의 목소리가 들려왔다.

구렐도 똑같은 식으로 당하고 있는 모양이었다.

"시끄럽게 굴거든 둘 다 즉시 죽여버려. 그 단검은 가지고 있겠지?"

같은 목소리가 말했다.

"예."

"됐다, 이제 가자! 자네들 둘은 이놈을, 자네 둘은 저놈을 운반해라. 불은 켜지 마라. 소리도 내서는 안 된다. 조심해라! 놈들이 오늘 아침부터 이웃집 정원을 이 잡듯이 뒤지고 있다. 열댓 놈이 몰려와 저렇게 소란을 피우고 있다. 제르트뤼드, 당신은 별장으로 돌아가 있어. 그리고 조금이라도 이상한 일이 생기거든 곧장 파리에 있는 내게 전화해!"

르노르망의 몸이 놈들의 손에 들려 운반되기 시작했다. 잠시 뒤에는 문 밖으로 나왔다는 것이 느꼈다.

"짐마차를 이리 가져다 대라."

다시 괴한의 목소리가 들려왔다.

르노르망은 곧 바퀴 구르는 소리와 말발굽 소리를 들었다.

르노르망은 짐 싣는 판자 위에 눕혀졌다. 신음소리로 봐서 구렐도 역시 그 옆에 놓여진 것 같았다. 말은 빠르게 달리기 시작했다.

그들을 실은 마차는 30분쯤 달렸다.

"서라!"

예의 그 목소리가 명령했다.

"이제 놈들을 내려야지. 이봐 마부, 짐수레의 뒷부분이 다리의 난간에 바싹 닿도록 마차를 돌려라. 옳지, 됐다. 세느 강에 떠 있는 배는 없지? 없다고? 좋아, 바로 지금이다. 놈들을 해치워

라. 아참, 그렇군! 자네들, 돌은 단단히 매달아놨겠지?"

"예, 큼직한 것으로 단단히 매달았습니다."

"그럼 이제 던져라. 르노르망 씨, 마지막 기도라도 올리시지. 더불어 내 영혼을 위해서도 기도 좀 해주고. 내가 누구냐고? 잘 아시다시피 파버리, 리베이라일세. 알텐하임 남작이라고 하는 편이 한층 더 잘 통할 것 같군. 작별인사는 이 정도로 충분하지? 모든 준비는 끝났다. 그럼 르노르망 씨, 즐거운 여행이 되시길……!"

르노르망은 다리의 난간 위에 가로로 눕혀졌다. 조금 뒤 누군가 힘주어 그의 몸을 옆으로 밀었다. 그는 자신의 몸이 허공을 가르며 떨어지고 있다는 것을 똑똑히 느꼈다. 그리고 또다시 비웃는 목소리로 외치는 소리를 들었다.

"즐거운 여행을 하라고!"

다음은 구렐 경감 차례였다.

파버리-리베이라-알텐하임

　　주느비에브가 새로 고용한 보모인 샤를로트 양이
보살피는 가운데 어린 소녀들이 교정에서 뛰어놀고 있었다.
에르느몽 부인이 밖으로 나와 소녀들에게 과자를 나눠줬다.
그녀는 곧바로 다시 응접실과 면회실로 쓰이고 있는 방으로
돌아가 사무를 보는 책상에 앉아 서류와 장부를 정리하기 시
작했다.

　　일을 하던 에르느몽 부인은 누군지 평범하지 않은 사람이 방
안으로 들어서는 것을 느끼고 뒤를 돌아보았다.

　　"어머, 도련님!"

　　그녀가 놀라 소리쳤다.

"어딜 가셨었어요? 지금 어디서 오시는 길이죠?"

"쉿! 조용히 해요."

세르닌 공작이 말했다.

"내가 하는 말을 잘 들어요. 시간이 없소. 주느비에브는 어디 갔죠?"

"케셀바흐 부인 댁에 갔습니다."

"곧 돌아오겠죠?"

"아직 한 시간쯤은 더 있어야 할 겁니다."

"그래요? 그렇다면 도드빌 형제를 이리로 오라고 해야겠군. 오늘 그들과 만날 약속이 되어 있어요. 주느비에브는 별일 없겠죠?"

"예, 잘 있습니다."

"내가 떠난 뒤 오늘까지 열흘 동안, 그녀는 몇 번이나 피에르 르뒤크를 만났습니까?"

"세 번 만났습니다. 오늘도 케셀바흐 부인 댁에서 만나기로 서로 약속이 되어 있어요. 도련님의 지시대로 주느비에브는 피에르를 케셀바흐 부인께 소개했습니다. 다만 저는 아무래도 그 피에르 르뒤크가 뭔가 부족한 사람 같아 그게 아쉬워요. 주느비에브에게 좀더 어울리는 신분의 믿음직한 젊은이가 있을 법도 한데 말예요. 이를테면 이 학교의 선생 같은 그런 사람……."

"무슨 소리예요, 유모! 주느비에브가 선생 따위와 결혼을 하다니!"

"저는 그렇게 생각하지 않는데요. 도련님께서 주느비에브의

행복을 먼저 생각하신다면 나는 그 젊은이가 가장 무난한 상대
라고 생각하는데요."

"빅뜨와르! 그런 쓸데없는 소리는 제발 그만둬요. 나는 지금
그런 감상에 젖은 말장난을 할 겨를이 없어요? 나는 지금 장기
를 두고 있는 거나 마찬가지란 말입니다. 숨 돌릴 틈 없이 말을
앞으로 내몰고 있는 상황에서 그 말의 기분 따위를 일일이 신경
쓸 수 없어요. 내가 승부에서 이기고 나면 그 다음에 천천히 기
사 피에르 르뒤크와 주느비에브 양이 서로 마음이 있는지 없는
지를 알아보도록 하겠어요……."

그때 노부인이 손을 들어 상대의 말을 막았다.

"도련님, 들었어요? 휘파람 소리가 난 것 같은데……?"

"도드빌 형제의 신홉니다. 가서 데리고 와요. 그리고 유모는
잠시 자리를 비켜줘요."

두 형제가 들어오자 세르닌 공작이 다짜고짜 물었다.

"르노르망 국장과 구렐 경감의 실종 사건에 대해 신문에 실
린 정도는 나도 알고 있네. 무언가 그 이상의 소식은 없나?"

"저희도 모릅니다. 차장인 베르베르 씨가 대신 사건을 담당하
게 되었습니다. 그 뒤 일 주일 동안 우리는 줄곧 '은퇴한 부인의
정원'에 가서 온 마당을 파헤치며 그들을 찾고 있습니다만, 그
두 사람이 어떻게 그렇게 감쪽같이 사라졌는지 아직 아무도 짐
작조차 못하고 있습니다. 지금 경찰청 안이 발칵 뒤집혀 있습니
다. 치안국장씩이나 되는 사람이 어떤 흔적도 남기지 않고 갑자
기 행방불명이 되다니 일찍이 들어보지조차 못한 일입니다!"

“두 하녀는 어찌 되었나?”

“제르트뤼드는 사라졌습니다. 현재 그녀를 수배해놓고 있는 중입니다.”

“동생인 쉬잔은?”

“웨버르 씨와 포르메리 예심판사가 취조했습니다만 별 혐의 사실이 없는 것 같았습니다.”

“자네들이 내게 할 말은 그것뿐인가?”

“아닙니다. 아직도 여러 가지 있습니다. 신문에는 나지 않았던 일들입니다.”

두 형제는 세르닌 공작에게 이런저런 이야기를 하기 시작했다. 르노르망이 실종되기 전 이틀 동안에 일어났던 사건들, 즉, 한밤중에 피에르 르뒤크의 별장에 나타났던 두 괴한에 대한 이야기, 그 이튿날 주느비에브가 리베이라에게 납치될 뻔했던 이야기, 또 생 퀴퀴파 숲을 무대로 한 리베이라의 추격 이야기. 스타인벡 영감이 나타난 것과 케셀바흐 부인이 보는 앞에서 치안 국장이 그를 심문한 이야기, 경찰청 복도에서 그가 탈주한 이야기 등등.

“자네들 이외에는 그런 자세한 일을 아무도 알지 못한단 말인가?”

“스타인벡 영감에 관한 일은 듀지 형사가 알고 있습니다. 저희들도 그에게서 들어 알았으니까요.”

“경찰청 내부에서는 여전히 자네들을 믿고 있나?”

“그럼요. 단단히 믿고 있지요. 요즈음은 아주 공공연히 드러내놓고 우리를 부린답니다. 베르베르 차장은 저희들 없이는 밤이고 낮이고 꼼짝도 못하는 형편입니다.”

“상황이 좋군!”

공작이 맞장구를 치고서 말을 이어갔다.

“사건을 해결할 방법은 아직도 남아 있다. 아무래도 르노르망 씨는 어떤 경솔한 일을 하다 실수로 목숨을 잃은 것이 아닌가 싶은데…… 다행히, 살았을 때 그 국장은 여러 가지 좋은 일을 많이 해놨어. 우리는 그가 하던 일을 뒤따라 계속하기만 하면 되지. 현재로서는 적이 우리보다 한 발 앞선 게 사실이지만 머지않아 우린 놈들을 따라잡게 돼 있어.”

“두목, 그게 쉽지만은 않은 일인 것 같습니다.”

“뭐가 쉽지 않아? 스타인벡 영감을 찾아내기만 하면 되는 것 아닌가? 수수께끼를 푸는 열쇠를 쥐고 있는 것이 바로 그 영감이니까.”

“그건 틀림없지만, 리베이라가 스타인벡 영감을 어디에 감금했는지 알아내는 것이 문젭니다.”

“그 장소는 놈의 집일 것이 뻔해.”

“그렇다면 리베이라가 어디에 살고 있는지 알아낼 필요가 있겠군요.”

“그야 당연하지!”

두 형제를 돌려보낸 다음 공작은 ‘은퇴한 부인의 정원’으로 갔다. 문 앞에 여러 대의 자동차가 서 있었고 망을 보는지 두 사나이가 왔다갔다하고 있었다.

정원 안 케셀바흐 부인의 처소 근처 벤치에 앉아 있는 주느비에브와 피에르 르뒤크, 그리고 약간 살이 찐 듯한 몸집에 외알 안경을 끼고 있는 또 다른 한 명의 신사가 보였다.

세 사람은 열심히 이야기를 주고받는 중이었다. 그들 중 누구도 공작을 알아본 사람은 없었다.

한순간 별장 안에서 여러 사람이 우르르 몰려나왔다. 포르메리 예심판사와 베르베르 차장, 서기 한 사람, 형사 두 명 등 모두 다섯이었다. 주느비에브가 집 안으로 들어갔다. 외알 안경을 낀 신사가 예심판사와 치안국 차장에게 말을 걸었다. 그는 곧 그들과 어깨를 나란히 하고 천천히 걸어갔다. 세르닌 공작이 피에르 르뒤크가 혼자 앉아 있는 벤치 곁으로 다가갔다. 그는 피에르 르뒤크에게 조용히 속삭였다.

"그냥 앉아 있게, 피에르 르뒤크! 날세, 움직이지 말게."

"당신…… 당신이었군요……!"

베르사이유에서의 그 무시무시한 밤 이후 이 젊은이가 세르닌 공작과 만난 것은 이것이 세 번째였다. 그는 아직도 공작을 만날 때마다 어찌 할 바를 몰라하며 쩔쩔맸다.

"대답만 하게. 저, 외알 안경을 낀 사나이는 누군가?"

피에르 르뒤크는 얼굴에 핏기를 잃고 알아들을 수 없는 말로 몇 마디 중얼거렸다. 세르닌이 그의 팔을 꼬집었다.

"이봐, 정신차리고 대답해. 저 사나이는 누구야?"

"알텐하임 남작입니다."

"어디에서 왔다고 하던가?"

"세상을 떠나신 케셀바흐 씨의 친구라더군요. 엿새쯤 전에 오스트리아에서 오셨답니다. 현재 미망인을 여러모로 돌보아 드리고 계십니다."

사법관 일행은 알텐하임 남작과 함께 정원에서 나갔다.

공작은 자리에서 일어나 '여왕의 별장' 쪽으로 걸어가며 질문을 계속했다.

"남작이 자네에게 무엇을 묻던가?"

"예, 꽤 여러 가지를 물었습니다. 저에게 마음이 끌리는 모양이었습니다. 제 가족을 찾아내는 것을 도와주겠다고도 했고 제 소년 시절의 추억을 되살리려고 갖은 애를 쓰기도 했습니다."

"그래서 자네는 뭐라고 대답했나?"

"아무 말도 안 했습니다. 말하고 싶어도 전 아무것도 모르지 않습니까? 사실 제게 생각해낼 만한 추억 따위가 있습니까? 이런 저에게 말입니다. 당신이 저를 어떤 사나이로 위장시켰지만 저는 그 사나이가 누구인지조차 모르지 않습니까."

"그건 나도 몰라!"

공작이 웃었다.

"그 점일세. 그 점이 자네가 다른 사람과 다른 점이네."

"그렇군요! 당신께선 웃고 계시는군요. 언제나 당신께선 웃고 계십니다. 하지만 이제 저는 지긋지긋해졌습니다. 저는 굉장히 추악한 일에 휘말려들고 말았습니다. 게다가 이 연극을 계속하며 저는 줄곧 위험에 노출되어 있습니다. 언제나 위협을 느끼고 있죠."

"자기가 아닌 인물이라는 것이 도대체 뭐겠나? 내가 공작인 것과 마찬가지로 자네는 대공작일지도 모르지. 어쩌면 그 이상 일지도 모르고. 만약 자네의 신분이 그렇지 않다면 앞으로 대공 작이 되면 되는 걸세. 안 그런가? 주느비에브는 대공작 이하의 사나이와는 결혼할 수 없을 걸세. 그녀를 자세히 들여다보게. 그 맑고 아름다운 눈을 위해서라면 자네가 자신의 영혼을 고스 란히 바칠 만한 가치가 있지 않겠나?"

젊은이가 어떻게 생각하건 관심도 없다는 듯이 공작은 상대 의 얼굴은 보려고도 하지 않았다. 두 사람은 집 안으로 들어갔 다. 계단 밑까지 오자 주느비에브가 그 우아함이 감도는 미소로 그들을 맞았다.

"어머, 공작님! 돌아오셨군요."

공작을 향해 그녀가 말했다.

"참 잘 되었어요! 전 정말 기뻐요. 지금 돌로레스 부인을 만나 시겠어요?"

잠시 뒤 그녀는 그를 케셀바흐 부인의 방으로 안내했다. 케셀 바흐 부인을 본 공작은 깜짝 놀랐다. 그가 맨 마지막으로 보았 을 때보다 그녀는 더 한층 얼굴이 창백해지고 몸이 형편없이 야 위어 있었다. 소파 위에서 흰 천을 덮고 누워 있는 그녀는 병과 싸우기를 단념해버린 병자와도 같은 모습이었다. 그녀는 이미 생명을 지키기 위해 싸우는 것을 포기한 것 같았다. 겨우 목숨 을 부지함으로써 자기에게 고통과 상처를 준 비참한 운명에 간 신히 항의를 계속하고 있는 데 불과했다.

세르닌은 감추려고도 하지 않고, 깊은 동정과 연민이 담긴 눈길로 물끄러미 그녀를 내려다봤다. 그녀는 공작이 보여주고 있는 연민과 동정에 고맙다는 말을 했다. 그녀는 또 친근한 말투로 알텐하임 남작에 대해서도 이야기했다.

"예전부터 가깝게 지내셨습니까?"

"이름만 들었지요. 돌아가신 분으로부터 친하게 지내는 사이였다고 들었습니다."

"예전에 저는 다류 가에 사는 알텐하임이라는 남자를 알고 있었는데, 그분과 이분이 같은 사람일까요?"

"아마 그렇지 않을 것 같군요. 그분의 주소는 달라요. 주소가 어디 있을 텐데…… 받아놓은 주소를 잃어버린 것 같군요."

케셀바흐 부인과 이삼 분 동안 이야기를 더 하고 난 세르닌이 자리에서 일어났다.

복도에서 주느비에브가 그를 기다리고 있었다.

"말씀드리고 싶은 일이 있어요."

그녀는 어렵게 용기를 낸 것 같았다.

"중요한 말씀을…… 공작님께서는 그분을 보셨습니까?"

"누구 말인가요?"

"알텐하임 남작 말예요. 하지만 그건 그분의 이름이 아니에요. 적어도 그는 다른 이름이 하나 더 있어요. 전 그 사람이 누군지 알고 있죠. 그 사람은 제가 눈치채지 못했다고 생각하겠지만……."

그녀는 공작을 문 밖으로 데리고 나갔다. 그리고 몹시 흥분한 듯한 태도를 보이며 걸었다.

"진정해요, 주느비에브……."

"그는 저를 유괴하려고 했던 남자예요. 그 불쌍한 르노르망 씨가 계시지 않았다면 전 정말 지금쯤 어떻게 되었을는지 몰라요. 공작님께서 그 사건을 모르실 리 없을 텐데요. 공작님께선 뭐든지 다 알고 계시잖아요."

"그럼 그 사나이의 진짜 이름을 아시나요? 그게 뭡니까?"

"리베이라예요."

"틀림없겠죠? 확실하죠?"

"얼굴 생김새, 말씨, 태도까지 완전히 바뀌었지만 전 대번에 알아차렸어요. 제가 느끼는 그 싫은 느낌, 그 느낌이 똑같아요. 하지만 전 아무 말도 하지 않았어요. 여행에서 공작님이 돌아오실 때까지 기다린 거예요."

"케셀바흐 부인에게도 말하지 않았나요?"

"아무 말도 하지 않았어요. 부인께서는 돌아가신 남편의 친구분을 만났다며 여간 기뻐하지 않는걸요. 부인께는 공작님께서 잘 말씀해 주시겠지요? 부디 부인을 보호해 드리세요. 그렇게 해주실 거라고 전 믿어요. 그 사나이가 부인과 저를 상대로 무슨 일을 꾸미고 있는지, 전 도무지 짐작조차 못하겠어요. 르노르망 씨가 없어진 지금 그 사나이의 가면을 벗겨버릴 수 있을까요?"

"그 일은 내가 하지요. 내가 모든 것을 맡아서 하겠습니다. 하지만 그 이야기는 아무에게도 하시면 안 됩니다."

두 사람은 문지기의 집 앞까지 와 있었다.

문이 열렸다.

공작이 작별인사를 건넸다.

"잘 가요, 주느비에브. 아무 걱정하지 말고 마음 편히 있어요. 내가 있으니까……."

공작이 문을 닫고 뒤돌아섰다. 그리고 다음 순간 그는 자기도 모르게 한 걸음 뒤로 물러섰다.

그의 앞에 떡 벌어진 어깨와 두툼한 근육질의 앞가슴을 가진 외알 안경의 사나이, 알텐하임 남작이 우뚝 버티고 있었던 것이다.

두 사람은 침묵을 지킨 채 한동안 서로 노려보았다. 그러다 남작이 싱긋 웃었다.

"뤼팽, 당신이 오기를 기다리고 있었소."

아무리 침착하고 대담한 세르닌 공작이라지만 그도 그 순간 자신도 모르게 몸을 부르르 떨었다. 상대의 가면을 멋지게 벗길 작정으로 왔는데 만나자마자 상대가 뤼팽의 가면을 먼저 벗겨버린 셈이었다. 그것은 도전장을 던진 것이나 마찬가지였다. 대담하게도 그는 승리가 마치 자신의 것인양 행동하고 있었다. 시건방지고 사람을 우습게 보는 태도였다. 어쩌면 그것은 그만큼의 실력과 자신감을 갖추고 있다는 증거였다.

두 사람은 적의에 불타는 격렬한 눈초리로 서로를 노려보았다.

이번에는 세르닌 공작이 말을 건넸다.

"내게 무슨 볼일이라도?"

"우리 서로 한 번쯤 만나둘 필요가 있다고 생각하지 않소?"

"만나서는 무슨 이야기를 하려고?"

"할 이야기가 있소."

"그럼 언제가 좋겠소?"

"내일이 어떻소? 레스토랑에서 함께 점심식사라도 합시다."

"어째서 장소를 당신의 집으로 하지 않소?"

"우리 집을 알지도 못 하면서 큰소리는……."

"그 따위를 모르다니, 섭섭하게시리……."

공작이 잽싸게 알텐하임의 포켓에서 삐죽이 고개를 내밀고 있는 한 장의 신문을 빼냈다. 발송할 때의 띠지가 아직도 그대로 둘러져 있는 신문이었다. 띠지의 주소를 보며 공작이 말했다.

"뒤퐁 빌라 29번지가 당신 집 주소 아니오?"

"재주가 감탄할 만하군."

남작이 말했다.

"그럼 내일 집에서 기다리고 있겠소."

"그럽시다. 내일 당신의 집에서 만나기로 하죠. 몇 시가 괜찮겠소?"

"1시가 좋을 것 같소."

"그럼 그때 봅시다. 잘 가시오."

두 사람이 헤어지려는 찰나 알텐하임 남작이 우뚝 걸음을 멈췄다.

"아참! 하마터면 잊을 뻔했군. 공작, 무기를 잊지 말고 가져오시오."

“어째서?”

“우리 집에는 하인이 넷 있소. 그런데 당신은 혼자일 테니까 말이오.”

“내게는 주먹이 있소. 이 주먹이면 충분하오.”

공작은 몸을 돌려 상대에게 등을 보였다. 그는 그런 자세로 한마디 덧붙였다.

“아차! 나도 잊을 뻔했군…… 남작, 말이 나온 김에 하는 말인데, 넷으로는 부족할 것 같으니 이왕이면 하인을 네댓 명 더 데려다놓는 것이 좋을 거요.”

“어째서요?”

“방금 생각을 바꿨소. 채찍을 하나 가지고 갈 생각이오.”

정각 오후 1시. 한 사나이가 말을 탄 채 뒤퐁 빌라의 출입문을 열고 안으로 들어섰다.

뒤퐁 빌라는 시골처럼 한가하고 조용한 곳에 위치해 있었다. 그곳은 공원 가로수 길에서 그다지 멀지 않은 페르골레즈 가로 통하는 것이 유일한 출입구였다.

뒤퐁 빌라는 듬성듬성 한 채씩 떨어져 늘어서 있는 모든 집들이 깨끗하고 멋있었다. 또 집들이 들어서 있는 정원은 곳곳이 말끔히 손질되어 있었다. 이 동네의 가장 안쪽 막다른 곳에 작은 공원처럼 된 공간이 있었는데 거기에 고풍스럽게 지어진 커다란 집이 한 채 우뚝 서 있었다. 알텐하임 남작의 집이었다. 이 저택 뒤 멀지 않은 곳으로 환상선 열차가 지나다녔다.

세르닌 공작은 미리 기다리고 있던 하인에게 말고삐를 던져주며 말했다.

"2시 반에 이리로 말을 끌고 오게."

공작이 초인종을 누르자 정원 문이 열렸다. 그는 정면에 있는 출입구의 충계 앞까지 걸어갔다. 그곳에 몸집이 우람한 제복 차림의 두 사나이가 서 있다 손님을 맞았다. 그들은 필요 이상으로 넓고 으스스하기만 한, 아무런 장식도 없는 석조건물의 현관으로 그를 안내했다.

공작이 안으로 들어서자 문이 육중한 소리를 내며 그의 등 뒤에서 닫혔다. 평소에는 한없이 대담하고 용감한 그였지만 문이 닫히는 소리를 듣자 과히 기분이 좋지는 않았다. 적들이 여기저기 도사리고 있을 이 외떨어진 감옥과도 같은 집안에 혼자 고립되었다는 생각을 하자 몸이 약간 위축되었다.

"세르닌 공작이오. 안내를 부탁하오."

세르닌 공작이 안에서 기다리고 있던 하인에게 말했다.

응접실은 출입문 바로 곁에 있었다. 그는 곧장 응접실로 안내되었다.

"아, 공작! 잘 오셨소."

남작이 그를 맞으며 인사를 건넸다.

"실은 좀 우스운 일이오만…… 아 참, 도미니크! 20분쯤 뒤에 점심식사를 시작할 테니 그리 알고 준비해 주게. 우리는 그때까지 나눌 이야기가 있으니 조용히 해주게. 실은 좀 우스운 이야기오만 공작, 나는 당신이 오리라고는 별로 기대하지 않았소."

"그건 또 어째서요?"

"오늘 아침, 당신의 선전포고가 너무나도 분명해서 어떠한 회견도 소용없다고 말하는 것 같았기 때문이오."

"내 선전포고라고?"

남작이 주르날 신문을 펴놓고 손가락으로 기사 하나를 가리켰다.

〈성명서〉

르노르망 치안국장의 실종은 아르센 뤼팽을 몹시 흥분시켰다. 아르센 뤼팽은 지금까지의 수사 결과와 오래 전부터 진행되어온 케셀바흐 사건을 규명하려는 계획을 바탕으로 살아 있는 르노르망 씨, 또는 죽은 그분의 시체라도 반드시 찾아내고 이 천인공노할 범행을 저지른 흉악범들을 모조리 사직 당국에 인도할 결심을 하기에 이르렀다.

"공작, 이 성명서는 당신이 낸 것일 텐데요?"

"그렇소. 분명히 내가 공표했소."

"이건 결국 내가 생각했던 바와 같이 선전포고 아닙니까?"

"그렇소."

알텐하임 남작은 세르닌 공작에게 의자를 권해 앉게 하고 자기도 자리에 앉았다. 그는 그런 다음 업무적인 말투로 말했다.

"그렇군, 그럴 생각이었군요. 하지만 나는 생각이 다르오. 서로 처지가 비슷한 우리 두 사람이 싸워서 서로를 골탕먹이는 짓을 해서는 결코 안 되오. 서로 이야기를 나눠 타협점을 찾아봅시다. 우리는 충분히 그렇게 할 수 있는 사람들이오."

"내 생각은 그와 반댑니다. 우리 두 사람은 결코 서로 타협할 수 없는 전혀 다른 성격을 가지고 있다고 난 생각하오."

"이봐요. 뤼팽 선생!"

남작이 화를 꾹 참으며 이야기를 꺼냈다.

"먼저 내 말을 들어보시오. 아 참, 그렇지. 내가 뤼팽이라고 불러도 되겠소?"

"그렇다면 당신은 뭐라고 불러야 할지……? 퍽 까다로운 문제군요. 알텐하임? 리베이라? 아니면 파버리?"

"오! 예상했던 것보다 아주 자세히 알아내셨군! 매우 훌륭해! 그러니 내가 타협이 하고 싶어지는 거지……."

그는 이렇게 말하고 세르닌 공작 쪽으로 몸을 기울였다.

"뤼팽, 잘 들으시오. 내가 하는 말을 깊이 생각해 보시오. 나도 하나하나 충분히 생각하고 말하는 것이오. 우리는 서로 우열을 가릴 수 없이 비등한 실력을 갖고 있지."

순간 뤼팽의 얼굴에 미소가 피어올랐다.

"당신 지금 웃었소? 기분이 좋지는 않군…… 당신은 내게 없는 재주가 있을는지도 모르지만 나 역시도 당신이 갖고 있지 못한 재주가 꽤 있소. 게다가 나는, 당신도 이미 잘 아는 바와 같이 어떤 무자비한 짓도 태연히 할 수 있는, 물불 안 가리는 성질을 가지고 있고, 또 손재주도 기막히지. 나는 변장술도 꽤 뛰어난데 당신같이 그 방면에 통달한 사람이라면 그 가치를 충분히 이해하리라 믿소. 결국 우리들은 서로 힘에 있어서는 과소평가할 수 없는 상대라는 것까지 알고 있으면서 남은 한 가지 문제에 있어서는 왜 서로 다투어야만 하는지 이해가 안 되오. 같은 목표를 쫓고 있는 경쟁자이기 때문이라고 당신은 말할 것이오. 그러나 그 결과는 어떻소? 서로 지지 않으려고 맹렬히 덤벼든 결과는 과연 어떻소? 서로 상대의 노력과 활동을 방해하기 위해 온힘을 다 쏟아버린다면 둘 다 닭 쫓던 개 지붕 쳐다보는 신세가 되고 말 것이 뻔하오! 기뻐할 사람은 결국 누구겠소? 르노르망 같은 사람이 어부지리로 조개를 줍거나 이름도 없는 제2의 악당이 불로소득을 얻을 것이오! 이렇게 되면 너무나 어이없지 않겠소?"

"물론 그건 그렇소. 그것은 정말이지 어이없는 일일 것이오."

남작의 말에 세르닌 공작은 이의를 제기하지 않았다.

"그러나 방법이 딱 한 가지만 있는 것은 아니오."

"어떤 방법?"

"당신이 손을 떼는 방법도 있소."

"하핫, 웃기는 얘기로군!"

"나는 지금 진지하게 이야기를 하는 거요. 내가 이제부터 말하는 것은 깊이 생각해 보지도 않고 함부로 거절할 그런 이야기가 아니오. 정신차리고 똑바로 들으시오. 결론부터 말하자면 둘이 짜고 일을 하자는 거요.”

“오! 이런!”

“물론 우리 둘은 서로 간섭하지 않는 입장에서 일을 계속해 나가는 거요. 각자의 세력권은 침범하지 않고, 다만 화두인 그 사업만은 힘을 합쳐 멋지게 성공시키자 이 말이오. 알아듣겠소? 서로 손을 잡고 서로 도와가며 일해서 얻은 성과물은 사이좋게 절반씩 나누는 거요.”

“그렇다면 당신의 투자는 무엇이지?”

“나의 투자?”

“그렇소. 나에 대한 가치라면 만인이 이미 알고 있으니 당신 역시 알고도 남겠지. 내가 행동해 온 지난날의 내 발자취가 나를 증명하지. 이렇듯, 당신이 제안한 그 협동이니 뭐니 하는 사업에 대한 나의 지참금은 이미 그대도 알고 있는 것이나 마찬가지요. 그러니 당신은 무엇을 투자할 것인지 말해 보시오?”

“스타인벡!”

“그 정도로는 너무 부족하지.”

“그건 적은 것이 아니오. 스타인벡이 있다면 피에르 르뒤크의 비밀도 알아낼 수 있을 것이고 케셀바흐의 계획이 무엇인지 그 실마리도 풀 수 있지 않겠소?”

세르닌이 갑자기 호탕한 웃음을 터뜨렸다.

“당신은 겨우 그 정도로 나하고 협조하자고 말한단 말인가?”

“그게 무슨 뜻이지?”

“생각해 보면 알 것 아닌가? 당신 제안은 마치 삼척동자의 장난 같소. 스타인벡이 당신 수중에 있는데도 당신이 나에게 협력을 바라고 있다면 그건 그자의 입을 열게 할 수가 없었다는 뜻이겠지. 그렇지 않다면 당신이 나에게 협력을 바랄 까닭이 없지 않소?”

“그래서 어떻게 하겠다는 거요?”

“나는 거절하겠소!”

두 사람이 자리에서 벌떡 일어나 금방이라도 덤벼들듯이 서로를 노려봤다.

“다시 한 번 확실히 말해두겠는데 나는 그 제의를 거절하오.”

세르닌 공작이 다시 냉정하게 잘라 말했다.

“뤼팽에게는 그 누구의 도움도 필요치 않아. 나 혼자서 충분히 할 수 있소. 독립해서 혼자 해나가는 것이 내 성미에 맞지. 당신이 말했듯이, 나와 대등한 실력을 가진 사람이라면 협조 같은 건 결코 필요하지 않을 거요. 두목이 될 만한 사람이라면 그 누구라도 휘어잡을 수 있어야지. 협조란 상대에게 복종하는 것이나 마찬가지니까. 나는 그 누구에게도 복종 따위는 하지 않소. 내가 그 누구에게 복종하겠는가?”

“정말 거절할 생각이오? 그래, 끝까지 거절할 생각이난 말이오?”

모욕을 꾹꾹 참느라 얼굴이 파랗게 변한 알텐하임 남작이 되풀이해 말했다.

“내가 당신을 위해 해줄 수 있는 일은, 당신을 내 부하로 써주는 일뿐이오. 물론 처음부터 크게 쓸 수는 없지. 처음에는 그냥 졸병으로 말이지. 내 지시에 따라 일하는 동안 당신은 훌륭한 대장은 어떻게 싸움을 해서 어떻게 이기는지 보고 배우게 될 것이오. 그리고 또 어떻게 자기의 힘으로 싸워 차지한 전리품을 혼자 독차지하는지도 알게 될 것이오. 어떤가, 졸병! 이제 말귀를 알아듣겠나?”

알텐하임은 체면도 잊어버린 채 표시가 나도록 손을 부르르 떨었다. 그리고 더듬거리며 말했다.

“당신은 잘못 생각하고 있소, 뤼팽…… 당신은 착각하고 있는 거요…… 나 역시 어느 누구의 도움도 필요치 않아! 이번 일만 해도 이제까지 해낸 것처럼 나 혼자 충분히 할 수 있지. 협조하자고 말한 것은 조금이라도 빨리 일을 성공시키기 위해, 방해를 받고 싶지 않기 때문이오.”

“난 당신이 조금도 방해가 되지 않는데…….”

뤼팽이 완전히 멸시하는 어조로 말했다.

“그럴 리가 있나! 협조하지 않는다면 성공하는 것은 단 한 사람뿐이오. 그것을 잘 알 텐데?”

“내가 바로 그 한 사람이니 나는 불만이 없는데…….”

“성공하는 그 한 사람은 반드시 상대의 시체를 타고 넘은 뒤라야 가능하지. 다시 말해, 서로 목숨을 빼앗지 않으면 불가능하지. 목숨을 내놓고 결투를 할 각오가 되어 있단 말인가? 하찮은 일에 베고 찌르는 그런 일은 당신이 싫어하는 줄 알았는데? 뤼팽, 당신의 그 목을 칼로 푹 찌르면 어떻게 되는지 잘 알 텐데?”

"아, 드디어 잘난 체를 하기 시작하는군. 당신의 그 제안인가 뭔가 하는 것이 실은 그런 것 아니었던가?"

"천만에! 나는 그다지 피를 좋아하지 않소. 하지만 이 주먹은 좀 보여줘야겠군. 내 방법은 때리는 데 있지. 그 누구고 주먹 한 방이면 나가떨어지지. 그냥 한 방이오. 그런데도 맞은 놈은 그냥 죽어버리지. 그리고 또 내게는 무서운 부하가 한 명 있지. 당신도 기억할 수 있을 것이오. 시체의 목에 났던 그 작은 상처 자국들……! 이봐요, 뤼팽! 당신도 그놈을 조심해야 할 거요. 그놈은 정말 잔인하니까. 조금도 인정머리가 없는 놈이니까 말이지."

남작은 목소리를 깔아 저음으로 달했다. 그 미지의 살인자가 누군지 보지 않아도 몹시 잔인할 거라는 느낌이 그 목소리에 담겨 있었다. 살인마가 어떻게 사람을 죽이는지 상상을 한 세르닌 공작이 몸서리를 쳤다.

"남작!"

세르닌 공작이 농담조로 남작을 불렀다.

"그 말을 듣고 보니 당신은 자기 동료를 몹시 무서워하고 있는 것 같군!"

"내가 두려워하는 것은 다른 사람을 위해서요. 우리가 가는 길을 방해하는 자, 다시 말해서 당신 같은 자들을 위해서요. 이봐요, 뤼팽! 내 제안을 승낙하시오. 그렇지 않으면 당신도 목숨을 부지하기 어려울 거요. 어쩔 수 없는, 필요한 경우에는 내가 직접 나서서 살인을 저지를 수도 있소. 어쨌든 우리의 목적은 바로 눈앞에 있소. 조금만 더 나아가면 일이 완성되지. 뤼팽, 당신은 이제 그만 물러나시오!"

남작의 눈에는 의지가 불타고 있었다. 당장이라도 상대를 때려눕힐 것 같은 난폭한 태도가 몸에서 느껴지고 있었다.

세르닌 공작이 양손을 펴 보이며 어깨를 움찔했다.

"이거 참! 배가 몹시 고프군!"

세르닌 공작이 크게 하품을 했다. 그리고 다시 입을 열었다.

"당신의 집에선 식사시간이 꽤 늦는 모양이군!"

문이 열렸다.

"식사 준비가 다 되었습니다."

집사가 안으로 들어와 식사 준비가 끝났음을 알렸다.

"이야! 이거 듣던 중 반가운 소식이군."

문간을 나서려던 알텐하임이 갑자기 세르닌의 팔을 꽉 움켜쥐었다. 그리고 하인이 보고 있는 것도 아랑곳하지 않고 말했다.

"앞으로 더 이상 강요는 않겠다. 승낙해라…… 몹시 중요한 순간이다. 그렇게 하는 편이 당신에게 이로울 것이다. 진심으로 하는 말이다. 그렇게 하는 것이 절대로 이롭다. 승낙해라!"

"이야, 캐비아가 다 준비되어 있군!"

세르닌 공작이 식당을 바라보며 큰 소리로 딴청을 부렸다.

"이것 참, 빈틈없이 준비했군. 러시아 공작을 초대했으면 당연히 이 정도는 되어야지."

두 사람이 식탁을 사이에 두고 마주앉았다. 남작이 몹시 아끼고 자랑하는, 덩치가 크고 기다란 은빛 털이 덮인 개, 보르조이가 두 사람 사이에 앉아 있었다.

"시뤼스를 소개하겠소. 나의 가장 충실한 친구요."

"이 친구가 나와 같은 나라 출신이라는 건 참 반가운 일이군."

세르닌 공작이 개를 살피고 있을 때 남작이 입을 열었다.

"나는 평생 잊지 못할 거요. 내가 목숨을 구해드렸을 때 황제가 나에게 주시겠다고 말씀하신 그 보르조이에 대해 말이오."

"아, 당신은 그런 명예도 가졌었소? 테러리스트가 음모를 꾸몄을 때였겠지요?"

"그렇소. 내가 지휘한 음모였소. 그런데 그 개의 이름이 세바스토폴이라니 한층 더 유쾌하지 뭐요."

점심식사는 평화로운 기운이 부드럽게 감도는 가운데 시작되었다. 알텐하임 남작은 보통 때의 유쾌한 기분으로 돌아와 있었다.

두 사람은 서로 재치와 공손함, 정중함을 겨루기라도 하는 듯했다. 세르닌 공작이 재미있는 이야기를 하면 남작이 다른 재미있는 이야기로 응수했다. 그들은 차례로 사냥 이야기, 스포츠 이야기, 여행 이야기를 했고 그들의 입에서 다시 유럽의 유서 깊은 명문가의 이름과 스페인의 대공작, 영국의 귀족, 헝가리의 토호, 오스트리아 대공의 이름이 연달아 쏟아져 나왔다.

"아! 어찌 되었거나……."

세르닌이 말했다.

“우리의 사업이란 참 괜찮은 것이로군! 이 지구상에서 가장 크고 가장 아름다운 개와 사귈 수 있으니 말이오. 어때, 시뤼스, 이 송이버섯을 넣은 새고기 요리를 좀 줄까?”

개는 세르닌에게서 잠시도 눈을 떼지 않고 내주는 것은 뭐든지 한 입에 받아먹었다.

“공작, 샹베르탱을 한 잔 드시지요?”

“고맙소, 남작!”

“자랑하는 것 같지만, 벨기에의 레오폴드 왕의 술 창고 속에 보관되어 있던 기막힌 물건이오.”

“받으신 건가요?”

“그렇지는 않소. 내가 멋대로 가져온 물건이오.”

“과연 좋군요. 향기가 정말 기막히군요! 이 간 요리와 너무나 잘 어울리는군요. 이건 정말 보기 드문 진귀한 물건입니다. 정말 감탄스럽소. 댁의 요리사 솜씨는 그야말로 일류요. 나오는 요리마다 모두 맛이 기막히군.”

“아, 그렇다니 정말 다행이오. 이 요리를 한 사람은 여자요리사인데 꽤 많은 돈을 들여 사회당의 대의원 르브라르에게서 데려왔지요. 그 카카오 아이스크림을 한번 맛보시오. 그리고 당신에게 권하고 싶은 것이 또 있소. 함께 곁들여 내온 이 쿠키……오, 이거야말로 천재가 발명한 것이라고 해도 과언이 아닌 진미요.”

“그렇군요. 보기만 해도 맛이 있어 보입니다.”

음식을 개인접시에 덜어내며 세르닌이 말을 이었다.

"보는 것만큼 맛까지 좋다면 이거야 정말 굉장한 걸작이겠군. 자, 너도 먹어라, 시뤼스. 너도 이 음식을 좋아하겠지. 로큐스트도 이토록 훌륭하게 만들지는 못했을 거다."

세르닌 공작이 재빨리 쿠키 한 개를 집어 내밀자 이번에도 개가 그것을 한 입에 날름 삼켰다. 쿠키를 먹은 개는 몇 초 동안 움직이지 않더니 곧바로 제자리에서 한 바퀴 빙그르르 돌고 나서 그대로 나동그라졌다.

개가 죽는 것을 보고 난 세르닌 공작이 재빨리 자리에서 일어나 뒤로 물러났다. 비겁하게 하인들이 등 뒤에서 덤벼들 것을 대비한 행동이었다. 그런 뒤 세르닌 공작은 곧바로 크게 웃기 시작했다.

"이봐, 남작! 자네가 친구를 독살하고 싶었다면 목소리를 차분하게 가라앉히고 손이 떨리지 않도록 신경을 썼어야지. 그렇지 못하면 상대가 조심하게 되니까 말야. 나는 사실 자네가 사람 죽이는 일을 싫어하는 줄로만 생각하고 있었는데 유감이군."

"난 칼 같은 것으로 죽이는 걸 싫어할 뿐이지."

알텐하임 남작이 당황해하는 기색도 없이 태연하게 말을 받았다.

"옛날부터 나는 그 누군가를 독을 먹여 죽여보고 싶다는 생각이 있었어. 어떤 기분이 드는지 한번 감상해 보고 싶었지."

"감상하기에는 너무 무리한 상대를 골랐군. 그게 하필 러시아의 공작님이라니!"

세르닌 공작이 성큼성큼 알텐하임에게 다가가 은밀한 이야기
라도 나누려는 듯이 말했다.

"잘 들어두게! 자네가 지금 나를 독살하는 데 성공했다면, 다
시 말해, 내가 3시가 돼도 여기서 나가지 않으면 자네에게 어떤
일이 일어나는지를 말이야. 3시 반에는 경찰청장이 알텐하임 남
작이라 자칭하고 있는 사나이의 정체를 알아낼 테고, 그는 저녁
때가 되기 전에 자네를 붙잡아 교도소에 처넣게 되어 있다네."

"겨우 그런 건가!"

알텐하임 남작이 코웃음을 쳤다.

"교도소라면 얼마든지 도망칠 수 있지. 하지만 자네가 갈 뻔
했던 저승은 한 번 가면 결코 돌아올 수 없는 곳이지."

"그건 그렇겠군. 하지만 그렇게 하기 위해서는 먼저 나를 저
세상으로 보내야 하는데 그게 쉽지 않으니 문제지."

"그 쿠키를 한 개만 먹으면 당신은 내게서 저승 차비를 타내
야 할걸."

"정말 그런가? 그게 확실한가?"

"궁금하면 한번 먹어 보시지."

"젊은이, 아무리 살펴보아도 당신은 아직 두목이 될 만한 재
목은 못 되는군. 어린아이를 속이는 것같이 유치한 이런 짓을
하는 것을 보면 앞으로도 그런 재목은 못 될 것 같아. 우리처럼
세상을 살아가려면 그럴 만한 자격이 필요하지. 그 어디서 뒹굴
고 그 어떤 알 수 없는 위험이 닥치더라도 맞설 각오가 되어 있
어야 하지. 이름도 성도 없는 멍청한 놈이 독살하려는 수작에

넘어가 죽어서야 어디 건달이라고 할 수 있겠나. 나 같은 건달
이 되기 위해 가장 필요한 것은 두려움을 모르는 불굴의 정신과
불사신의 몸이다. 알겠는가, 젊은이? 아직 공부가 많이 부족하
다. 말만 번지르르하지 아직 멀었어. 나를 좀 보게나. 나는 불사
신이라서 두려운 것이 없다. 미트리다트 왕에 대한 이야기라도
좀 생각해 보게."

세르닌 공작은 다시 자기의 자리로 돌아가 유유히 말을 이
었다.

"자, 이쯤에서 다시 식탁에 앉는 게 좋겠군! 나는 다른 사람에
게 잘난 체와 자랑만 하고 실지로 보여주지 못하면 기분이 좋지
않지. 그냥 가면 밤에 잠잘 때 기분도 좋지 않을 것 같고, 또 당
신의 요리사 할멈을 슬프게 하는 것도 내 본뜻이 아니니 그 쿠
키 접시를 다시 이리로 좀 주게."

세르닌 공작이 쿠키를 한 개 집어들어 둘로 쪼갰다. 그는 그
한쪽을 남작에게 내밀었다.

"먹어라!"

남작이 어쩔 줄을 몰라 하며 손조차 내밀지 못했다.

"겁쟁이!"

세르닌이 말했다.

공작은 곧바로 남작과 하인들이 보는 앞에서 쿠키의 절반을
입에 넣었다. 다음에 나머지 절반까지 입에 넣고 천천히 꼭꼭
씹어 먹었다. 그는 매우 맛있다는 듯이 조그마한 부스러기 하나
라도 흘리지 않으려고 노력하며 깨끗이 먹어치웠다.

두 사람이 다시 만났다.

그날 저녁, 세르닌 공작이 알텐하임 남작을 바텔 카바레에 초대한 것이었다. 시인, 음악가, 자본가를 한 사람씩, 그리고 두 명의 아름다운 여배우를 함께 불러 만찬을 베풀었다.

이튿날 두 사람은 다시 불로뉴의 공원에서 점심을 함께했다. 그리고 밤이 되자 오페라 극장에서 만났다.

이런 식으로 일 주일 동안 그들은 날마다 만났다.

다른 사람의 눈에는 그들이 매우 친한 사이고 믿음과 존경과 동경을 바탕으로 한 우정이 생겨난 것처럼 보였다.

그들은 좋은 술을 마시기도 하고 가장 좋은 잎담배를 피우기도 했다. 때로는 미친 사람처럼 크게 웃기도 하며 유쾌하게 즐겼다.

그러나 이 모든 것은 겉치레에 지나지 않았다. 그들의 실제 속마음은 서로를 알려고 쉬지 않고 탐색을 하고 있었다. 야만적인 증오를 바탕으로 한 불구대천지 원수와도 같은 두 사람은 서로 상대를 넘어뜨릴 수 있다고 굳게 믿고 있었고 또 그럴 기회가 오기를 호시탐탐 노리고 있었다. 알텐하임 남작은 세르닌 공작을 없애려고, 세르닌 공작은 알텐하임 남작을 지옥의 밑바닥으로 떨어뜨리기 위해 쉴 없이 기회를 노리고 있었다. 두 사람 모두 결말이 다가오고 있음을 너무나 잘 알고 있었다. 어느 쪽인가 한 사람은 목숨을 잃을 수밖에 없었다. 이것은 이미 정해진 기정사실이었다. 문제는 시간일 뿐이었다.

이 모든 일이 삶에 활력소를 가져다 주는 한 편의 연극과 같았다. 세르닌 공작에게 있어서는 알텐하임 남작이 짜릿하고 맛있는 음식과 다름없었다. 분명히 적수인 줄 알면서도 모르는 체하며 시치미를 떼고 함께 어울려 생활하는 것은 일종의 쾌감이었다. 자칫 한 걸음만 헛디디거나 조금만 방심하면 눈 감짝할 사이에 죽음으로 내몰릴 수 있다는 것을 알면서 생활한다는 것은 사치스런 쾌락이었다.

어느 날 알텐하임 역시 회원으로 있는 캉봉 가의 클럽 정원에서 그들은 단둘이 있게 되었다. 6월의 해질 무렵이었다. 일반인들은 슬슬 저녁식사를 시작할 때였지만 밤을 즐기는 사람들은 아직 나타나지 않을 시각이었다.

그들은 잔디밭 주위를 천천히 거닐었다. 정원수에 가려진 벽이 잔디밭을 따라 늘어서 있었고, 벽에는 작은 출입구가 하나 나 있었다. 알텐하임 남작의 이야기를 듣고 있던 세르닌 공작은 갑자기 이야기를 하는 사람의 목소리가 불안정해지며 떨리고 있다는 느낌을 받았다. 그는 곁눈질로 상대를 살폈다. 알텐하임 남작의 한 손이 신사복 호주머니에 들어가 있었다. 그때 세르닌 공작은 보았다. 신사복 옷감을 통해 그 손이 단도의 손잡이 주위에서 주저주저 맴돌고 있는 것을.

짜릿한 순간이었다. 단도를 들고 덤벼들 것인가? 결단을 내리지 못하고 있는 심약한 본능과 살인을 저질러야 한다는 의식 사이에서 그 어느 것이 승리할 것인가?

가슴을 펴고 두 팔을 등 뒤로 돌려 기지개를 켜면서 세르닌 공작은 이제나저제나 하며 한참을 기다렸다. 남작이 이야기를 멈췄다. 그들은 말없이 어깨를 나란히 하고 한참을 걸었다.

"이봐, 찌르려거든 빨리 찔러! 기다리기도 힘들어."

더 이상 참지 못하고 마침내 공작이 소리쳤다.

공작은 걸음을 멈추고 상대편 쪽으로 돌아섰다.

"얼른 찌르지 못해! 좀처럼 잡기 힘든 좋은 기회 아닌가! 아무도 자네를 보고 있지 않아. 자네는 나를 찌르고 저 작은 문으로 달아나면 되는 거야. 다행스럽게도 열쇠가 벽에 매달려 있군. 나를 죽여도 아무도 본 사람이 없고 알지도 못 해. 이런 기회를 잡기 위해 자네가 미리 꾸민 일 아니던가? 자네가 나를 이리로 끌어내지 않았나. 그런데 이제 와서 새삼스럽게 주저할 게 뭐란 말인가! 이봐, 얼른 찌르라구!"

공작은 상대의 눈을 뚫어지게 바라보았다. 남작은 핏기가 없는 창백한 얼굴로 힘없이 떨고 있었다.

"이 겁쟁이 녀석!"

세르닌 공작이 고함을 쳤다.

"자네는 오래도록 시중을 들고 돌보아 줘도 아무것도 될 성싶지가 않아. 사실을 말해줄까? 자네는 내가 두려운 거야. 그래, 틀림없어. 나와 마주보고 있으면 어떤 꼴을 당할까 걱정이 되어 그 걱정에만 몰두하고 있는 거라구. 먼저 도전해 온 사람이 자네고 나는 아무 짓도 하지 않았는데 왜 나에게 두려움을 느끼고 있는 건가? 아직 자네는 멀었어……."

공작은 말을 채 끝내기도 전에 누군가에게 목이 잡혀 뒤쪽으로 끌려가는 것을 깨달았다. 그 작은 문 옆의 정원수 뒤에 숨어 있던 어떤 자가 그의 머리를 잡은 것이었다. 그는 억센 손에 들린 날카로운 단도가 치켜 올라가는 것을 보았다. 팔은 번개같이 내려쳐졌고 단도의 칼끝이 정통으로 공작의 목을 찔렀다.

이와 때를 같이하여 알텐하임 남작이 급소를 노리고 덤벼들었다. 그들은 얼싸안은 채 화단 속으로 쓰러졌다. 겨우 몇 초의 짧은 격투였다. 그렇게도 완력을 자랑하고 경험도 많은 알텐하임이었지만 공작과 맞붙었다고 생각하는 순간 고통스러운 신음 소리를 내며 뻗어버리고 말았다. 세르닌 공작은 잽싸게 일어나 검은 그림자가 달아난 작은 문으로 달려갔다. 그러나 이미 때가 늦어 있었다. 속에서 자물통이 걸리는 찰칵 소리가 들려왔다. 문을 밀어보았으나 예상대로 열리지 않았다.

"비열한 놈! 두고 봐라! 네놈을 붙잡는 그날이 바로 네 제삿날인 줄 알아라! 두고 봐라!"

공작이 다시 되돌아왔다. 그는 화단을 향해 몸을 굽혔다. 그의 목을 찔렀을 때 부러진 단도의 파편이 화단 여기저기에 널려 있었다. 그는 부러진 단도의 조각들을 주워 모았다.

그제야 알텐하임 남작이 겨우 꿈틀대기 시작했다.

"어떤가, 남작! 통증이 좀 가셨나? 나의 그 일격을 처음 맛본 모양이군? 나는 그것을 불끄는 직격탄이라고 부르는데, 그 이유는, 단 한 방으로 당신 같은 사람의 생명의 불이 마치 촛불처럼 꺼지기 때문이지. 시간도 걸리지 않고 깨끗하고 아픔도 없거니와 실수하는 일이 없어 아주 좋지. 그런데 단도로 찌르는 것은 마치 아이들의 장난 같거든. 우스워서 도저히 웃음을 멈출 수 없을 정도야! 칼이라면 나처럼 쇠사슬로 엮은 그물을 만들어 목에 대기만 하면 아무 걱정이 없거든. 아무도 두려워할 필요가 없지. 그 가운데도 특히 당신의 동료인 그 검은 옷을 입은 놈은 더더욱 그래. 상대할 가치조차 없는 놈이지. 한 가지밖에는 할 줄 모르는 그런 바보들은 그저 목밖에는 찌를 줄 모르거든! 이것 좀 보라구. 이것이 놈이 가장 마음에 들어 하는 장난감인데…… 유감스럽게도 산산조각이 나고 말았어!"

공작이 남작에게 손을 내밀었다.

"자 남작, 내 손을 잡고 일어나게. 내가 만찬에 초대하지. 그 보답으로 제발 머리 좀 쓰게. 내가 남보다 뛰어난 비결이라는 게 바로 불사신의 몸에 깃든 두려움을 모르는 정신이라는 걸 말야."

공작은 클럽의 살롱으로 돌아와 둘이 식사를 하기 위한 식탁을 예약했다. 그는 소파에 앉아 생각에 잠긴 채 식사시간이 되기를 기다렸다.

'이 게임은 재미있는 게 사실이지만 이제 꽤 위험해지기 시작하는군. 이쯤에서 그만둬야지 안 되겠어…… 잘못하다가는 저 피라미들이 내가 원하는 것보다 빨리 나를 천국으로 보내게 될지도 모른단 말야. 좀 귀찮은 것은 스타인벡 영감을 찾아낼 때까지 놈들에게 손을 쓸 수 없다는 것이지. 나는 스타인벡 영감에게 꽤 흥미가 있으니까 말야. 내가 이토록 남작 옆에 붙어 있는 것도 결국은 뭔가 단서를 얻기 위해서 아닌가. 놈들은 그 영감을 도대체 어디다 숨겨놓았을까? 알텐하임이 영감과 거의 날마다 연락을 취하고 있는 건 틀림없다. 그가 영감의 입에서 케셀바흐 계획에 대한 정보를 끌어내려고 되지도 않는 일을 시도하고 있을 거란 것도 의심할 여지가 없다. 그런데 그는 어디서 영감과 만나고 있단 말인가? 친구의 집일까? 아니면 뒤퐁 빌라 29번지의 자택에서?'

공작은 오랫동안 골똘히 생각에 잠겨 있었다. 그러다 그는 담배에 불을 붙였다. 그는 급하게 담배를 서너 모금 빨고 나서 그대로 내던져버렸다. 그런데 그것이 어떤 신호였던 모양이었다. 그의 그 행동이 끝나자마자 두 젊은이가 그의 옆 테이블로 다가와 앉았다. 그는 두 사람을 알지 못하는 듯이 행동하며 두 사람과 간단한 말을 주고받았다.

두 사람은 도드빌 형제였다. 오늘 저녁 그들은 사교계의 신사 같은 차림을 하고 있었다.

"두목, 무슨 볼일이라도?"

"아이들을 여섯 명 데리고 뒤퐁 빌라 29번지로 가라. 일제히 쳐들어가는 거다."

"그건 쉽지 않은 일이겠는데요! 어떤 명목으로 쳐들어갑니까?"

"법을 앞세워 쳐들어가는 거지. 자네들은 치안국 형사들 아닌가? 가택수색을 할 수 있을 텐데?”

“그건 우리 권한 밖의 일인데요…….”

“그럴 권한이 없으면 어떻게 해서라도 권한을 따내는 수밖에 없지.”

“하인들은 어떻습니까? 저항을 하면 어떻게 할까요?”

“네 명밖에 없다.”

“소리라도 지르면 큰일 아닙니까?”

“소리를 질러대거나 하지는 않을 것이다.”

“만일 알텐하임 남작이 돌아온다면?”

“10시 이전에는 돌아가지 않을 거야. 그때까지는 내가 잡고 있을 테니까. 자네들에게는 두 시간 반이라는 넉넉한 시간이 있는 셈이지. 온 집안을 아래에서 위까지 샅샅이 수색하기에 충분한 시간이다. 스타인벡 영감이 발견되거든 내게 곧장 알리도록 하고.”

그때 알텐하임 남작이 테이블로 다가왔다. 세르닌 공작이 일어나 그를 맞았다.

“이제 슬슬 식사를 해볼까. 조금 전 정원에서 한바탕 몸을 풀었더니 배가 꽤 고프군. 식사를 하며 자네에게 그 일에 관련해 충고도 좀 해야겠고…….”

두 사람은 식탁에 자리를 잡고 앉았다.

식사가 끝나자 세르닌 공작이 당구를 치자고 제안했다. 남작은 청을 마다하지 않았다. 당구의 승부가 나자 그들은 도박장으로 자리를 옮겼다. 도박사가 소리를 지르고 있었다.

“판돈은 1천 프랑, 누구 하실 분 안 계십니까?”

“2천 프랑에 자리를 맡겠다.”

알텐하임 남작이 말했다.

세르닌 공작이 시계를 보았다. 10시였다. 도드빌 형제는 아직 보고하러 오지 않았다. 가택수색이 헛수고로 끝났을 확률이 높았다.

“나도 걸겠소!”

공작이 소리쳤다.

알텐하임 남작이 자리에 앉아 카드를 나눠줬다.

“먹겠소?”

“필요 없소.”

“7.”

“6.”

“내가 졌군.”

세르닌 공작이 말했다.

“두 배를 걸고 다시 합시다.”

세르닌 공작이 판돈을 올렸다.

“좋습니다.”

남작이 응했다.

남작이 다시 카드를 나눠줬다.

“8.”

세르닌 공작이 말했다.

“9.”

카드를 내어 보이며 남작이 말했다.

세르닌 공작이 자리에서 일어나 뒤돌아 나가며 낮은 소리로 중얼거렸다.

"밑천이 6천 프랑이나 들었지만 오히려 고마울 지경이군. 그 덕에 놈을 지금까지 붙잡아놓을 수 있었으니 말야."

곧바로 자동차가 와서 세르닌 공작을 실어다 뒤퐁 빌라 29번 지 앞에 내려놓고 갔다. 도드빌 형제와 그 수하의 사람들이 현관에 모여 있었다.

"영감은 찾았나?"

세르닌 공작이 물었다.

"허탕쳤습니다."

"나쁜 소식이군! 틀림없이 그 부근 어디에 있을 텐데…… 하인들은 어디에 있나?"

"저쪽 식당에 붙잡아 놨습니다."

"좋아! 내가 모습을 보이지 않는 편이 아무래도 좋겠지. 모두들 그만 돌아가라. 장, 자네는 밑에서 감시하고 있게. 자끄, 자네는 나를 안내해. 집 안을 한번 구석구석 살펴보자."

세르닌 공작은 지하실에서 시작하여 1층, 2층, 3층, 지붕 밑의 다락을 차례차례 살피고 다녔다. 그가 무엇인가를 살피기 위해 잠시라도 멈춰 서는 일은 없었다. 부하들 여러 명이 세 시간이나 노력했는데도 찾아내지 못한 것을 단 몇 분 동안에 찾아낼 수는 없다는 것을 그는 잘 알고 있었다. 그는 단순히 집의 구조와 방들의 생긴 모양을 머릿속에 새겨넣었다.

집을 한 바퀴 훑어본 다음 그는 도드빌이 가르쳐준 알텐하임의 침실로 들어갔다. 그는 그 방만은 꼼꼼히 살폈다.

"내가 숨어 있기에 여기가 안성맞춤인 것 같다."

옷이 빽빽하게 들어찬 어두운 벽장을 가리고 있는 커튼을 젖히며 공작이 말했다.

"여기 들어가 있으면 방 전체를 다 볼 수 있겠다."

"만약 남작이 집이라도 뒤지면 어떻게 하시려고요?"

"무엇 때문에 그런 일을 하겠어?"

"하인들에게 가택수색을 당했다는 말을 들을 것 아니겠습니까?"

"그렇다고 해도 설마 우리 가운데 한 사람이 남았으리라고는 생각하지 못할 거야. 가택수색기 실패로 끝났다며 여유를 부리고 있겠지. 하여튼 나는 여기 남겠다."

"그럼, 나갈 때는 어떻게 하시렵니까?"

"아, 걱정도 팔자군. 참으로 꼬치꼬치 묻는다. 들어왔으면 나가는 법도 있기 마련이지. 자, 도드빌, 문을 닫고 이만 가보게. 아래 있는 형과 함께 돌아가게. 그럼 내일…… 그렇지 않으면……."

"그렇지 않으면…… 뭡니까?"

"아니다. 볼일이 생기면 내가 연락을 하겠네."

공작은 벽장 속 깊숙이 들어 있는 의자에 앉았다. 네 줄로 걸려 있는 옷이 그의 몸을 숨겨주고 있었다. 일부러 뒤지지 않는 한 그곳은 들킬 염려가 없는 매우 안전한 장소였다.

10분이 지났다. 그때 그는 자신이 숨어 있는 집을 향해 다가오는 말의 둔한 발소리와 방울소리를 들었다. 한 대의 마차가 집 앞에 멈추는 것 같았다. 아래층의 문이 삐거덕 열리는 소리가 들려왔다. 그리고 곧바로 사람들의 말소리와 고함소리가 점점 더 또렷하고 크게 들려왔다. 아래층이 몹시 소란스러웠다. 남작이 묶여 있던 하인들의 재갈을 풀은 모양이었다.

'오늘 밤 벌어진 일들을 모두 설명하는 모양이구나.'

공작은 얼굴에 미소를 지은 채 계속 상상을 했다.

'지금 남작은 화가 머리끝까지 치밀어 있겠지. 이제야 겨우 놈은 오늘 밤 내가 클럽에서 했던 행동의 의미를 깨닫고 생각지도 못 했던 뒤통수를 얻어맞았다고 분해하겠지. 하지만 이것으로는 한 대 먹였다고 말할 수 없지. 스타인벡 영감이 아직도 여전히 내 손에 들어오지 않았으니까…… 그렇지만 이제 곧 그 영감이 있는 장소가 밝혀지겠지. 이 상황에서 놈의 제일 큰 관심은 뭐니뭐니해도 스타인벡 영감을 뺏기지는 않았을까 하는 것일 테니까. 이제 놈이 그것을 확인하려고 영감을 숨겨놓은 장소로 달려갈 것이다. 계단을 올라온다면 그 장소는 2층일 테고, 계단을 내려간다면 지하실이 그 장소일 테지.'

공작은 온 귀에 신경을 집중하며 조그마한 소리도 놓치지 않으려고 애썼다. 목소리는 여전히 아래층 여기저기서 들려왔다. 사람이 움직이는 듯한 낌새가 없었다. 알텐하임 남작이 여전히 하인들에게 이것저것을 묻고 있는 모양이었다.

30분 정도 지나서였다. 세르닌 공작이 계단을 올라오는 발소리를 들었다.

‘역시 위층인 모양이군!’

그는 스스로에게 속으로 말했다.

‘그런데 어째서 이렇게 많은 시간이 걸렸을까?’

“모두 돌아가 자라.”

침실 앞에서 들려온 알텐하임 남작의 목소리였다.

남작이 부하 한 명을 데리고 침실로 들어왔다. 그리고 문을 닫았다.

“도미니크, 나도 이만 자야겠다. 밤새도록 떠들어 봤자 아무 소용도 없을 테니까.”

“제 생각으로는, 놈이 스타인벡 영감을 찾으러 왔었던 게 분명합니다.”

도미니크라 불린 자가 말했다.

“나 역시도 그렇게 생각해. 그래서 내가 웃는 거야. 여기에 스타인벡이 없으니까 말야.”

“그런데 그 영감은 도대체 어디에 있는 겁니까? 그 영감을 두목님이 어떻게 처리했는지 궁금합니다.”

“그건 비밀이야. 자네도 잘 알잖아. 나는 비밀을 혼자 간직하는 버릇이 있다는 걸 말야. 내가 지금 말할 수 있는 건, 감옥이 몹시 견고해, 그가 비밀을 말하기 전에는 거기서 절대 나올 수 없다는 것뿐이지.”

“오늘 밤 공작은 헛수고만 실컷 한 셈이군요.”

“바로 그렇지. 게다가 놈은 이런 시간 낭비를 하며 스스로 돈까지 손해보았으니, 정말 난 유쾌하지 않을 수 없어. 정말 난 우스워 배꼽이 빠질 지경이야! 미련한 공작 놈 같으니.”

“그런데 두목, 이쯤에서 놈을 없애버리지 않으면 꽤 귀찮아질 겁니다.”

“그런 걱정이라면 할 필요 없다. 이제 곧 놈은 죽을 운명이다. 오늘부터 여드레가 지나기 전에 뤼팽의 가죽으로 돈지갑을 만들어 자네에게 주도록 하지. 특별한 날 기분 좋게 쓰도록 해. 자, 이젠 그만 자야겠다. 졸려 죽겠다.”

곧바로 문이 열렸다 닫히는 소리가 들려왔다. 이어 세르닌 공작은 빗장이 걸리는 소리를 들었고 남작이 호주머니 속에 들어 있던 것들을 탁자에 꺼내놓는 소리를 들었다. 시계 태엽을 감는 소리에 이어 옷을 벗는 부스럭거리는 소리도 들렸다.

남작은 기분이 매우 좋은 것 같았다. 휘파람을 불기도 하고 콧노래를 흥얼거리기도 하고 큰 소리로 중얼거리기도 했다.

“그렇지, 뤼팽의 가죽으로 만든 돈지갑이다…… 그것도 앞으로 여드레 이내에…… 아니, 나흘 이내에 만들고 말 테다! 그렇게 하지 않으면 결국 내가 놈에게 당하고 말아. 악당 놈! 아무튼 오늘 밤은 녀석에게 보기 좋게 한 방 먹었군. 과연 계획도 멋있었고 짚기도 잘 짚었는데…… 스타인벡이 있을 곳은 이 집밖에는 없지…… 하지만 아무리 귀신 같은 놈이라도 그건…….”

남작은 침대 속으로 기어 들어가 불을 껐다.

세르닌 공작은 커튼이 있는 곳까지 나와 살그머니 커튼을 젖혔다. 창을 타고 들어온 희미한 불빛이 침대의 윤곽을 비췄다.

'어리석은 짓을 한 것은 과연 나인 것 같군. 마지막까지 실수만 했으니. 놈이 코를 골기 시작하거든 여기에서 나가야겠다.'

공작이 그렇게 생각하고 있을 때 어떤 희미한 소리가 들려왔다. 무슨 소리인지 그 종류를 추측하기조차 힘들었지만 아무튼 침대에서 나는 소리인 것만은 분명했다. 그것은 간신히 알아들을 수 있을 정도의 삐걱거리는 소리였다.

"이봐 스타인벡, 그 이야기는 어찌 되었어?"

어둠 속에서 갑자기 들려온 목소리는 남작의 말소리였다. 그건 의심할 여지도 없었다. 그러나 스타인벡은 이 방에 없었다. 그런데 어떻게 스타인벡을 향해 지껄인단 말인가?

"당신은 정말 융통성이 조금도 없는 고집쟁이군. 뭐야? 그렇다고 말하는 건가? 바보 같은 놈! 버텨봤자 시간이 조금 더 걸릴 뿐이지 어차피 당신이 알고 있는 것을 모두 토해낼 수밖에 없어…… 싫다고……? 그래? 싫으면 하는 수 없지. 잘 자게, 내일 다시 만나자구."

'내가 꿈을 꾸고 있는 건가?'

세르닌 공작은 자신의 귀를 의심하지 않을 수 없었다.

'그렇지 않다면 저놈이 꿈속에서 헛소리를 하는 것이겠지. 논리적으로 생각해, 그렇지 않은가 말이다. 스타인벡은 저자의 곁은 물론 옆방에조차도 없지 않은가…… 낮에 그렇게 찾아보았는데 집안 그 어디에도 없었는데…… 알텐하임도 조금 전 부하에게 그가 여기에 없다고 말하지 않았던가. 그렇다면 저 이상한 이야기는 대체 무엇이란 말인가?'

공작은 망설이지 않을 수 없었다. 불시에 남작을 덮쳐 그의 목을 조르고 온갖 폭력과 협박으로 입을 열게 만들 것인가? 아니, 그런 짓은 어리석기 짝이 없는 일이었다. 알텐하임은 그만한 일로 항복할 그런 놈이 아니었다.

'그럼 이제 슬슬 돌아가 볼까? 지금 나간다면 하룻밤의 손해를 절반으로 줄일 수 있을 테니까…….'

그러나 그는 돌아가지 않았다. 그냥 이대로 빈손으로 돌아가기에는 너무 억울했다. 좀더 기다리면 어떤 기회가 주어질지도 모른다는 생각이 들었다.

공작은 매우 조심스럽게 움직여 네댓 벌의 옷과 외투를 옷걸이에서 벗겨내 바닥에 깔았다. 그는 옷 위에 조심스럽게 앉아 벽에 비스듬히 등을 기댄 채 누워 잠을 청했다. 그는 곧 깊은 잠 속으로 빠졌다.

남작은 아침 일찍 일어나는 편이 아니었다. 그가 잠자리에서 일어나 하인을 부른 것은 어디에선가 들려온 괘종시계 종소리가 9시를 알렸을 때였다.

남작은 하인이 가지고 온 편지를 읽었다. 그런 뒤 그는 한마디 말도 없이 옷을 갈아입었다. 그리고 몇 통의 편지를 썼다. 그 사이 하인은 전날 밤에 입었던 옷을 차근차근 벽장에 챙겨 넣었다. 세르닌 공작은 주먹을 불끈 쥔 채 싸울 준비를 하고 있었다.

'이 녀석에게까지 한 방 먹여야 하나?'

10시가 되자 남작이 하인에게 말했다.

"나가 있게!"

"아직 이 조끼의 손질이 끝나지 않았는데요…….."

"가라면 가. 내가 부를 때까지는 들어오지 마라."

남작은 하인을 내보내고 손수 문을 닫았다. 그는 아무도 믿지 못하는 것 같았다. 그런 남작의 행동을 보며 세르닌 공작은 비열하고 한심하다는 생각을 했다.

남작이 전화기가 놓여 있는 탁자로 다가가 수화기를 들었다.

"여보세요…… 전화국이지요? 가르쉬를 부탁하고 싶소만…… 그렇습니다. 부탁합니다. 그럼 신호를 기다리고 있겠습니다……."

수화기를 내려놓고도 남작은 그대로 전화기 옆에 서 있었다.

그를 지켜보는 세르닌 공작은 지루하고 답답해서 죽을 지경이었다. 남작은 과연 그의 살인 공범자와 어떤 이야기를 나눌 것인가?

전화벨 소리가 울리기 시작했다.

"여보세요?"

알텐하임 남작이 말했다.

"가르쉬 전화국인가요? 그럼 38번을 불러주시오…… 그렇습니다. 38번입니다. 4의 두 배인 3 말입니다."

그는 잠시 뒤 방금 전보다 훨씬 낮은 목소리로 겨우 알아들을 수 있을 정도로 말했다.

"38번입니까……? 아, 난데…… 쓸데없는 말은 그만두고…… 어제 말인가……? 그랬지. 그 정원에서는 실패했어…… 다음번에는 좀더 잘해야 되겠던걸. 틀림없어야 해. 그리고 가능한 빨리…… 어젯밤에도 놈이 집을 샅샅이 뒤졌어…… 자세한 이야기는 나중에 다시 하겠네만…… 아무것도 찾아내지는 못했지. 그야 당연하지…… 뭐라고……? 여보세요……? 괜찮아! 그 스타인벡 영감은 여전히 말을 하지 않아…… 협박도 해보고 사탕발림도 해보았지만 전혀 말이 먹히지 않아…… 여보세요……? 그렇단 말야…… 공교롭게도, 그렇다니까. 그 늙은이는 우리가 아무 짓도 못할 거라고 생각하고 있는 거야…… 그는 우리가 케셀바흐 계획에 대해서는 전혀 모르고 피에르 르뒤크에 대해서도 극히 조금밖에 모른다고 생각하고 있어…… 사실 그 수수께끼를 푸는 열쇠를 가지고 있는 건 그 늙은이뿐이지…… 그렇고말고. 틀림없이 말하게 하고 말겠어. 그 일은 내가 책임지지…… 당장 오늘 밤에라도 실토하게 할 테니…… 실토하지 않으면…… 불쌍하지만 하는 수 없지 뭐…… 남의 손에 넘어가는 것보다는 그렇게라도 하는 것이 나을 테니까! 그러다 공작에게 빼앗기기라도 하는 날이면 어떻게 되겠나! 그 녀석은 사흘 안에 처리할 필요가 있어…… 좋은 생각이 있다고? 응, 응…… 과연 멋진 생각이군. 오! 과연 명안이야…… 그 문제는 나도 생각해보겠네…… 그런데 우리 언제 만날까? 화요일이 어때? 그럼 그렇게 하지. 염려 말아. 그럼 내가 화요일에 그리로 가지…… 2시로 약속을 잡지……."

남작은 수화기를 다시 제자리에 갖다놓더니 그대로 나갔다.

세르닌 공작은 밖에서 들려오는, 남작이 지시를 내리는 소리를 들었다.

"앞으로는 매우 조심해야 한다. 어젯밤처럼 어이없이 속임수에 넘어가는 일은 두 번 다시 있어선 안 된다. 나는 밤에 돌아올 것이다."

무거운 현관문이 닫히는 소리가 들렸다. 이어서 정원에 있는 대문이 열리는 소리가 나더니 멀어져 가는 마차의 방울소리가 들려왔다.

20분 정도 지나서 두 하인이 공작이 숨어 있는 방으로 들어와 알 수 없는 소재로 이야기를 나누며 창문을 열어놓고 방 안을 청소한 뒤 나갔다.

두 하인이 나간 뒤에도 세르닌 공작은 한참 동안 가만히 기다렸다. 곧 하인들의 식사시간이 되었다. 하인들이 모두 부엌의 식탁에 둘러앉았으리라고 생각되었을 때 세르닌 공작은 벽장에서 기어 나와 침대, 그리고 침대와 붙어 있는 벽을 살펴보았다.

'이상하다. 정말 이상해…… 아무 데도 이상한 점이 보이지 않아. 침대 밑바닥이 이중으로 되어 있을 리도 없고…… 밑에 구멍이 뚫려 있을 리도 없고…… 어디 옆방으로 가볼까?'

공작은 발소리를 죽이며 살그머니 옆방으로 건너갔다. 그러나 옆방은 가구 하나 놓여 있지 않은 빈방이었다.

'그 영감이 있는 곳은 여기도 아닌 모양이다…… 혹시 이 벽 속에? 불가능한 일이야. 벽이라기보다는 칸막이라고 하는 편이 옳겠군. 너무 얇아. 도무지 이유를 알 수 없군.'

공작은 마룻바닥, 벽면 등을 꼼꼼히 눌러보고 밀어보며 시간을 낭비했다. 만약 이곳에 스타인벡 영감이 잡혀 있다면 당연히 어떤 장치가 되어 있을 터였다. 어쩌면, 알고 보면 그것은 생각했던 것보다 훨씬 간단한 것일지도 몰랐다. 그러나 지금 당장은 그것을 알아낼 방법이 없었다.

'어쩌면 역시 알텐하임이란 놈이 잠꼬대를 한 것일 수도 있어. 그렇게밖에는 생각할 수 없지 않은가? 내 생각이 맞는지 틀리는지 확인하는 방법은 내가 여기에 남아 계속 조사하는 방법밖에는 없다. 그래, 나는 남아야 한다. 그 다음 일은 될 대로 되겠지.'

들키면 귀찮은 일이 생기기 때문에 그는 다시 있던 벽장으로 되돌아가 숨었다. 그리고 그는 벽장 속에서 꼼짝도 하지 않았다. 그는 그곳에서 별 쓸모도 없는 여러 가지 생각도 하고 잠도 자고 배고픔도 참았다.

해가 저물기 시작하더니 곧 캄캄해졌다.

알텐하임 남작은 한밤중이 지나서야 돌아왔다. 그는 사람들과 같이 올라온 어제와는 달리 혼자서 자기 방으로 올라와 옷을 벗었다. 그리고 곧장 침대 속으로 들어가 전등을 껐다.

공작은 침묵을 지키며 귀에 온 신경을 쏟았다. 잠깐 동안의 침묵과 긴장. 곧 어제와 똑같이 뭐라 말할 수 없는 희미한 소리가 들려왔다. 들릴 듯 말듯 삐걱거리는 침대소리…… 그러자 알텐하임 남작이 어제와 똑같이 비웃는 듯한 목소리로 지껄이기 시작했다.

"이봐, 늙은이, 어떠신가? 하루 종일 별일 없었나? 모욕이라고⋯⋯? 그건 뭔가 잘못 알고 있군. 영감, 그런 것을 당신에게 요구하는 게 절대 아니야! 터무니없이 오해를 하고 있군. 내가 원하는 것은 당신이 케셀바흐에게 가르쳐 준 것, 그리고 피에르 르뒤크의 신상에 대해 자세하게 말해주면 되는 거라니까⋯⋯ 그거면 충분하다니까 그러네."

세르닌 공작은 다시 고개를 갸웃거리며 남작의 말을 귀담아 들었다. 이제는 더 이상 오해할 여지가 없었다. 꿈을 꾸는 것도 아니었고 헛소리도 아니었다. 남작은 진짜로 스타인벡 노인에게 말을 하고 있는 것이었다. 놀랍지 않을 수 없었다. 그는 산 사람이 귀신과 대화를 하고 있는 것을 듣고 있는 것이 아닌가 하는 착각에 빠졌다. 상대가 귀신이 아니라면 분명 그렇게 대화를 할 수 없었다.

남작이 짓궂고 잔혹한 어조로 그 이상한 대화를 계속했다.

"배가 고프다고? 먹으면 될 것 아닌가, 영감? 고마운 줄 알아야지. 당신이 필요로 하는 빵을 나는 한꺼번에 다 주었는데 말야. 24시간에 한 조각씩 먹으면 1주일은 족히 견딜 수 있는 분량이지. 그렇게 고집을 부리다가는 오래 살아봐야 열흘이겠군! 알겠나? 열흘이면 끝장이란 말야. 스타인벡이란 사람은 흔적도 없이 이 세상에서 사라지고 말지. 물론 당신이 그 사이 마음을 바꾼다면 상황은 판이하게 달라지지. 싫다고? 그래? 그럼 또 내일까지 기다리기로 하지. 영감 그럼 잘 자요. 좋은 꿈 꾸고⋯⋯."

다음 날 오후 1시. 벽장 속에서 아무런 일도 하지 않고 하룻밤과 반나절을 더 보낸 세르닌 공작이 드디어 뒤퐁 빌라를 빠져나왔다. 머리가 다 어지러웠다. 그는 인근에 있는 식당을 향해 휘청거리는 걸음걸이로 걸어가며 상황을 판단해 보았다.

'알텐하임과 팔라스의 살인범이 이번 화요일에 가르쉬 마을에서 몰래 만날 것이다. 그곳 전화번호는 38번이라고 했다. 그 화요일이 내가 그 두 명의 공범을 당국에 넘겨주고 르노르망 씨를 석방시키는 날이 되는 것이다. 그날 밤에 스타인벡 영감도 구출할 수 있을 테니까 그때가 되면 알게 되겠지. 피에르 르뒤크가 과연 돼지고기 장수의 아들인지, 아니면 주느비에브의 남편으로서 부끄럽지 않은 사람인지…… 아멘!'

화요일 아침 11시경 발랑글레 총리는 경찰청장과 치안국 차장 베르베르를 불렀다. 그의 앞에는 방금 전에 받은 세르닌 공작의 서명이 있는 속달 편지가 놓여 있었다.

국무총리 전상서.

각하께서는 평소에도 르노르망 씨에 대해 지대한 관심을 가지고 계시다는 것을 잘 알고 있습니다. 하여, 우연히도 듣게 된 사실을 각하께 알려 드리는 바입니다.

르노르망 씨는 현재 가르쉬 마을 '은퇴한 부인의 정원' 인근에 있는 등나무 장 지하실에 갇혀 있습니다.

팔라스 호텔의 살인범들은 오늘 오후 2시를 기해 르노르망 씨를 살해할 결심을 했습니다.

만약 경찰 당국이 본인의 협력을 필요로 하신다면 오늘 1시 30분 본인은 '은퇴한 부인의 정원'이나 친구인 케셀바흐 부인 댁에 있을 거라는 걸 기억해 주시기 바랍니다.

우선 먼저 급한 소식을 알려 드렸습니다. 그럼 이만 줄입니다.

_세르닌 공작 올림

"베르베르 씨, 지금 본 편지에 의하면 사태가 몹시 급박하오."

발랑글레 총리가 말을 꺼냈다.

"내 개인적인 의견을 덧붙이자면, 나는 이 폴 세르닌 공작의 정보는 전적으로 믿어도 좋다고 생각하는 바이오. 공작과는 여러 번 만찬회 석상에서 만나 알고 있지요. 성실하고 학식이 많은 사람 같았소."

"국무총리 각하! 매우 죄송합니다만, 오늘 아침 제가 받은 다른 편지도 한번 읽어보시기 바랍니다."

치안국 차장이 조심스럽게 말을 꺼냈다.

"같은 사건에 대한 편진가?"

"그렇습니다."

"어디 봅시다."

총리가 편지를 받아들고 읽기 시작했다.

안녕하신지요.

케셀바흐 부인의 친구라고 자칭하는 폴 세르닌 공작은 다름 아닌 아르센 뤼팽입니다.

'폴 세르닌'이라는 이름은 '아르센 뤼팽'의 철자 배열을 바꾸어 만든 이름이라는 것이 무엇보다 뚜렷한 증거입니다. 철자의 배열이 틀릴 뿐인 모두 같은 글자입니다. 단 한 자도 많거나 적지 않았습니다.

_L. M.

발랑글레 총리의 얼굴에 당혹한 빛이 떠올랐다. 그 순간을 놓치지 않고 치안국 차장 베르베르가 말을 덧붙였다.

"뤼팽이란 놈은 이번에야말로 놈의 힘과 엇비슷한 강적을 만난 것 같습니다. 한쪽이 상대를 경찰에 밀고하면 다른 한쪽이 그 밀고한 상대를 경찰에 넘기려고 하고 있으니까요. 이렇게 되면 놈들은 마치 섶을 지고 불속에 뛰어드는 것이나 마찬가지입니다."

"그럼 이제 어떻게 하려나?"

"총리 각하. 그러니까 우리는 그 두 사람이 무승부가 되게 만들면 되는 겁니다. 그러기 위해 2백 명의 부하를 데리고 현장으로 출동할 생각입니다."

올리브색 프록코트

　12시 5분. 마들레느 대성당 인근의 레스토랑에서 세르닌 공작이 점심 식사를 하고 있었다. 공작이 식사를 하고 있는 옆 식탁에 두 젊은이가 다가와 조용히 자리를 잡고 앉았다. 공작이 우연히 만난 친구에게 인사를 하듯 그들에게 인사를 건넸다.

　"자네들도 오늘 출동에 합류하나?"

　"그렇습니다."

　"인원이 얼마나 되는가?"

　"여섯인 것 같습니다. 따로따로 가기로 되어 있습니다. 1시 5분에 '은퇴한 부인의 정원' 근처에서 치안국 차장 베르베르 씨와 만날 예정입니다.”

“알았네, 나도 가겠네.”

“예, 뭐라고요?”

“오늘 작전을 지휘할 사람이 바로 나니까! 그리고 르노르망 씨를 찾아내는 것도 당연히 내가 해야 할 일이지. 내가 그 정보를 제공한 사람이니까 책임을 져야지!”

“두목께선 정말 르노르망 국장이 죽지 않았다고 믿고 계시나요?”

“살아 있는 것만은 확실해!”

“확실한 무슨 증거라도 있습니까?”

“그렇고 말고. 나는 그 사실을 어제 알았어. 치안국장 르노르망 씨와 구렐 경감을 알텐하임과 그 부하 놈들이 부지발의 다리 위까지 끌고 가서 난간 너머로 집어던졌다는 것을 말일세. 구렐은 결국 목숨을 잃었지만 르노르망 씨는 살아났네. 필요한 때가 오면 나는 모든 증거를 내놓을 생각일세.”

“국장이 살아 있다면 어째서 모습을 드러내지 않는 걸까요?”

“몸이 자유롭지 못하기 때문이지.”

“그렇다면 두목님의 말씀이 사실이군요. 등나무 장 지하실에 있다는 것이…….”

“믿을 만한 이유가 충분히 있기 때문에 나는 믿고 있는 거야.”

“그런데 그런 사실을 어떻게 아셨습니까?”

“그건 비밀이야. 지금 자네들에게 말할 수 있는 것은, 이 사건이 마지막 절정에 이르렀을 때 참으로 볼 만할 거라는 것뿐이지. 그런데 식사는 했나?"

"예, 마쳤습니다."

"내 차가 마들레느 성당 뒤쪽에서 대기하고 있네. 나를 따라오게."

가르쉬 마을에 이르자 세르닌 공작은 차를 돌려보냈다. 세 사람은 주느비에브의 학교로 이어지는 오솔길까지 걸어갔다. 그들은 그곳에서 걸음을 멈췄다.

"이보게, 두 사람! 중요한 일이니 잘 듣게. 둘이서 '은퇴한 부인의 정원'에 가서 초인종을 누르게. 자네들은 형사의 권한으로 안으로 들어갈 수 있을 걸세. 자네들은 지금 빈집으로 남아 있는 오르탕스 장으로 가게. 그 집 지하실로 내려가면 낡은 덧문이 하나 있을 거야. 그것을 들어올리면 이삼 일 전에 내가 발견한 터널 입구가 나타날 걸세. 그 터널은 등나무 장과 이어진 편리한 통로지. 제르트뤼드와 알텐하임이 이 통로를 이용해 왕래했던 것인데, 르노르망 국장이 이 터널에 들어갔다 놈들에게 잡히고 말았지."

"두목, 그게 정말입니까?"

"아마 그럴 걸세. 이야기는 여기서부터가 중요해, 잘 듣게. 자네들은 가서 내가 시키는 것을 확인하고 오면 돼. 그 터널이 어젯밤 내가 해놓은 그대로인지 아닌지, 다시 말해, 터널의 중간에 있는 두 개의 문이 내가 열어놓은 그대로 활짝 열려 있는지 그렇지 않은지, 또 둘째 문의 옆으로 나 있는 구멍 속에 내가 넣어놓은 검은 천에 싼 꾸러미가 그대로 있는지 아닌지 말야."

"그 꾸러미는 어떻게 할까요? 가져올까요?"

"그럴 필요는 없어. 갈아입을 옷이니까. 자, 가게. 가급적이면 남들의 눈에 띄지 않도록 행동해야 하네. 나는 여기서 기다리지."

10분 정도가 지났을 때 두 형제가 돌아왔다.

"두 개의 문은 그대로 열려 있습니다."

도드빌이 말했다.

"검은 꾸러미도 있던가?"

"둘째 문 옆의 구멍에 놓여 있었습니다."

"다행이군! 1시 25분이다. 이제 베르베르 차장이 슬슬 심복들을 이끌고 올 시간이군. 너희들은 오르탕스 장을 잘 감시해라. 알텐하임이 들어가는 것이 보이거든 멀리서부터 포위하는 거다. 내가 미리 베르베르와 의논한 뒤 초인종을 누르겠다. 안에서 사람이 문을 열어주면 드디어 내가 본무대로 뛰어드는 거지. 그 다음의 계획은 내 머릿속에 들어 있다. 잘 구경하고 있게. 지루한 줄 모르고 즐겁게 구경할 수 있을 거야."

두 사람에게 지시를 하고 난 세르닌 공작은 두 젊은이와 헤어져 학교로 이어진 오솔길로 걸어가며 중얼거렸다.

"모든 것이 잘 풀려가고 있다. 싸움은 내가 골라놓은 홈그라운드에서 하게 되는 셈이군. 나에게 유리할 것이 너무나 당연하다. 두 사람의 적을 한꺼번에 처치하는 거다. 케셀바흐 사건의 승리자는 바로 나 한 사람이 되는 거지. 게다가 내 양손에 이 사건을 해결할 수 있는 결정적인 열쇠가 쥐어질 것이다. 피에르 르뒤크와 스타인벡…… 나는 이 열쇠를 잘 사용하기만 하면 된다. 하지만 좀 께름칙한 것이 없지는 않군…… 알텐하임이라는 녀석은 도대체 무슨 짓을 하려는 걸까? 당연히 녀석도 나에게 공격을 가할 방법을 강구해놓고 있을 것이다. 어디서부터 나를 공격할 생각일까? 아직까지도 나를 전혀 공격하지 않고 있다니, 뭔가 이상하단 말야. 설마 나를 경찰에 밀고한 것은 아닐 테지?"

공작은 학교 운동장을 따라 걸어갔다. 교실에서는 소녀들이 한창 공부에 몰두해 있었다. 그가 출입문을 노크했다.

"어머, 도련님!"

문을 열어주며 에르느몽 부인이 외쳤다.

"주느비에브는 파리에 두고 오셨나요?"

에르느몽 부인이 공작에게 말했다.

"그게 무슨 얘기요? 두고 오려면 우선 주느비에브가 파리에 와야 할 것 아닌가?"

"예? 그 아이는 파리에 갔는데요. 도련님이 오라고 했잖아요?"

"지금 무슨 소리를 하는 거요? 그게 무슨 황당한 소리요?"

공작이 노부인의 팔을 움켜잡으며 말했다.

"무슨 말이냐뇨? 그 일은 도련님이 저보다 더 잘 알고 있을 것 아니에요?"

"나는 모르는 사실이야…… 지금 처음 듣는 말이라고요……

어떻게 된 건지 자세히 말을 해봐요, 어서!"

"주느비에브에게 생 라자르 역에서 만나자고 편지를 써보낸 것이 도련님이 아니었나요?"

"그 편지를 받고 그 아이가 떠났단 말이오?"

"그럼요. 리츠 호텔에서 점심 식사를 같이 하기로 되어 있다던데요."

"그 편지를…… 그 편지를 보여줘요! 빨리, 편지를!"

노부인이 편지를 찾기 위해 다급히 2층으로 뛰어올라갔다. 그녀는 곧바로 내려와 편지를 공작에게 내밀었다.

"이런 멍청한 사람들! 유모, 이게 가짜 편지라는 것을 몰랐단 말입니까? 필체를 교묘히 흉내는 냈지만…… 새빨간 거짓말인데…… 이건 가짜예요! 척 보기만 해도 알 수 있는데!"

공작이 분노로 떨리는 두 주먹을 자신의 관자놀이 옆에 가져다댔다.

"무슨 일이 일어날 것 같다고 내가 걱정하던 것이 바로 이것이었나……? 이 비열한 놈! 주느비에브를 미끼로 나를 공격하려는 수작이 틀림없다. 그런데 그놈이 어떻게 그것까지 알았을까? 아니, 그놈이 그것까지 알고 있었던 것은 아닐 거야…… 이것이 놈이 시도한 두 번째 유괴다. 그래, 맞다. 그놈은 주느비에브를 손에 넣고 싶었던 걸 거다. 그놈이 주느비에브를 좋아하게 된 것이 분명해. 그냥 놔둘 수는 없지. 내가 용서치 않아! 이봐요, 유모! 유모는 주느비에브가 그 사나이를 사랑하지 않는다는 것을 보증할 수 있소? 이런! 이게 무슨 얼토당토않은 소리란 말

인가? 내 머리가 어떻게 된 모양이군! 진정해야지…… 침착하
자…… 침착하게 생각해야 해. 하지만 지금은 침착할 수 있는
상황이 아니지!"

공작이 시계를 꺼내 들여다봤다.

"1시 35분이다. 아직 시간은 있다. 이런 바보! 시간이 있다니,
무엇을 할 시간이 있단 말인가? 그녀가 어디에 있는지조차도
모르면서……."

공작은 미친 사람처럼 방 안을 왔다갔다했다. 늙은 유모는 근
심스러운 표정으로 이성을 잃고 흥분해 있는 그를 마냥 지켜보
고 있었다.

"그 아이가 결정적인 순간어 그게 함정이라는 것을 알아차렸
을지도 모르죠……."

스스로 위로라도 하려는 듯 늙은 유모가 말했다.

"그렇다면 얼마나 다행이겠어. 만약 그렇다면 어디에 가 있을
까요?"

"글쎄요…… 혹, 케셀바흐 브인 댁에 가 있지 않을까요?"

"그렇지…… 그래요! 유모 말이 맞아요!"

공작의 얼굴에 갑자기 생기가 돌았다.

공작은 자신의 말이 끝나기도 전에 벌써 '은퇴한 부인의 정
원'을 향해 달리고 있었다.

공작은 '은퇴한 부인의 정원' 출입문에 이르러 문지기의 집으
로 들어가려는 도드빌 형제를 만났다. 문지기의 집에서는 한길
이 훤히 내다보였다. 그 두 사람은 거기서 등나무 장의 주위를

감시할 계획이었다. 공작은 그곳에서 멈추지 않고 곧장 '여왕의 별장'으로 다가가 쉬잔을 불러 케셀바흐 부인의 거실로 안내하게 했다.

"주느비에브는?"

공작이 케셀바흐 부인에게 다짜고짜 물었다.

"주느비에브가 어찌 되었습니까?"

케셀바흐 부인이 놀라는 표정으로 오히려 반문했다.

"여기에 오지 않았습니까?"

"오지 않았습니다. 2, 3일 전부터 한 번도 오지 않았습니다."

"오기로 약속이 되어 있었나요?"

"그럼요."

"그렇다면 주느비에브는 어디에 있을까요? 어디 생각나는 곳 없습니까?"

"도무지 모르겠어요. 아무것도……."

이렇게 말을 끝내고 나서 걱정이 되는지 부인이 물었다.

"설마 무슨 걱정을 하고 있는 것은 아니겠죠? 무슨 나쁜 일이 주느비에브 양에게 일어난 것은 아니겠죠?"

"아닙니다. 그런 것은 아닙니다만……."

공작은 그대로 뒤돌아서서 밖으로 나와버렸다. 어떤 생각이 머리를 스쳤기 때문이었다.

'알텐하임 남작이 등나무 장에 와 있지 않으면 어쩔 것인가? 놈들이 만나는 시간이 바뀌기라도 했다면 어찌 할 것인가?'

"놈을 만날 필요가 있다. 어떠한 희생을 치르더라도 놈을 꼭 만날 필요가 있다.”

공작이 스스로에게 말했다.

공작이 다시 달리기 시작했다. 그는 모든 것을 다 잃은 듯이 허둥지둥 달려갔다. 그런데 문지기의 집 앞에 이르자 그는 본능적인 냉정을 되찾았다. 그는 정원 안에서 도드빌 형제와 이야기를 하고 있는 치안국 차장의 모습을 발견했다.

공작에게 평소의 섬세한 통찰력이 그대로 있었다면 그가 가까이 다가갔을 때 베르베르 차장의 몸이 미묘하게 부르르 떨리던 것을 눈치챘을 것이다. 그러나 그는 그럴 경황이 없었다.

“베르베르 차장이 아니십니까?”

공작이 말을 건넸다.

“예, 그렇습니다만…… 귀하는 누구십니까?”

“세르닌 공작입니다.”

“아! 이것 참 마침 잘 만났습니다. 저희들에게 협력을 아끼지 않는다는 말씀을 총감으로부터 자세히 들었습니다.”

“그런 협력이라면 제가 범인들을 인도했을 때에 비로소 성립되는 것이니, 아직 고맙다는 말씀은 송구할 뿐입니다.”

“그 시기가 이미 눈앞에 다가온 것 같습니다. 지금도 그 범인인 듯한 한 사람이 들어와 있습니다. 상당히 건장한 체구에 외알 안경을 낀 사나이였습니다.”

“그렇습니까? 그런 인상을 가진 사람이라면 알텐하임 남작이 틀림없습니다. 베르베르 차장님, 당신의 휘하 경관들은 와 있겠죠?”

“예, 대기하고 있습니다. 2백 미터에 걸쳐, 도로에 흩어져 있게 했습니다.”

“어떻습니까, 베르베르 차장. 이제는 슬슬 당신의 부하들을 모아야 할 시간이 아닙니까? 이 문지기의 집 앞으로 전원 집합시키시죠. 여기서 조를 짠 뒤 별장으로 밀고 들어갑시다. 제가 입구의 초인종을 누르겠습니다. 알텐하임 남작은 저와 잘 아는 사이이니, 출입문을 열어주리라고 생각합니다. 제가 안으로 먼저 들어가면 그때 당신들도 저를 따라 밀고 들어오면 됩니다.”

“과연 훌륭한 계획이군요.”

베르베르 차장이 말했다.

“그럼 전 대원을 서둘러 이리로 데려오겠습니다.”

베르베르 차장이 정원에서 나가 등나무 장의 반대쪽으로 걸어갔다.

재빨리 세르닌 공작이 도드빌 형제 가운데 한 사람의 팔을 움켜쥐었다.

“자크, 자네는 지금 저 차장의 뒤를 쫓아가라. 어떻게든지 시간을 끌어야 한다. 내가 등나무 장으로 들어갈 때까지의 시간을 벌어야 해. 가능한 습격을 늦추어야만 한다. 무슨 구실이든지 생각해내라. 나에게는 10분 정도의 시간이 필요해. 저 별장을 포위해라. 하지만 안으로는 들어가지 마라. 그리고 장, 자네는 오르탕스 장으로 가서 지하터널의 출구를 지키고 있게. 알텐하임 남작이 그곳으로 달아나려 하거든 머리를 한 방 갈겨줘.”

도드빌 형제가 서둘러 자리를 떴다. 공작도 문지기의 집에

서 나왔다. 그는 곧장 등나무 장 출입구인 높다란 쇠문 앞으로
갔다.

초인종을 누를 것인가, 말 것인가?

주위에 한 사람도 보이지 않았다. 공작은 날쌔게 몸을 날려
쇠문에 매달렸다. 한 발로 쇠문 자물쇠를 밟고 차 오르며 손목
에 힘을 줘 온몸을 끌어올리자 공작의 몸이 쇠문 위에 가시처럼
돋아 있는 뾰족한 쇠꼬챙이 끝을 그대로 뛰어넘어 안으로 사라
졌다.

공작은 돌이 깔린 정원을 재빨리 가로질러 둥그런 기둥으로
된 회랑의 돌층계를 올라갔다. 회랑을 향해 창문이 몇 개 나 있
었으나 그 모두가 튼튼한 덧문이 달려 있어 하나같이 밀폐되어
있었다.

공작이 어떻게 집안으로 들어갈지 생각하고 있는데 뒤퐁 별
장의 문을 연상케 하는 쇠문이 삐걱 소리를 내며 절반쯤 열렸
다. 그리고 그곳에서 알텐하임 남작이 모습을 드러냈다.

"이봐, 이봐, 공작 나으리! 이런 식으로 남의 집에 침입하는
법이 어디 있소? 이렇게 나오면 어쩔 수 없이 경찰에 신고할 수
밖에 없겠는걸……."

세르닌 공작이 달려들어 남작의 목을 졸랐다. 그리고 옆에 있
는 벤치 위에 쓰러뜨렸다.

"주느비에브는…… 주느비에브는 어디에 있나? 그녀를 어떻
게 한 거지? 빨리 말 못하겠어? 이 비열한 놈!"

"으으으…… 아무리, 말을 하고 싶다 한들…… 이렇게 목을

졸라대니, 어떻게 말을 하겠나……?"

남작이 숨넘어가는 소리로 말했다.

세르닌 공작이 남작의 목을 풀어줬다.

"자, 이제 대답해라! 주느비에브를 어쨌나?"

"우리 같은 사람들에게는 그보다 더 시급한 일이 뭔가 있지 않을까? 우선 안으로 들어가 가쁜 숨부터 고르지?"

남작은 세르닌 공작을 데리고 안으로 들어가 문을 닫고 빗장을 걸었다. 그는 세르닌 공작을 자신의 침실 옆방으로 안내했는데, 그곳은 가구도 커튼도 없는 방이었다.

"자, 이제 나는 네 포로나 다름없다. 무슨 말이건 해도 좋다."

남작이 세르닌 공작에게 말했다.

"주느비에브를 어떻게 했나?"

"그녀는 아주 편안하게 잘 있다."

"역시 네놈이 유괴했군!"

"두말하면 잔소리……! 실은, 이 일을 하며 네가 그렇게 조심성이 없다는 것을 알고 꽤 놀랐다. 어째서 좀더 주의를 기울이지 못했나? 뻔히 당할 줄 알고 있었을 텐데……?"

"쓸데없는 말 지껄이지 마라. 그녀는 지금 어디에 있지?"

"참 예의를 모르는 양반이군."

"그녀가 어디에 있느냐고 물었다."

"네 벽의 보호를 받으며 아주 자유롭게 있지."

"자유롭게……?"

"암, 자유롭고 말고. 한 벽에서 다른 벽으로 왔다갔다할 만큼의 자유는 있지.”

“뒤퐁 빌라인 모양이군? 아마도 네놈이 스타인벡을 위해 마련한 그 감옥일 테지?”

“아하! 당신도 알고 있었군…… 그렇지만 그녀는 거기에 없는데 이를 어쩌나……!”

“거기가 아니라면 어디지? 빨리 말 못하겠어? 말하지 않으면 가만두지 않겠다.”

“이봐, 공작! 자네는 아무리 내가 바보라도 자네를 붙잡아둘 그 귀중한 비밀을 이렇게 쉽사리 말할 것 같은가? 그 처녀에게 자네가 홀딱 반한 모양이군 그래.”

“닥쳐!”

세르닌 공작이 화를 내며 외쳤다.

“네놈이 그런 무례한 말을 하게 내버려두지 않겠다.”

“뭐 때문에 그렇게 정색을 하고 덤비는 거지? 반했다고 해서 그리 불명예스러운 것도 아닐 텐데…… 나도 그 처녀를 매우 좋아하지. 그래서 손을 좀…….”

남작은 끝까지 말하지 않았다. 세르닌 공작의 분노가 자신의 얼굴 표정을 조금씩 변하게 만들고 있다는 것을 깨닫고 은근히 기분이 나빠졌기 때문이었다.

세르닌 공작이 한 걸음 앞으로 다가갔다.

“잘 들어라! 네놈이 나더러 협력하자고 제의했던 일을 설마 잊지는 않았겠지? 케셀바흐의 그 일을 같이 하자고 했던 제안 말이다. 함께 협력해서 일하고…… 얻은 수익은 절반씩 나누자던 그 이야기…… 그때 나는 그 제안을 거절했었다. 그러나 나는 지금 생각이 바뀌었다. 그 제안을 받아들이겠다.”

공작은 화해를 하려는 것이 아니라 오히려 협박이라도 하듯이 말했다.

“이미 늦었다!”

“잠깐! 나는 그 이상의 양보도 할 수 있다. 그 사건에서 내가 손을 뗄 수도 있다. 그 일에는 전혀 상관하지 않겠다. 일의 전부를 고스란히 자네에게 넘겨주겠다. 그리고 필요하다면 자네를 도와줄 수도 있다.”

“조건은?”

“주느비에브가 어디에 있는지 가르쳐 주면 된다.”

남작이 양손을 펴 보이며 어깨를 한 번 으쓱했다.

“자네도 이젠 늙었군, 뤼팽! 하지만 진심으로 갈채를 보내네. 그 나이에 그렇게 열정적인 사랑에 빠지다니…….”

두 사나이 사이에 불꽃 튀는 눈싸움이 얼마 동안 계속되었다. 그러다 남작이 다시 입을 열어 조롱하는 투로 말했다.

“네놈이 그렇게 얼굴을 찡그린 채 애걸복걸하는 모습을 보니 뭐라고 형언할 수 없을 만큼 기분이 좋아지는군! 장기의 졸이 왕을 잡았을 때의 그 쾌감이랄까…….”

“못난 녀석!”

세르닌 공작이 중얼거리듯 말했다.

“공작, 오늘 밤 내 쪽의 입회인을 두 사람 보낼 테니, 어떻게 결투를 벌일 것인지 의논해서 알려줬으면 고맙겠군. 물론 그때까지 자네의 목숨이 붙어 있어야만 가능한 일이지만 말야.”

“이런 바보 녀석!”

공작의 말투에는 경멸하는 기색이 역력했다.

“그게 못마땅하다면 이 자리에서 당장 승부를 내겠는가? 나는 그것도 좋아. 공작, 드디어 자네가 이제까지 쌓아온 죄에 대한 벌을 받을 때가 되었군. 기도라도 해두시지. 자네, 우는 건가, 웃는 건가? 웃는 거라면 아마 자네가 뭔가 크게 착각하고 있는 걸 거야. 이 승부는 내게 절대적으로 유리하지. 안 그런가? 나는 자네를 죽일 수도 있다. 필요하다면…….”

“멍청한 녀석!”

세르닌 공작이 또 한 번 소리를 지르며 시계를 꺼내 들여다봤다.

“2시다, 남작! 자네의 목숨은 앞으로 몇 분 동안밖에 자유를 누릴 시간이 없다. 2시 5분이나 늦어도 2시 10분에는 베르베르 차장이 그의 수하들 중 두려움을 모르는 용감한 부하들만 반 다스 가량 이끌고 달려와 이 집 대문을 부술 것이다. 그리고 곧바로 자네의 목을 동아줄로 옭아머 데려가기로 되어 있지. 그러고 보면 자네도 그렇게 여유를 부리고 있을 상황만은 아닌 것 같은데. 자네가 믿고 있는 그 비밀 통로, 그것도 이미 찾아냈지. 내가 이미 경비를 세워놓았다. 그러니까 자네는 이제 독 안에 든 쥐와 하나 다를 바 없는 신세지. 남은 것은 오로지 자네를 기다리고 있을 교수대뿐이라는 걸 명심해라!”

알텐하임 남작이 파랗게 질렸다.

“그럼 네놈이 그런 짓을…… 사람을 파는 파렴치한 짓을 했다는 건가……?”

“이 집은 이미 포위되어 있다. 당장이라도 공격이 시작될지 모른다. 실토해라. 그러면 내가 도와주겠다.”

“어떤 방법으로 도와줄 텐가?”

“저 별장의 지하터널 출구를 지키고 있는 사람들은 바로 내 부하들이다. 그들에게 내가 한마디만 하면 자네는 살아날 수 있다. 그러니 어서 말해라!”

알텐하임 남작은 잠시 생각에 잠겼다. 망설이고 있는 것 같았다. 곧 그는 결심을 한 듯 큰소리로 외쳤다.

“그건 모두 새빨간 거짓말이다! 그렇지 않다면 네가 자진해서 이 위험한 곳에 찾아왔을 리 없지 않나?”

“그런 어이없는 말을 하는 것을 보니 자네는 주느비에브라는 존재를 잊고 있는 모양이군. 그녀의 일만 없었다면 내가 여기에 왔을 이유가 없지. 그러니 그 아가씨가 있는 곳을 빨리 가르쳐 줘.”

“싫다!”

“그런가! 그럼 좀 기다리지…….”

세르닌 공작이 시계를 들여다보다 다시 입을 열었다.

“담배 어떤가? 한 대 피우겠나?”

“그래, 피우겠다.”

“이봐, 저 소리 들리나?”

세르닌 공작이 창을 가리키며 말했다.

“음…… 그래…….”

문간에서 문을 부수는 듯한 소리가 들려오고 있었다.

“경찰의 관례대로라면 문을 열라는 권고 정도는 할 텐데…… 오늘은 그런 격식을 모두 빼버리는 모양이군. 어떤가? 다시 생각해보지 않을 텐가?”

“더욱더 싫다!”

“저들이 가진 연장이면 저런 문 하나쯤 부수는 것은 식은죽 먹기다.”

“놈들이 설사 이 방에 들어온다 해도 나는 자네 제의를 거절할 것이다!”

문이 열린 모양이었다. 문에 달린 경첩이 삐걱거리는 소리가 들려왔다.

“어쩔 수 없는 경우라면 잡힐 수밖에 없겠지만 도망갈 수 있는 상황인데도, 제 손에 수갑을 채우십시오, 하고 자진해서 손목을 내밀겠다는 건가? 왜 그런 바보 같은 짓을 하려는 거지? 고집만 부리지 말고 그만 입을 열어라. 그런 뒤 서둘러 도망치면 될 것 아닌가?”

“나는 그렇다 치고 자네는 이제 어쩔 텐가?”

남작이 세르닌 공작에게 말했다.

“나는 여기에 남아 있겠다. 두려워할 일이라곤 하나도 없으니까.”

“우선 저걸 좀 보시지.”

남작이 덧문의 틈으로 밖을 내다보며 말했다. 세르닌 공작이 덧문의 틈에 눈을 댔다. 그는 놀라 곧바로 한 걸음 뒤로 물러섰다.

"이 나쁜 놈! 네놈 역시 나를 밀고했구나! 베르베르가 데리고 온 것은 열 명 정도의 경관이 아니라 50명, 아니 1백 명, 아니 2백 명은 되겠군……."

남작이 통쾌하다는 듯이 크게 웃었다.

"저렇게 많이 온 걸 보니 놈들의 목표는 아마도 뤼팽이 아닌가 싶은데? 나를 잡을 생각이라면 자네 말대로 반 다스면 족할 테니까 말야. 푸하하하……."

"정말 네놈이 경찰에 밀고했나?"

"그야 당연하지!"

"무슨 근거로?"

"네 이름을 증거로 들이댔다. '폴 세르닌'은 '아르센 뤼팽'의 철자들을 그대로 이용해 만든 이름이라는 설명을 덧붙였지."

"네가 그걸 용케 혼자 알아냈나? 이제까지 그것을 알아낸 사람은 아무도 없었는데…… 너의 재주치고는 기특할 정도로 훌륭하군. 아니야, 아니야…… 아마 그랬을 거야. 사실대로 말해라. 그것을 알아차린 사람은 네가 아니라 또 한 명의 공범이었을 거야."

공작은 덧문 틈 사이로 다시 밖을 내다봤다. 개미떼처럼 모여든 경관의 무리가 별장의 둘레를 에워싸고 있었다. 출입문 쪽에서 사람들의 발자국 소리가 들려왔다.

여기서 그만 뒤로 물러날 것인가, 아니면 처음 계획대로 실행

할 것인가? 둘 중의 하나를 선택해야만 하는 절박한 상황이었다. 이 자리를 뜨면 알텐하임 남작을 다만 1초 동안이라도 어쩔 수 없이 혼자 있게 하는 것이 되었다. 그렇게 되면, 이 음흉한 남작이 숨겨둔 또 다른 비밀 통르를 통해 도망가지 않는다고 어찌 장담할 수 있겠는가? 이런 점을 생각하자 세르닌 공작은 갈등을 하지 않을 수 없었다. 남작이 자유로워지면 곧바로 주느비에브가 갇혀 있는 그곳으로 돌아가 완력이라도 써서 자신의 욕심을 채우지 않으리란 보장이 어딨겠는가.

처음 계획이 수포로 돌아갔기 때문에 공작은 아주 짧은 시간에 새로운 계획을 수립해야 하는 궁지에 몰려 있었다. 게다가 그 새로운 계획은 주느비에브가 빠져 있는 위험을 즉시 제거할 수 있는 것이어야 했다. 세르닌 공작은 빼도 박도 못 하는 진퇴양난의 안타까운 한순간을 맛볼 수밖에 없었다. 그는 남작의 두 눈을 뚫어지게 바라보며 어떻게 하면 그의 머릿속에 든 비밀을 알아낸 뒤 위험천만한 이 자리를 뜰 수 있을까 궁리를 했다. 그는 이미 상대를 설득할 생각은 포기했다. 그는 남작에게서 소 귀에 경 읽기라는 말을 절실히 느꼈다.

이런저런 생각을 하던 공작은 문득 남작의 생각은 과연 무엇일까 궁금했다. 무엇을 무기로 저토록 여유 있게 버티고 서 있는 것일까? 단단히 빗장을 지르고 튼튼하게 만들어진 현관문이 아직 남아 있었지만 이미 부서져가고 있지 않은가. 두 사람의 귀에 문 밖에서 나는 소리가 똑똑히 들렸음으로 상황을 모르고 있지는 않을 터였다.

"자네는 꽤 침착하군! 무슨 좋은 계획이라도 있나?"

세르닌 공작이 물었다.

"물론이지!"

그렇게 말하며 남작은 갑자기 세르닌 공작의 다리를 걸어차 바닥에 쓰러뜨린 뒤 재빠르게 달아나기 시작했다.

세르닌 공작이 벌떡 일어나 알텐하임 남작이 사라진 큰 계단 밑의 작은 문을 지나 돌층계를 따라 지하실로 내려갔다.

복도가 나왔고, 캄캄한 낮고 넓은 방이 나왔다. 남작은 그곳에 쭈그리고 앉아 바닥 밑으로 뚫려 있는 구멍의 입구를 막고 있는 뚜껑을 들어올리려 하고 있었다.

"멍청한 놈!"

세르닌 공작이 남작에게 덤벼들며 외쳤다.

"그 지하터널의 출구에는 내 부하들이 지키고 있다고 내가 분명 말했을 텐데! 나가기만 하면 네놈은 개처럼 맞아 죽게 될 거다. 그런데도 그런 멍청한 짓을 하는 것을 보면… 그 터널과 이어진 또 다른 터널이 있다는 건가……? 그렇군! 틀림없이 그렇군… 그것을 믿고 네놈이 이리로 달아날 생각이었구나!"

격투는 참으로 대단했다. 거구라는 말에 어울릴 만한 몸집인 알텐하임 남작은 근육도 남보다 갑절이나 발달해 있었다. 그는 공작의 몸을 꽉 졸라 두 팔을 못 움직이게 만들고 목을 조르기 시작했다.

"그렇다…… 네 말이 맞아……."

남작이 가쁜 숨을 몰아 쉬며 말했다.

"남작, 일단은 훌륭한 방법이다…… 내 손이 자유로워져 네놈의 어딘가를 못 쓰게 만들기 전까지는 확실히 네놈이 나보다 유리한 유치를 점령한 게 분명하다…… 그렇지만 네놈이 날 어떻게 할 수 있을까……."

힘들여 그렇게 말을 하던 공작은 한순간 소름이 오싹 끼치는 것을 느꼈다. 그 방의 밑바닥에 뚫려 있는 구멍, 두 사람의 몸이 누르고 있는 그 구멍의 뚜껑이 달싹달싹 움직이는 것을 느꼈기 때문이었다. 아무래도 누군가가 밑에서 뚜껑을 들어올리려고 애를 쓰고 있는 것 같았다.

남작도 마찬가지로 이것을 느끼고 있는 모양이었다. 그는 구멍의 뚜껑을 열기 쉽게 하기 의해 필사적으로 격투하는 위치를 옆으로 옮기려 애쓰고 있었다.

'그 칼잡이 놈이다!'

세르닌 공작은 생각했다. 그 신비에 쌓인 인물로부터 전해져 오는 감당하기 힘든 공포감에 그는 이미 사로잡혀 있었다.

'그놈이 분명하다…… 그놈이 이 위로 올라오게 되면 그 순간 내 목숨은 마지막이다.'

몇 번의 반복된 동작을 거듭하여 알텐하임 남작은 뚜껑 위에서 옆으로 자리를 옮기는 데 성공했다. 이어서 그는 세르닌 공작의 몸을 자신이 있는 쪽으로 끌어당기려 안간힘을 썼다. 그러나 공작도 만만치 않았다. 자신의 두 다리를 남작의 두 다리에 걸고 필사적으로 저항했다. 그러면서 그는 한 손을 조금씩 빼내려 애를 썼다.

결투를 벌이고 있는 두 사람의 머리 위에서는 나무로 만든 큰 망치로 무언가를 두들기는 듯한 요란한 소리가 쉼 없이 울려 퍼지고 있었다.

'아직도 5분의 여유는 있다. 5분 동안에 이 녀석을 처치하면 된다.'

그렇게 판단하고 난 공작이 곧바로 크게 외쳤다.

"자 간다, 꼬마야! 발버둥쳐봐야 소용없다!"

공작이 상대의 두 무릎을 믿을 수 없을 만큼 강한 힘으로 눌렀다. 남작이 크게 비명을 질렀다. 공작이 곧바로 상대의 한쪽 다리를 비틀었다. 세르닌 공작은 상대가 괴로워하는 기회를 놓치지 않고 힘주어 오른팔을 뿌리쳤다. 그는 빼낸 오른팔을 상대의 목으로 가져갔다.

"이젠 됐다! 서로 이렇게 있으니 편한걸. 단도를 찾는다든지 쓸데없는 몸부림은 신상에 해로워. 만약 그런 행동을 하면 닭을 잡듯이 목을 비틀어버릴 테니까. 알아들었나? 내 조르는 솜씨가 꽤 쓸 만하지? 어때, 이 정도면 훌륭하다는 생각이 들걸? 무턱대고 함부로 꽉 죄는 것만이 재주는 아니지. 상대가 발버둥치지 못할 정도로 적당히 하는 게 좋아."

공작이 중얼거리며 주머니에서 가느다란 밧줄을 꺼냈다. 그는 곧 한 손을 교묘하게 놀려 상대의 양 손목을 단단히 묶었다. 완전히 기진맥진한 남작은 아무런 저항도 하지 못했다. 능숙한 솜씨로 세르닌 공작은 순식간에 상대를 꽁꽁 묶어버렸다.

"착하게도 이제 얌전해졌군! 착하군, 착해! 마치 새사람이 된 것 같군. 그래도 언제 마음이 바뀌어 네놈이 도망가고 싶어질지 모르니, 그런 경우를 대비해 좀더 단단히 묶어야겠다. 마침 저기 철사가 한 다발 있군. 먼저 양 손목부터…… 자, 다음에는 발목이다…… 이제 겨우 모두 끝났다. 자네가 얌전히 있어줘서 일이 한결 쉽게 끝났군!"

격투가 끝나자 남작이 조금씩 이성을 찾아가며 살길을 모색하는 것 같았다. 그가 더듬거리며 말했다.

"나를 경찰에게 넘기면 주느비에브는 죽고 만다."

"정말? 어째서 그렇지? 그 이유를 설명해 봐!"

"감금해 놓았다. 감금한 장소를 알고 있는 사람은 오로지 나뿐이다. 내가 죽게 되면 그녀도 꼼짝없이 굶어죽고 만다. 스타인벡과 마찬가지로……."

세르닌 공작의 얼굴이 창백해졌다. 그가 다시 말했다.

"그럴 수도 있겠군. 그러니까 빨리 말해라!"

"싫다!"

"싫다는 말을 더 이상 못하도록 만들어 주겠다. 이야기해라. 그러나 지금은 아니다. 지금은 시간이 너무 촉박하다. 오늘 밤 너는 말해야 한다."

공작이 상대에게 몸을 굽혀 귓가에 입을 가져다 댔다.

"잘 들어라, 알텐하임. 내가 하는 말을 잘 들어두는 것이 좋아. 이제 곧 너는 경찰에 잡힐 거다. 오늘 밤 너는 유치장에서 잘 수밖에 없다. 이건 나도 어쩔 수 없는 일이다. 내일 너는 구치소로 보내질 거다. 그 다음에는 어디로 가게 되는지 너도 잘 알고 있을 거다. 네가 그렇게 되기 전에 내가 너에게 다시 한 번 살아날 수 있는 기회를 주겠다. 똑똑히 들어라. 오늘 밤이다. 네가 있는 유치장으로 내가 몰래 들어가겠다. 그때 주느비에브가 있는 곳을 말해라. 두 시간 뒤, 너의 말이 거짓이 아니라는 것이 확인되면 너를 곧바로 달아나게 해주마. 만약 그렇게 하지 않으면 너는 스스로 자살을 택하는 결과가 될 것이다."

남작은 대답을 하지 않았다.

세르닌 공작은 몸을 세우고 귀를 기울였다. 머리 위에서 여전히 요란한 소리가 들려오고 있었다. 현관문이 마침내 부서진 모양이었다. 현관 바닥과 응접실 마룻바닥을 오고가는 요란한 구둣발 소리가 들려왔다. 베르베르 차장과 휘하 경관들이 휘젓고 다니는 소리였다.

"그럼 남작, 나는 이만 가보겠네. 밤이 될 때까지 결정을 해두게. 유치장은 꽤나 생각하기 좋은 장소일 테니까."

바닥에 뚫려 있는 구멍을 막고 있는 뚜껑을 여는 데 방해가 되지 않도록 남작의 몸을 옆으로 밀어놓은 공작은 뚜껑을 살며시 들어올려 보았다. 밑에는 계단만이 덩그러니 보일 뿐 예상했던 대로 이미 아무도 없었다.

공작이 밑으로 내려갔다. 되돌아와야만 될 만약의 경우를 생각해 그는 머리 위의 뚜껑을 그대로 열어놓아 두었다.

층계는 스무 단이었다. 그리고 그 밑은 언젠가 르노르망 국장과 구렐이 지나왔던 적이 있는 지하터널이었다.

공작은 지하터널 안으로 들어섰다. 그리고 다음 순간 우뚝 멈춰 섰다. 사람이 있는 것 같은 섬뜩한 느낌이 들었기 때문이었다.

공작이 손전등을 켰다. 아무도 없었다.

공작이 권총을 꺼내 장전했다. 그리고 큰 소리로 말했다.

"숨어 있어도 아무 소용 없다. 알아들었나? 허튼수작하면 쏴 버린다!"

대답은커녕 숨소리조차 들려오지 않았다.

'내가 너무 민감한 건가?'

정신이라도 차리려는 듯 공작이 고개를 옆으로 몇 번 흔들었다.

'나는 칼잡이 놈에게 너무 과민반응을 보이고 있다. 그렇다. 정신을 바짝 차리자. 여기서 빠져나가려면 서두르는 길밖에는 없다. 내가 옷 꾸러미를 놓아둔 구멍이 바로 저 앞이다. 그 꾸러미만 내 손에 들어오면…… 그것으로 변장은 문제없다. 변장은 내 최고의 특기지.'

활짝 열려 있는 문이 나왔다. 그는 그곳에 멈춰 주변을 살폈다. 오른쪽에 흙을 파서 만든 구멍이 있었다. 르노르망이 물을 피해 탈출하기 위해 팠던 그 구멍이었다.

공작은 몸을 굽히고 안을 향해 손전등을 비췄다.

"아니?"

그는 소스라치게 놀라지 않을 수 없었다. 옷 꾸러미가 보이지 않았다.

"그럴 리가 없는데…… 도드빌이 꾸러미를 저쪽으로 밀어놓왔나?"

그러나 반대편을 찾아보고 부근을 모두 찾아보았지만 꾸러미는 그 어디에도 없었다. 그는 이번에도 또 그 칼잡이 녀석이 감춘 것이 틀림없다고 생각했다.

'아, 분하다! 계획은 철저했는데…… 일에 약간의 차질은 있었지만 그런대로 일이 착착 진행되어 왔는데…… 상황이 이렇게 되었으니 한층 더 빨리 달아나야 되겠는걸. 도드빌이 오르탕스 장으로 앞질러 가 있을 테니까…… 내가 달아날 길은 안전하다. 이젠 한눈 따위를 팔아선 안 돼. 서둘러야만 한다. 그리고 아직 늦지 않았다면 다시 칼잡이를 잡을 준비를 갖추어야 한다. 그런 다음 그놈을 찾아 처치해야 한다. 그놈이 언제 어디서 나타날지 모르니 조심해야 한다.'

그런데 잠시 후 그는 또다시 놀라 신음소리를 냈다. 별장 가까운 쪽에 있는 두 번째 문이 굳게 닫혀 잠겨 있었던 것이다. 그는 문에 몸을 힘껏 부딪쳤다. 그러나 아무 소용이 없었다.

"이번에야말로 내가 완전히 당했군!"

공작이 중얼거렸다.

갑자기 피로감이 엄습해왔다. 공작은 그대로 땅바닥에 주저앉았다. 그는 그 비밀에 싸인 칼잡이에게 자신이 너무나 무력하다는 생각이 들었다. 알텐하임 남작 따위는 이미 문제가 되지 않았다. 나머지 또 한 사나이, 어둠에 묻힌 침묵의 그 인물, 그자가 그의 모든 계획을 뒤엎어버렸고, 음흉하기 짝이 없는 악마적 기습공격으로 그를 긴장시키고 있었다.

보기 좋게 졌다.

조금 뒤에는 베르베르 차장이 쫓아와 독 안에 든 그를 찾아낼 것이다. 굴 속 깊숙이 몰린 야수와 같은 몰골로 힘없이 쓰러져 있는 그를…….

"안 된다! 이러고 있을 수는 없다!"

자리에서 벌떡 일어나며 세르닌 공작이 외쳤다.

"나 한 사람이라면 어떻게 되든 좋다! 그러나 주느비에브가 있다. 오늘 밤에 구해내지 않으면 안 될 주느비에브가…… 사실, 아직까지는 아무것도 잃은 것이 없다. 아까 그놈이 없어진 것을 보면 이 부근 어딘가에 제2의 출구가 있을 것이다. 정신차리자. 아직 베르베르나 그 부하에게 잡힌 것이 아니지 않은가."

공작은 서둘러 터널을 살펴보기 시작했다. 한 손에 손전등을 든 채 그는 벽면을 구성하고 있는 돌들을 주의 깊게 조사해 나아갔다. 그리고 바로 그때, 하나의 외침소리가 그의 귀에 들려왔다. 짐승이 울부짖는 것 같은 끔찍한 비명소리였다. 그는 등골이 오싹해지며 온몸의 털이 곤두서는 것을 느꼈다. 비명은 아까 지나온 지하터널 쪽에서 들려왔다.

공작의 뇌리를 스쳐가는 것이 있었다. 그는 그래야만 될 경우가 생기면 등나무 장으로 다시 돌아갈 생각으로 출입구의 뚜껑을 열어놓고 왔다는 사실이 떠올랐다. 그는 온 길을 급히 되돌아 달려갔다.

첫번째 문을 지난 그는 빛이 밖으로 새나갈 것을 대비해 손전등을 껐다. 어둠 속에서 어느 순간 벽에 붙어오던 누군가가 자신의 무릎에 닿은 것 같은 감촉을 느꼈다. 그러나 그 느낌은 그게 무엇인지 파악도 하기 전에 곧바로 사라져버렸다. 그리고 그때 그의 발끝이 하나의 돌층계에 부딪쳤다.

'여기가 분명 그 출구다. 그놈이 드나드는 제2의 출구다.'

머리 위에서 그 비명소리가 또다시 들려왔다. 이번에는 아까보다 조금 약해져 있었고, 곧이어 흐느껴 우는 소리와 헐떡이는 소리가 계속 들려왔다.

공작은 층계를 뛰어올라가 천장이 낮은 그 방으로 빠져나갔다. 알텐하임 남작이 목에서 피를 내뿜으며 죽어가고 있었다. 그를 묶었던 밧줄은 이미 끊어져 있었지만 손목과 발목을 묶은 철사는 여전히 그대로였다. 그 잔인한 공범이 알텐하임 남작을 묶은 철사를 풀 수 없자 목을 찌르고 달아난 것이었다.

세르닌 공작은 눈앞에 펼쳐진 참혹한 광경을 한참 동안 말없이 지켜보았다. 식은땀이 그의 몸을 얼어붙게 했다. 그는 구원의 손길이 미치지 못하는 곳에 감금되어 있는 주느비에브를 생각했다. 참혹하게 굶어죽어 가는 그녀의 모습이 눈에 선했다. 남작만이 그녀를 감금해 놓은 장소를 알고 있는데 그런 남작이 죽어가고 있는 것이다.

공작의 귀에 경관들이 현관 옆에 감추어져 있는 작은 문을 찾아내어 여는 소리가 똑똑하게 들려왔다. 그리고 연이어 그들이 계단을 내려오는 발자국소리가 또렷하게 들렸다.

이제 경관들과 공작이 있는 곧간을 분리할 수 있는 장애물이라고는, 공작이 서 있는 이 천장이 낮은 방의 출입문 하나뿐이었다. 공작은 서둘러 방의 출입문에 빗장을 걸었다. 그것은 경관들의 손이 출입문 손잡이에 닿은 것과 거의 동시에 행해졌다.

밑으로 뚫린 구멍이 공작의 곁에서 시커먼 입을 벌리고 있었다. 제2의 출구가 있다는 것을 안 지금, 그것이 달아날 수 있는 유일한 희망이었다.

'하지만 나는 지금 이리로 내려갈 수 없다. 먼저 주느비에브를 구해야만 한다. 그런 다음 시간이 되면 그때 나 자신이 살아날 방법을 생각하기로 하자.'

행동 지침을 마련하고 난 공작이 몸을 굽혔다. 그는 남작의 가슴에 손바닥을 올려놓았다. 심장은 아직도 뛰고 있었다. 그는 자신의 얼굴을 남작의 얼굴 쪽으로 가져갔다.

"내 말이 들리나?"

남작의 눈꺼풀이 바르르 떨렸다.

죽음을 향해 한 걸음 한 걸음 나아가고 있는 사나이의 몸에는 아직도 한 줄기 생명이 그대로 남아 있었다. 삶보다 죽음에 더 가까이 다가간 이런 사람에게서 과연 무엇을 얻어낼 것인가?

마지막 보루인 출입구도 이미 경찰들이 공격을 하고 있었다. 설상가상이었다.

세르닌 공작이 속삭이듯이 남작에게 물었다.

“당신은 반드시 살아난다. 틀림없이 살아날 수 있는 약을 내가 가지고 있다. 제발 부탁이다. 꼭 한마디만 해다오. 주느비에브는 어디에 있는가?”

살 수 있다는 희망의 말이 약간의 힘을 불러일으키는 모양이었다. 알텐하임 남작이 입을 움직이려고 시도했다. 그러나 입술만 약간 움찔했을 뿐이었다.

“대답해, 제발 대답해라!”

세르닌 공작이 남작의 입술을 향해 바싹 다가갔다.

“그렇게만 하면 내가 반드시 살려주겠다…… 오늘은 당신의 목숨이 살아나고 내일은 당신의 자유가 살아날 것이다. 어서 대답해!”

공격을 받을 때마다 문이 심하게 흔들렸다.

남작이 알아듣기 어려운, 신음소리에 가까운 목소리를 냈다. 세르닌 공작은 남작의 몸 위에 겹치듯 엎드려 경련을 일으키는 듯한 남작의 입에 귀와 눈을 집중시키고 안타깝게 가쁜 숨을 몰아쉬었다. 코앞에까지 쫓아온 경관들도, 눈앞에 다가온 자신의 체포도, 감방에 갇힌다는 걱정도 그는 관심이 없었다. 그가 몰두하고 있는 것은 단 사람, 주느비에브밖에 없었다. 주느비에브가 굶어죽어 가고 있었다. 그녀를 살려낼 수 있는 방법은 당장이라도 숨이 넘어갈 것 같은 이 남자의 한마디뿐이었다.

“제발 대답해라…… 제발 부탁이다…….”

세르닌 공작은 협박도 하고 애원도 했다. 세르닌 공작의 강한 의지에 압도되었는지 최면에라도 걸린 것처럼 남작이 조금씩 입을 달싹거리기 시작했다.

"리…… 리볼리……."

"리볼리 가 말인가? 그녀가 리볼리 가의 어떤 집에 있단 말이지? 그렇지? 번지는?"

무엇이 부서지는 우당탕 하는 소리와 함께 터진 함성…… 문이 마침내 부서졌다.

"잡아라!"

베르베르 차장이 앞서 뛰어들어오며 부하들에게 명령했다.

"잡아라, 그놈을!…… 그자들을 모두 잡아라!"

그런 급박한 상황에서도 세르닌 공작은 몸을 굽힌 그대로 움직이려 하지 않고 계속해서 질문을 던졌다.

"번지는……? 몇 번지지? 대답해…… 자네가 그녀를 사랑한다면 제발 대답해주게…… 그녀가 이대로 죽는 것이 좋겠나?"

"이십…… 이십 칠……."

남작은 점점 기어 들어가는 목소리로 겨우 말했다.

경관 몇 명의 손이 세르닌 공작의 어깨에 닿았다. 여러 개의 총구가 그를 향했다.

공작이 천천히 경관들 쪽으로 몸을 돌렸다. 강한 적을 앞에 두고 본능적인 공포감에 사로잡힌 경관들이 어쩔 줄 몰라 하며 주춤 한 발 물러섰다.

"뤼팽, 조금이라도 움직이면 쏜다!"

경관들을 이끌고 온 치안국의 베르베르 차장이 총구를 뤼팽의 머리를 향해 겨누고 말했다.

“쏘지 마라! 그럴 필요 없다. 항복하겠다.”

세르닌 공작이 천천히 자리에서 일어나며 당당하게 말했다.

“속임수를 쓸 생각이구나! 언제나 하던 그대로…….”

“그렇지 않다!”

세르닌 공작이 말했다.

“내가 싸움에서 졌다. 하지만 당신이 나를 쏠 권리는 없다. 나는 저항하지 않고 순순히 따라가겠다.”

공작이 천천히 몸에 지니고 있던 권총 두 자루를 꺼내 땅바닥에 집어던졌다.

“역시 속일 작정이군!”

고집불통 베르베르가 다시 말했다.

“모두들 놈의 심장을 겨눠라! 조금이라도 움직이거든 즉시 쏴버려!”

열 명 정도의 경관이 이미 공작을 둘러싸고 있었다. 베르베르 차장은 경관들을 더 불러 수를 더 늘렸다. 그는 열다섯 개의 팔로 세르닌 공작을 겨누게 했다. 베르베르 차장은 흥분하여 몸을 떨고 있었다. 그가 다시 기쁨과 두려움에 찬 목소리로 외쳤다.

“심장을 겨눠라! 머리를 겨눠라! 인정은 필요 없다! 움직이거나 말을 지껄이거든 그대로 쏴버려!”

흥분한 경관들과는 대조적으로 체포를 당하는 입장의 세르닌 공작은 두 손을 호주머니에 넣은 채 여유 있게 웃고 있었다. 관자놀이 한치 앞에서 죽음이 그를 노리고 있었고 열다섯 개의 손가락이 경련을 일으키며 방아쇠에 걸려 있었다.

"아아! 보고만 있어도 기분이 좋다!"

베르베르 차장이 냉소적인 목소리로 말했다.

"뤼팽! 어떤가, 꼼짝 못하겠지?"

차장은 부하에게 명령하여 환기통의 뚜껑을 열게 했다. 갑자기 문 밖의 햇빛이 그 환기통을 통해 흘러들어 왔다. 그는 알텐하임 남작을 들여다봤다. 순간 차장이 깜짝 놀라며 한 걸음 뒤로 물러났다. 죽은 줄로만 알았던 남작이 눈을 번쩍 떴기 때문이었다. 그러나 그의 눈은 이미 기력이 다해 생명력이 희미해진, 죽음의 그림자로 가득 차 있었다. 그런 남작의 눈이 베르베르 차장을 향했다. 그리고 이어서 세르닌 공작의 모습을 찾았다. 공작을 발견하자 그는 격렬한 분노가 치밀어 오르는 듯 몸을 부르르 떨었다. 가까스로 그는 다시 정신을 차리고 있는 것 같았다. 증오가 오히려 그의 돈에 생명력을 불러일으킨 모양이었다.

남작이 양 손목에 힘을 주며 겨우 몸을 일으켰다. 뭔가 할 말이 있는 것 같았다. 그 기회를 놓치지 않고 베르베르 차장이 질문을 던졌다.

"이자를 알고 있을 텐데?"

"그, 그렇소……"

"이자가 뤼팽이지?"

"그렇소…… 뤼팽……."

자신의 정체가 밝혀지는데도 세르닌 공작은 여전히 싱글싱글 웃으며 듣고 있었다.

"이것 참! 점점 재미있어지는군!"

차장이 웃으며 말했다.

"뭔가 나에게 말하고 싶은 것이 있나?"

남작의 입술이 경련을 일으키는 것을 보고 베르베르 차장이
다시 물었다.

"그, 그렇소."

"르노르망 씨의 일인가?"

"그렇소."

"당신이 감금해 놓았나? 어디에 가두었지?"

알텐하임 남작은 겨우 고개를 들어 눈동자에 힘을 모았다. 그
가 쳐다본 곳은 방구석에 있는 벽장이었다.

"저기…… 저기……."

남작이 다급하면서도 숨넘어가는 듯한 소리를 냈다.

"저런! 죽음의 징조가 보이기 시작하는군. 힘을 아끼는 것이
좋을 텐데….."

세르닌 공작이 비웃었다.

베르베르 차장이 벽장으로 다가가 문을 열었다. 벽장의 선반
위에 검은 천으로 싼 꾸러미가 하나 놓여 있었다. 그가 꾸러미
를 내려 풀었다. 꾸러미 안에는 모자 하나, 그리고 작은 상자와
옷가지가 들어 있었다. 그것을 보는 순간 그가 몸서리를 쳤다.
르노르망 국장의 빛 바랜 프록코트가 거기 들어 있었기 때문이
었다.

"앗! 이런 나쁜 놈! 기어코 죽이고 말았군!"

차장이 크게 소리쳤다.

"그, 그렇지 않다."

알텐하임 남작이 힘없이 고개를 옆으로 저었다.

"그렇지 않다면 뭐란 말인가?"

"바, 바로, 저놈이다…… 저놈……."

"뭐야? 저놈이라고? …그럼 르노르망 씨를 죽인 것이 뤼팽이라는 말인가?"

"아, 아니다."

복수를 위해 진실을 밝혀야겠다는 집념으로 알텐하임 남작이 자신의 넘어갈 듯한 숨을 끈질기게 붙들고 늘어졌다. 그가 밝히려고 하는 비밀이 그의 입술을 달싹거리게 만들었다. 그러나 그는 이미 그것을 말할 만한 힘이 남아 있지 않았다.

"어찌 되었단 말인가?"

차장이 재촉했다.

"결론은 르노르망 씨가 죽었다는 말이지?"

"그, 그렇지 않다……."

"그럼 살아 있다는 말인가?"

"아, 아니다."

"그럼 도대체 뭐란 말인가? 도대체 알 수가 없군? 그럼 이 옷은 어떻게 된 거지? 이 프록코트 말이다."

알텐하임 남작의 눈이 다시 세르닌 공작 쪽을 향했다. 그 순간 베르베르 차장은 뭔가 깨달은 바가 있는 모양이었다.

"앗, 바로 그렇구나! 이제 알았다! 뤼팽이 변장하고 달아나기 위해 르노르망 씨의 옷을 훔쳐냈다는 말이로군."

"그, 그렇다…… 그래……."

"역시 그렇군!"

그런 사실을 알아낸 자신이 대견하다는 듯 차장이 소리쳤다.

"저자가 할 만한 생각이다. 조금만 늦었어도 이 방에서 우리는 르노르망 씨로 변장한 뤼팽을 발견할 뻔했었군. 그러기 위해선 어쩌면 스스로 쇠사슬에 묶여야 하는 수고가 필요했겠군. 그렇게 되었다면 저자는 유유히 도망을 쳤겠지. 다만 시간이 없었을 뿐. 그렇지? 어떤가?"

"그, 그렇다……."

그러나 베르베르 차장은 이 죽어가는 남작의 눈동자 속에 아직도 무엇인가가 남아 있다는 것을 깨달았다. 아직도 더 많은 비밀이 남아 있었다. 그게 무엇일까? 죽어가는 사나이가 온갖 사력을 다해 안간힘을 쓰며 밝히고 싶어하는 수수께끼는 과연 무엇일까?

"르노르망 씨는 어디에 계시는가?"

베르베르 차장이 물었다.

"여기……."

"뭐라고? 여기에 있다니?"

"여기……."

"보다시피 이 방에는 우리밖에 없지 않나!"

"있다…… 있어……."

"똑똑히 말해!"

"있다…… 세르…… 세르닌……."

"뭐야, 세르닌? 세르닌이 어떻다고?"

"세르닌…… 르노르망……."

베르베르 차장이 놀라며 세르닌 공작을 돌아봤다. 어떤 섬광 같은 것이 그의 머릿속을 스쳤기 때문이었다.

"아니, 아니야! 그건 불가능해! 그런 일은 도저히 있을 수 없어. 말도 안 되는 소리야……."

차장이 믿을 수 없다는 듯이 고개를 옆으로 저었다.

차장은 죽음의 문턱에 놓여 있는 남작을 한참 동안 들여다 봤다.

세르닌 공작의 얼굴에 다시 기소가 피어올랐다. 그는 이 상황이 몹시 즐거운 모양이었다. 마치 이 상황과는 아무 관계도 없는 제3자가 옆에서 상황을 방관하며 결말을 지켜보고 있는 것 같았다.

오기도 끈기도 다해버렸는지 알텐하임 남작이 쿵 소리를 내며 무너지듯 힘없이 뒤로 쓰러졌다. 무엇을 밝히려 했는지 분명하게 말하지 못하고 의혹만 가중시킨 채 숨이 끊어지고 있었다.

믿을 수도 없고 믿고 싶지도 않은, 그러나 궁금해서 견딜 수 없는 비밀에 이끌려 베르베르 차장이 다급하게 다시 질문을 던졌다.

"분명하게 말해! 대체 어떻게 되었다는 말이지? 어떤 비밀이 있는 거지?"

그러나 상대는 들리지 않는 모양이었다. 마룻바닥에 축 늘어진 채 눈알만을 한 곳에 집중하고 있었다.

베르베르 차장이 남작 위에 엎드렸다. 그리고 한마디 한마디가 저승까지 들릴 정도로 크고 명료하게 또박또박 끊어 말했다.

"이봐! 잘 들어! 내가, 해석한 것이, 맞는 것인가? 뤼팽과 르노르망 씨가…."

그 다음 말을 하는데 베르베르 차장은 신중을 기했다. 그만큼 그 한마디가 부담스러운 것 같았다. 어찌 생각하면 그 말은 상관에 대한 모독일 수도 있었다. 그러나 그는 곧 끝까지 또박또박 말했다.

"그렇지? 당신은 똑똑히 알고 있는 거지? 그 두 사람이 사실은 한 사람이라는 걸……!"

그러나 남작의 눈동자는 이미 멈춰 있었다. 입가에서 피가 한 줄기 흘러내렸다. 그리고 딸꾹질이 두 번, 세 번…… 마지막 경련까지 끝나고 드디어 모든 것이 끝났다.

경관으로 꽉 찬, 천장이 낮은 그 방 안에 오랜 침묵이 흘렀다.

경관들은 세르닌 공작을 향해 총을 겨누고 있었음으로 모두 뒤돌아서 있었다. 그들은 지금 무슨 일이 일어나고 있는지조차 이해하지 못하고 있는 것 같았다. 어쩌면 일부러 이해 못하는 척하는 것인지도 몰랐다.

베르베르 차장이 검은 천에 싸여 있던 꾸러미 속에서 나온 작은 상자를 집어 열어보았다. 속에는 백발이 성성한 가발, 은테

코걸이 안경, 밤색 목도리가 들어 있었다. 그리고 이중으로 되어 있는 밑바닥을 열자 화장품이 들어 있는 몇 개의 그릇과 회색의 작은 붓이 몇 개 나왔다. 다시 말해, 르노르망 씨의 얼굴을 구성하고 있는 모든 요소가 다 거기에 들어 있는 셈이었다.

베르베르 차장이 세르닌 공작에게 다가갔다. 그는 공작을 한참 동안 말없이 물끄러미 바라본 다음 이번 사건의 추이를 하나씩 더듬으며 작은 목소리로 말했다.

"그럼, 그게 사실이란 말인가?"

세르닌 공작은 여전히 웃음을 띤 채 침착한 태도를 유지하고 있었다.

"그 추측은 멋지고 대담하고 나를 유쾌하게 만드는군요. 그 질문에 대한 대답에 앞서 먼저 당신 부하들에게 내 말 좀 전해 주지 않겠소? 저런 장난감 같은 것으로 나를 겁줄 생각은 하지 않는 게 좋을 거라고……."

"좋다!"

베르베르 차장이 그렇게 말하고 부하들에게 총을 내리도록 지시했다.

"자, 이번에는 네가 대답할 차례다."

"무슨 대답? 르노르망 씨에 관한 거 말인가?"

"그렇다."

"그래 내가 바로 르노르망이다."

여기저기서 탄성과 함께 쑤군덕거리는 소란이 일어났다. 그 중에서도, 동생인 자크가 터널의 비밀출구를 지키고 있는 사이 여기 와 있던 장 도드빌, 다름 아닌 세르닌의 공범이 가장 어이없어 하며 뤼팽의 얼굴을 빤히 쳐다봤다.

베르베르 차장은 그래도 못 믿겠다는 듯이 깊은 한숨을 쉬었다.

"꽤 놀란 모양이군?"

세르닌이 차장에게 말했다.

"과연 쉬운 일은 아니었으니까…… 국장과 차장으로 함께 일을 하는 동안 당신은 곧잘 나를 웃기곤 했는데…… 그 가운데서도 특히 웃겼던 것이, 그 건강하던 르노르망이 그 불쌍한 구렐과 함께 죽은 것으로 알고 있던 일이지. 미안하지만 노인은 아직 이렇게 건강하게 살아 있소. 나를 자루 속에 넣은 뒤 무거운 돌을 달아 강물에 던진 건 바로 이 악당이 한 짓이지. 다만 이 녀석은 내게서 단도를 빼앗는 걸 깜빡 잊고 말았지. 그 단도만 있으면 자루를 찢을 수도 있고 밧줄을 끊을 수도 있거든. 알텐하임 남작, 잘 들어둬! 그런 실수만 하지 않았어도 당신은 지금 이런 흉한 꼴이 되어 있지 않았을 테니 말야. 쓸데없는 말은 이제 그만 하도록 하지. 이만, 명목을 빌겠네!"

베르베르 차장은 이 일을 어떻게 생각해야 할지 몹시 혼란스러운 듯 마냥 듣고만 있었다.

"수갑을 채워라!"

갑자기 불안해졌는지 차장이 외치듯 말했다.

"그렇게 고심해서 생각한 것이 고작 수갑이었나?"

세르닌 공작이 빈정거리듯 말했다.

"당신이라는 사람은 어지간히 둔하군…… 뭐 수갑도 마다할 이유는 없지. 그렇게 하는 것이 당신 마음에 든다면……."

세르닌 공작은 경관들의 맨 앞줄에 서 있는 도드빌을 향해 두 손을 내밀었다.

"어이, 친구! 당신에게 수갑을 채우는 영광을 주지. 염려 말아. 이상한 짓은 하지 않을 테니. 그냥 얌전히 있겠다. 이렇게 된 이상 어쩔 수 없는 일이니까 말이야."

이 말을 듣고 있는 도드빌의 귀에는 다음과 같은 의미로 들렸다.

'싸움은 끝났다. 꼬리가 길면 반드시 잡히게 마련이지.'

도드빌이 공작의 손목에 수갑을 채웠다. 그때 공작이 입술을 움직이지 않고 낮은 소리로 중얼거렸다.

"리볼리 가 27번지…… 주느키에브."

수갑을 채우는 광경을 보며 베르베르 차장은 몹시 만족한 표정을 지었다.

"자, 모두 치안국으로 출발!"

차장이 부하들에게 명령을 내렸다. 그러자 뤼팽이 흥겹게 따라 외쳤다.

"그렇지, 모두 치안국으로 가자! 치안국으로 말야. 그럼 르노르망이 뤼팽을 호송하고, 아르센 뤼팽이 세르닌 공작을 호송하고 가는 셈이 되는 건가?"

"뤼팽, 당신은 참 재치가 뛰어나군."

"나도 그렇게 생각하오, 베르베르. 우리는 통하는 데가 있군."

뤼팽이 탄 자동차는 다른 자동차 세 대의 감시를 받으며 달렸다. 뤼팽은 치안국으로 가는 동안 자동차 안에서 한마디도 하지 않았다.

뤼팽은 치안국에 잠깐 들렀을 뿐이었다. 베르베르 차장이 그 동안 뤼팽이 실행했던 여러 차례의 탈옥사건을 상기해냈기 때문이었다. 인체 측정기로 지문을 뜨고 그 밖의 조사 몇 가지를 끝내자마자 그는 뤼팽을 곧바로 유치장에 집어넣었다가 다시 상테 교도소로 보내버렸다. 차장이 미리 전화로 연락을 해놓았기 때문에 소장이 뤼팽을 기다리고 있었다. 입소 수속도, 그리고 신체 검사실에서 행해지는 신체 검사도 간략하게 끝났다.

밤 7시, 뤼팽은 제2구역 제14감방의 문지방을 넘어서고 있었다.

"이만하면 훌륭하군! 이곳 국립호텔…… 제법 잘 지어놨어."

소장 앞에서도 뤼팽은 여전히 큰소리를 쳤다.

"전등불도 있겠다, 난방도 있겠다, 게다가 화장실까지 수세식이고…… 근대적인 설비는 모두 갖추어 놓았군. 참 좋다, 마음에 들어. 이봐요 소장님! 나는 이 방으로 결정하겠소."

그는 호텔방이라도 고르듯이 말하고 나서 감방 안으로 들어가 침대에 몸을 던졌다.

"아 참! 깜빡 잊을 뻔했군. 이봐요, 소장님. 부탁이 하나 있소."

"뭐요?"

"내일 아침식사를 10시 이전에는 가져오지 않도록 해주셨으면 고맙겠습니다. 아, 졸립고 피곤하군…… 더는 못 견디겠다!"

뤼팽이 벽 쪽으로 돌아누웠다.

5분 뒤, 뤼팽은 깊은 잠에 빠져 있었다.

▶ 2부(813의 수수께끼 하)에 계속